雲昭／著

馬三家來信

Sir:

If you occassionally buy this product, please kindly resend this letter to World Human Right Organization. Thousands people who are under the persicution of the Chinese Communist Party Government will thank and remember you forever.

△ This product produced by Unit 8, Department 3 Mashanjia Labour Camp, Shenyang, Liaoning China. 中国.辽宁.沈阳.马三家劳动教养院三所八大队)

◇ people who work here, have to work 15 hours a day without Saturday. Sunday break and any holidays. Otherwise, they will suffer torturement (酷刑折磨) and rude remark (打骂体罚虐待). nearly no payment (10 yuan / month)

國家圖書館出版品預行編目資料

馬三家來信／雲昭著. --初版.--臺中市：白象文
化，2017.10
　　面：　公分
ISBN 978-986-358-536-7（平裝）

857.85　　　　　　　　　106012578

馬三家來信

作　　者　雲昭
校　　對　雲昭
專案主編　林榮威
出版經紀　徐錦淳、林榮威、吳適意、林孟侃、陳逸儒
設計創意　張禮南、何佳諠
經銷推廣　李莉吟、莊博亞、劉育姍、李如玉
營運管理　張輝潭、林金郎、曾千熏、黃姿虹、黃麗穎
發 行 人　張輝潭
出版發行　白象文化事業有限公司
　　　　　402台中市南區美村路二段392號
　　　　　出版、購書專線：（04）2265-2939
　　　　　傳真：（04）2265-1171
印　　刷　基盛印刷工場
初版一刷　2017年10月
定　　價　350元

白象文化　印書小舖　出版‧經銷‧宣傳‧設計
www.ElephantWhite.com.tw　自費出版的領導者　購書 白象文化生活館

圖為本書主人公孫毅。（hooxi攝於2014年）
孫毅，漢族，定居北京。
1966年10月9日出生在山西省太原市，畢業
於大連理工大學船舶內燃機專業，曾任職於北
京中油測井公司。

本書背景

　　鑒於孫毅先生已獲得完全的自由，經孫毅先生授權，本書
主人公使用孫毅的真名，並允許公開他的真實身份。以下個人
經歷由孫毅先生提供。

　　自1999年以來，十幾年中，孫毅被抓捕十幾次，多次遭受
嚴重酷刑。2008年，北京開奧運會，中國政府大規模逮捕異議
人士，孫毅被勞教後送到中國東北遼寧的馬三家教養院（即馬
三家勞教所）。在那裡，被強迫奴工勞動，生產銷往國外的裝
飾品；被要求宣誓擁護中共，放棄自己的信仰；為了維護自己
的尊嚴，孫毅長期遭受各種酷刑折磨。

　　920多天後，孫毅獲釋回到北京。

2012年12月的一天，孫毅偶然通過翻牆軟體看到一封引起國際轟動的求救信。他認出，這是四年前他在馬三家教養院偷偷寫的，後來藏在出口的萬聖節禮品包裝箱中。當時他被強迫奴工勞動，寫過二十多封這樣的求救信，這是其中的一封。

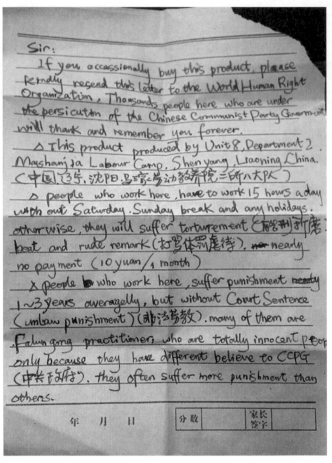

轉自朱莉·凱斯臉書

上圖：朱莉‧凱斯購買的「全食屍鬼」中的墓碑（CNN視頻截圖）
左圖：「全食屍鬼」包裝

Behind Cry for Help From China Labor Camp

BY ANDREW JACOBS

Behind Cry for Help From a Chinese Labor Camp, an Account of Risks and Fear

《紐約時報》相關報導

　　2012年10月，美國俄勒岡州女士朱莉‧凱斯打開在Kmart超市買的「全食屍鬼」（萬聖節裝飾品）包裝，在兩層墓碑夾層裡，意外發現了這封信，她將求救信照片放上臉書後，俄勒岡當地報紙做了頭版報導，美國聯邦移民和海關執法局（ICE）下屬的國土安全部門開始啟動調查。此事引起了《紐約時報》和美國有線電視網（CNN）等媒體的強烈關注。中國馬三家勞教所被國際聚焦，中國的勞教制度引起了世界關注。

2013年11月6日，孫毅化名「張先生」，接受CNN採訪，承認自己寫了求救信，為了安全，他的視頻頭像被做了模糊處理。

　　2013年11月12日，已經實施五十多年的勞教制度被中國政府宣佈廢除。馬三家勞教所關閉。

　　2014年12月，曾任《紐約時報》特約記者的杜斌在香港出版《馬三家咆哮——從東半球到西半球的墓誌銘》，記錄了孫毅在馬三家勞教所的經歷。同樣也沒有公開他的真實身份。

　　2016年4月20日，孫毅在北京再次被監控追捕，有家難回，不得不流離失所。

　　11月29日，孫毅在北京通州法院準備旁聽朋友的庭審，因手機裡查出有法輪功資訊被綁架，四天後因身體原因被取保。

　　12月6日，孫毅成功逃離中國，終獲自由。

左圖：孫毅接受CNN採訪。（視頻截圖）
右圖：杜斌著《馬三家咆哮》封面，圖中所攝為孫毅背影。

地圖標示：

亚洲　　北美洲

白令海峡

鄂霍次克海

中国沈阳 马三家
MASANJIA SHENYANG CHINA

美国 俄勒冈州
OREGON U.S.A

太平洋

黄海

东海

南海

菲律宾海

爪达海

阿拉弗拉海

所罗门海

珊瑚海

歷經四年，藏匿在禮品包裝中的求救信，飄洋過海，經過9000多公里終於到達朱莉·凱斯的手中。

　　　　中共統治下的中國就像一所大勞教所，而勞教所則像是這個大勞教所中的小號，極權專制的攝像頭時時刻刻像幽靈一樣暗藏在你生活的周圍環境、電話背後、網路監察之中。我曾經經歷的凌辱和摧殘，現在仍然無時不刻的加害在其它不幸的苦難同胞身上。在當今中國，時至今日，還有許許多多受難者的求救信號的發出，仍然處於極其艱難之中……

孫毅 2017.03.11

2017年3月，逃出中國的孫毅拿著自己當年在勞教所寫的求救信及製作的萬聖節裝飾品。(Marcus Fung/Flying Cloud Productions Inc.)

謹以此書獻給在中共極權專制下，所有為維護自己的尊嚴與信仰，曾經、正在遭受囚禁、奴役、酷刑迫害的同胞們。

獻給中共統治60多年來所有被壓迫、被侮辱、被損害的同胞們。

感謝Hooxi先生、朱涵如先生、蘇明真女士、言午寺先生、三千小姐的幫助與付出！還有一些不能公開名字的朋友們，感謝你們的支持。

感謝所有受訪者，他們勇敢的參與使本書得以完成。

原序

一

　　有一次，因為需要安裝電腦系統，我和本書的主人公孫毅見面。我偶然談起了那封寄自馬三家勞教所、四年後被一位美國女士收到的求救信，他平靜地說：「那封信是我寫的。」

　　他給我講了他的故事，我很震驚：駭人聽聞的酷刑、難以想像的奴役，竟然都離我們不遠！

　　在我的微信朋友圈裡，經常談論的是時尚美食、旅遊健身、環保寵物等等，還有各種心靈雞湯。和這些相比，求救信的故事簡直就像是發生在另外一個世界。當我和朋友們談起這個故事，他們會睜大一下眼睛，下一瞬間，就又繼續原來的話題了。好像與我們無關，也從未發生過。

　　可是我知道，它的確發生了，它讓我碰到了，我不能迴避，我應該把這些記錄下來。

　　於是我接觸並採訪了一些相關的人，試圖通過他們的敘述，進入馬三家勞教所男所的「原生態環境」。

二

　　我是用一支錄音筆，於2013年7月3日開始採訪的，直到本書完稿，採訪一直在繼續。

　　我沒有多少採訪經驗，就是憑著自己的本能，儘可能多地去接觸人和事吧。

　　在一年多的時間裡，我很幸運獲得了三十多人的「口述實錄」，其中有普通勞教、上訪者、法輪功學員和他們的親友，還有馬三家勞教所警察以及勞教所門口的司機、馬三家鎮的小販、店主、當地居民等等，積累了一百多個小時的錄音資料。一些當事人也提供了大量的書面文字、法律文書，還有他們從馬三家勞教所偷偷帶出來的視頻、照片等等。

　　孫毅親自繪製的有關馬三家勞教所的地理位置、空間佈局、酷刑演示、刑具展示等圖片資料，使我對他的敘述有了更形象的感受。

　　另外，通過加密郵件，我以書面提問的方式同孫毅等進行了近百個事實的細節核實。

　　我參考了國內有關馬三家勞教所的大量官方報導，以及《俄勒岡人報》、美國有線電視臺（CNN）、《紐約時報》、《大紀元時報》、新唐人電視臺、希望之聲國際廣播電臺等境外媒體的新聞報導。

　　此外，我還蒐集了國內與馬三家勞教所有關的書籍史料。其中包括《遼寧省馬三家勞動教養院院誌（1957－1997）》、《馬三家鎮誌》、《風雨六十年》（原瀋陽馬三家子教養院政委的回憶錄）等等，它們對我幫助很大。

　　由於眾所周知的原因，在大陸這樣一個環境下，為了安

全，剛開始在書中我不得不把一些人物包括主人公的真名隱去，現在主人公孫毅已經逃離中國，所以書中主人公可以用他的真名了。但其中相關的實證資料，也只能適時公佈。

我所獲得的素材，最終使我決定採用「非虛構文學」這種文體。因為被採訪者的敘述有著任何虛構都無法達到的生動，他們話語中的語氣、停頓，甚至掩飾，都已經有著更為複雜的意味了。只要將「自我」退後，現實的真實與豐富就會自動呈現。為了原汁原味展現他們的故事，我反覆聽取採訪錄音，盡量保留被採訪者的原話及語氣。我發現，最後本書所呈現的，竟遠遠大於我主觀想要表達的。

三

我經常在地鐵口約見孫毅——拎著破舊的電腦包，他總是非常守時地等在那裡。通常，他穿一件洗舊發白的襯衫，有時套一件八十年代的舊西裝。電腦包的包帶已經磨損，用透明膠條纏裹著。

我們用加密信約好見面的時間、地點。那時他還沒有手機。

在光鮮時尚的人群裡，他是如此不合時宜。

他就是被勞教們描述為「恐怖的黑暗中出現的一道亮光」、「在馬三家期間受酷刑最嚴重」、受刑時「從沒有因為疼痛而喊叫」的人。

每次談到酷刑，他好像都在說別人的事兒，語氣平淡。他的敘述理性而嚴謹，有時乾巴巴過於簡單，但是充滿尊嚴。

魯大慶（化名），一見面就給我講「怕」，他最害怕被活體摘除器官。他講自己給警察磕頭乞求饒命，講自己在宣誓欄前宣誓簽名，但他發現，「被逼放棄信仰比活體摘除器官更可怕」！

　　最後是他，擦掉了宣誓欄上的簽名。

　　他是勞教所被上「大掛」站立時間最長的人。他給我講，在近八個月的站立中，他甚至討要過別人的一口剩湯，他說：「我不能垮下來，我得站直。」

　　田貴德（化名）是我採訪的人中，最為木訥不善言辭的。他母親已經被迫害致死，他本人在教養院歷經酷刑，但他總是說自己修得不夠好，「慈悲心還不夠」，對虐待他的警察有時還有怨恨。

　　與我周圍的其它人不同，不管遭遇如何，這群人積極而樂觀，他們遵守共同的準則，期盼著未來的美好。從他們嘴裡，聽不到對現實的嘲諷和調侃，沒有無奈，沒有抱怨，沒有吶喊，他們甚至對抗的不是體制及不公平的制度，他們只是努力去超越自己人性中的弱點。更多的，他們是想戰勝自己。

　　而且他們非常普通，就在人群之中。

　　我不能忘記的，是採訪一位法輪功學員結束後，我們一起去車站，一扭頭，我竟然找不到他了。在人群中，他真是不起眼，而他做的事情，我相信是當時街上所有男人都沒有勇氣做到的。

四

　　採訪過程中，陸續趕上「十八大」、「換屆」、「兩

會」、「六四」、「四二五」、「全運會」……這些「敏感」日子裡，周圍都有人被抓走。

採訪東方昊（化名）十幾天後，就得知他被綁架，中途他跳警車逃跑，後來還是被抓捕了，而且又遭受了酷刑逼供，判刑四年。

儘管余曉航（化名）總是非常小心注意不踩井蓋兒，在我採訪他兩個月後，他又再次被抓。當地派出所為了「維穩」，怕他上訪，又把他拘留了。

2014年「兩會」期間，聽說曾被我採訪過的一位法輪功學員再次在進京路上被綁架，只因手機裡有法輪功資料。

2016年4月20日，主人公孫毅再次被監控追捕，甚至追捕到他的老家，他再次有家不能回。剛剛比較安穩的生活又回到幾年前迫害嚴重時的狀態……

2016年11月21日，孫毅曾經的律師、書中的一個人物江天勇「被失蹤」……

2016年11月29日，孫毅在北京通州法院準備旁聽朋友庭審被綁架。四天後因生命垂危，警察通知孫毅的妻子又一次將他取保接回……

所以，我總是盡可能用加密信箱與被採訪者聯繫，基本沒用過電話；並隨身攜帶筆記本電腦，及時選擇安全的地點將錄音存入加密盤。

但困難有時也不全來自官方。

一位法輪功學員的女兒阻攔她父親與我見面，她說：「我爸爸能活著走出馬三家，我們絕不能讓他再進去了。」

感謝她，後來她還是把她父親的自述文字轉給了我，並且說：「我爸爸吃了太多苦，他講的馬三家我們都不敢相信，但我們知道那是真的。」

我還有一次被攆走的經歷。在一個用布簾子隔斷的民房裡，我只是希望一個勞教能說說他在勞教所的伙食。他正談著馬三家的「大發」呢，突然一個女人的聲音從簾子後面喊出來：「閉嘴！什麼都不許說！」

那是他妻子，她害怕，害怕她丈夫說馬三家會惹上麻煩。幾分鐘後，我不得不尷尬離開。

我多次想要採訪孫毅的妻子，直到完稿，她也不肯見我。他的鄰居關叔我見到了，但關叔談狗、談鳥，也只是在酒後，他談了談「六四」，但是不談「法輪功」。

我感到自己踏入一個更大的領域，遠遠超出我當初只想寫酷刑與奴工迫害的初衷。有些事情，雖然我能觸碰到，但仍然抵達不了它的深度。

比如，更讓我感到殘酷的不是酷刑本身，而是一種看不見的東西，無聲無息毀了楊大智，不僅是家庭，很多東西都被粉碎掉了，而且無法復原。

比如，在世界的另一頭，都能聽見馬三家勞教所發出的求救，而勞教所門口的司機，對於咫尺大牆內發生的事情卻一無所知。

比如，馬三家勞教所的老警察，居然不知道勞教制度的違法……

也正是這些，讓我感到，儘管不完善，我所做的工作也是

現實而必要的。

五

在一年多的採訪、寫作中，我試圖再現的那個對象不存在了，至少在表面上，已經實施了五十多年的勞教制度被宣佈廢止。但是，那些普通人的恐懼、變異的反應、精神的創傷，並沒有隨著解教和勞教制度的解體而消失。如今，勞教所的牌子換成了監獄。

不只是勞教制度，不只是奴工迫害，也不只是酷刑，也不只是法輪功這個團體的遭遇，而是那樣的一個環境，竟然就是我們身處其中的現實。勞教所裡面與外面的區別只是程度的不同，正如主人公回應美國朱莉·凱斯（Julie Keith）女士的信中所說：

雖然我自己暫時脫離了地獄最底層的迫害環境，但仍在共產制度的陰影下生活，中共統治下的中國就像一座大勞教所，而勞教所則像是這個大勞教所中的小號。中國的法律不過是形同虛設。公民最基本的人權和自由保障已被剝奪殆盡，而且越來越深重。雖然相對於勞教所來說，外面的環境好像是有了一些寬鬆，但實際上極權專制的攝像頭時時刻刻像幽靈一樣暗藏在你生活的周圍環境、電話背後、網絡監察之中……

如果我們每個人對自己的處境不知道、不清醒、不去選擇，那麼，有形的勞教、無形的桎梏，仍然會捆綁我們每個中國人，它並不能隨著勞教制度的解體而消失。如果不能超越這個體制對我們造成的恐懼與無奈，我們就永遠在迫害與苦難中。

而且，令人悲哀的是，我們大多數人都還渾然不覺。

云 昭
2017年4月8日

目錄

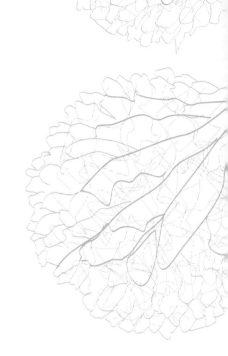

本書背景...003

原序...009

引子...020

第一章 新收

一、新收六大隊...031

二、怎麼到了馬三家...037

三、「大發」、菜湯和熱水...044

四、生存教育課...053

五、做白日夢的逃跑者...063

六、「你不能打我！」...068

七、看到了一條柏油路...076

第二章 鬼活兒

一、孫毅來了 ...091

二、鬼活兒 ...097

三、正月十五的抄家 ...107

四、塑封的家信 ...113

五、活著走出馬三家 ...120

六、求救信 ...132

七、逃跑 ...141

八、奧運！奧運！ ...158

第三章 專管

一、專管隊成立...169

二、宣誓與「三書」...178

三、捆床、大掛、開口器、灌食...185

四、「我想活著出去！」...207

五、六十年大慶...222

六、世博會和上海來的...229

七、魯大慶擦了宣誓欄...245

八、左眼皮跳跳...256

第四章 回家

一、寂寞的日子...274

二、妹妹來了...293

三、宣誓欄扔到了垃圾堆...300

四、一首叫《牽手》的歌...304

五、「我要回家！」...320

六、回家...332

七、求救信出現了...350

尾聲...355

附錄1：馬三家教養院圖例...361

附錄2：主人公孫毅個人照片...371

引子

1

美國俄勒岡州。2012年10月。

終於找到了。黑黃相間的盒子上，已經蒙了灰，這是一套
萬聖節裝飾品，一年前朱莉・凱斯在Kmart購買後，就一直扔
在儲藏室。

幾天之後就是萬聖節，她想起了這套飾品，打算用它來裝
飾女兒的生日派對。

撕開包裝紙，打開密封盒子，一個疊成幾折的紙片竟然掉
出來。

「媽媽，這是什麼呀？」五歲的小女兒把它撿了起來。

打開後，凱斯震驚地不知如何回答孩子的問話。

這是一封求救信！

信的邊角有缺口，整整齊齊疊了三折。

生疏的英語夾雜著中文，信上寫道：

Sir:

If you occasionally buy this product, please kindly resend this letter to the World Human Right Organization, thousands people here who are under the persecution of the Chinese Communist Party Government will thank and remember you forever.

This product (is) produced by Unit 8, Department 2, Masanjia Labour Camp, Shen yang, Liaoning, China (中國，遼寧，瀋陽，馬三家勞動教養院二所八大隊).

People who work here, have to work 15 hours a day without Saturday, Sunday break and any holidays,otherwise,they will suffer tortures (酷刑折磨), beat and rude remark (打罵體罰虐待), nearly no payment (10 yuan / 1 month).

People who work here, suffer punishment 1~3 years averagelly, but without Court Sentence (unlawful punishment) (非法勞教), many of them are Falun Gong practitioners, who are totally innocent people. Only because they have different belief to CCPG (中共政府),they often suffer more punishment than others.

【譯文】

先生：

如果您偶然間購買了這個產品，煩請您善心的幫助將這封信轉交給世界人權組織，受到中國共產黨政府迫害的這數千人將永遠感謝並記住您。

這件產品是由中國遼寧瀋陽馬三家勞動教養院二所八大隊生產的。

在這裡人們每天必須工作15個小時，沒有週末休息時間和任何節假日。若不從就將遭受打罵、體罰、虐待和折磨。幾乎沒有工資（一個月10元人民幣）。

這裡的人平均被判1～3年勞教，但卻未經法庭判決。他們中的許多人是法輪功學員，是完全無辜的人，僅僅因為他們與中國共產黨政府的信仰不同，他們常常遭受比其它人更多的懲罰。

這套叫做「全食屍鬼」的萬聖節墳墓包，果然引起了女兒歡快驚奇的尖叫。

然而，看著擺了一地的骷髏頭、小墓碑、小手骨及血跡斑斑的血布，凱斯感到了一種真實的恐懼。

2

北京，2012年12月。

吃過晚飯的孫毅回到書房，歌舞聲越來越喧鬧了。傍晚過後，對面公園裡有很多人在跳交誼舞。

他關上窗戶，安靜些了。

他打開電腦加密盤，點了一下翻牆軟體「小鴿子」，熟悉的網頁出現了，這個網站在國內是被遮罩的。

突然，一封信的照片吸引了孫毅，他認出了它，甚至認出了信角上的那個缺口！他不敢相信自己的眼睛，它真的被收到了？！

他有些驚喜，但還是語氣平靜地叫妻子：「李梅，你快過來呀。」

妻子穿著紅格子睡衣，倚在鬆軟的臥榻上，不時發出嘎嘎的笑聲。腳底下，一隻老狗安靜地躺著。像往常一樣，她正在臥室裡看《非誠勿擾》，一檔廣受歡迎的相親節目。她不希望被打擾。

孫毅又喚了一聲，妻子這才趿著拖鞋進了書房。

「這封信是我寫的，」指著電腦螢幕，孫毅告訴妻子，「現在在國外引起了轟動。」

這是一封夾雜著漢字的英文信。她看不太懂英文，但那些漢字的筆體她很熟悉，丈夫的筆跡。

「馬三家勞教所二所八大隊」，妻子也是知道的，她曾給關在那裡的丈夫寄過衣服，那是三年前的事兒了。

一瞬間，緊張和焦慮閃回到妻子的臉上，她轉向孫毅：

「哎呀，你不會有危險吧？他們會不會抓你？」

3

如果寫信人被抓住，將會被怎麼處置呢？遠在美國俄勒岡州的朱莉・凱斯也這麼擔憂過。

在裝飾有小葡萄綠葉壁紙的寬大廚房裡，凱斯坐在電腦前，用谷歌搜索「馬三家勞教所」，獲得的資訊使她不寒而慄。

瀋陽，馬三家，九千多公里以外一個遙遠而寒冷的小鎮，中國的東北。

Made in China，這曾經幾乎是凱斯對中國所有的瞭解。然而這封來自中國的求救信，穿越監獄的層層鐵門和海關的重重關卡，如同神奇的漂流瓶，漂過太平洋，歷經四年的冒險之

旅，最後選擇了她的手把它打開！

她不能無動於衷，因為信的內情如此重大而陌生。

尋求人權組織的關注，一時沒有回應，她只好求助於社交媒體。

十月底，她把信貼在了Facebook上，並寫道：

I found this in box of Halloween decorations that I just opened. Someone in a Chinese labor camp asking for help. I am going to do as they asked, I will turn this over to a Human Rights Organization.

No matter how screwed up I feel our political system is, there is one thing I know for sure... God Bless the USA!

【譯文】

我在一件剛剛打開的萬聖節裝飾品盒子裡發現了這個。身處中國某個勞改營的一個人在請求幫助。我打算回應這個請求，把這封信轉交給人權組織。

無論我們的政治體制多麼糟糕，我知道有一件事是確定的……上帝保佑美國！

4

又有兩個熟識的同修失蹤，幾天前孫毅還見過他們。北京城裡，已經有幾十個人被抓，這是他剛剛翻牆看到的，因為要開「十八」大了。

關閉了電腦，孫毅默默看著窗外。

樓下的巨幅宣傳欄前，幾個戴紅袖標的治安員在聊天，一個小孩踩著滑輪車跑過「熱烈慶祝十八大勝利召開」的標語，一隻人狗在往前跑，拽著狗鏈的主人緊緊跟在後面。

　　「誓死保衛十八大」，是當局喊出的口號。大街上，每十一個人中就有一個安保人員；計程車後車窗的搖把被強令卸掉，公車車窗被封死，以防有人迎風拋撒傳單；因為擔心標語飛上天空，放風箏就被禁止了，最後鴿子們也被要求關在籠子裡，不許放飛。

　　他從網上還看到，他曾經的代理律師江天勇已被強令離京。

　　這些他都不能告訴妻子。每逢這樣的日子，妻子都擔驚受怕，自從孫毅獲得自由，他們安定的生活才剛剛兩年。

　　……

　　「十八大」終於過去了，妻子本來已經放下的心，又因為這封求救信懸了起來。

5

- 我真希望媒體把「二所八大隊」打上馬賽克，我不知道那裡有多少犯人，但那裡的警察完全可以通過懲罰每個人來找到信的作者……
- 那些媒體多麼粗心大意！他們完全沒必要透露這封信的確切來源地，那樣寫信人的身份就可以得到保護。真為他們感到羞恥！他們只要能有猛料報，才不會關心人的死活！
- 「我們無法確認它的真實性和來源。我認為可以說，

這封信描述的情形跟我們知道的勞教所的情形相一致。」「如果這個事情是真的，這就是某個人在呼救，請關注我，請回應。」國際人權組織的中國部主任索菲‧瑞恰生說，「這是我們的職責。」

- 「如果這些產品真的是在勞教所製造的，來自Kmart的萬聖節裝飾品墳墓包可能給美國連鎖折扣商店帶來打擊。美國法典第1,307節19條，禁止進口『來自外國罪犯勞動，強迫勞動和（或）契約勞工』的產品。」聯邦移民海關執法局（ICE）公共事務官員安德魯‧蒙諾茲（Andrew Munoz）證實說，該局下屬的國土安全調查部門已經開始調查這個案件。

  CNN聯繫了美國移民和海關執法局，一位女發言人拒絕證實是否對此事進行了調查。她說：「這些指控非常嚴重，屬於高優先順序調查。這些活動不僅對美國企業的競爭力產生負面影響，也將工人置於危險中。」

- 馬三家勞動教養院位於遼寧省瀋陽市于洪區。記者電話聯繫院辦，一位接電話的男子證實有二所八大隊，不過他不願就此事發表評論，只是強調他們一切按照法律規定辦事。記者再聯繫院政委辦公室，接電話的男子不願多說，只是反覆說信中描述的不可能。

- 我很懷疑這封信的真實性。對於一個勞改犯人來說，它太流暢了，我寧願相信它是先寫成漢語然後翻譯成英文的⋯⋯

- 這封信是假的！英文寫的太好了，而且紙張也很可疑，我的孩子就在美國的一間中文學校上學，他們用

的就是這種作業本，下邊也有「分數」和「家長簽名」這樣的標記……

（以上內容均來自當時世界主流媒體的新聞報導及社交網站的網友評論。）

「這封信的作者要是能找到，就太好了。」

一家咖啡廳裡，對面的人拿著剛剛出版的《紐約時報》問道：「你能幫我找到他嗎？」

遲疑了一下，孫毅平淡地說：

「這封信是我寫的。」

6

2013年初，雪後的一個下午，瀋陽馬三家。

計程車裡，一位攝影記者透過車窗，對著勞教所的高牆拍照。

坐在旁邊的孫毅也看著窗外，勞教所圍牆看起來不高啊，當年在裡面怎麼感覺牆特別高呢？他離開這裡已有兩年。

遠遠望去，圍牆裡兩座條式樓低矮荒蕪，就像廢棄的建築。樓邊有一個大煙囪，卻並沒有讓人感到有人煙的存在。那麼多人被關在裡面，外面看起來卻像是空無一人。

凱斯收到的那件萬聖節裝飾品，就是在那個黑黢黢的三層樓裡生產的。

右邊那座灰色的四層樓，就是孫毅寫求救信的地方。

他遙望著那些黑洞洞的窗戶，當年他從那裡向外張望都要

冒很大風險。

　　四周的景物似乎退去，孫毅彷彿看見那窗戶浮現出很多面孔，因痛苦而扭曲變形的面孔，他們在呼喊、在求救。

　　但他深切知道，即使近在咫尺，無論多麼高聲的喊叫，大牆外面都不會聽見。外面的人永遠都難以知道裡面發生過什麼，就像這厚厚的大雪，覆蓋了稻田，也把大地上一切聲音都吸收了。

　　莊稼的殘梗戳出雪地，隱約顯現出的一隴隴田埂，一直延展到大牆腳下。

　　走在這片田埂上了，這塊當年孫毅透過窗子看到的地方。還沒被踩過的積雪，在腳下咯咯吱吱地碎裂，寒冷的荒野更加空曠而寂靜了。

　　過去在裡面難得見到的陽光，如今在雪地的映襯下有些刺眼。

　　迎著太陽，一步步走近時，孫毅發現圍牆其實還是非常非常高……

馬三家來信

第
一
章

新收

　　黃昏，成群的烏鴉盤旋，把勞教所上面的一塊灰暗天空壓
得更加低矮了。

　　一隊人，蹣跚著走過來，像是剛剛從地獄爬出的小鬼。有
的揹著青黑色墓碑，有的抱著「大鬼」「小鬼」，有的扛著一
大網兜骷髏頭，有的肩膀上掛著手骨頭和腳骨頭。

　　一隻小孩的手骨棒從編織袋耷拉出來，裡面還擠滿了小骷
髏頭，像是嬰兒頭骨，空洞的眼窩透過網眼向外張望著。

　　孫毅嚇了一跳：難道是在加工人骨頭嗎？屍體加工廠搬到
這兒來了？！

　　多年之後，每當回想這一幕，孫毅仍然感到陰森而怪誕。
那時他剛剛被送到六大隊。

鬼活兒　言午寺／繪

　　這隊人拖著腳步，離離拉拉從一座三層舊樓裡走出來，疲憊不堪，而且衣衫襤褸，滿身黑汙。

　　「那是八大隊，他們收工了。」旁邊一個老號說。

一、新收六大隊

1

進到房間，田貴德才抬起頭來，沒有電棍摁他腦袋了。

一個黑臉的人看著他。

「這是哪兒？」田貴德蒙裡蒙登地問。

「黑臉兒」蔫蔫笑了，點頭示意旁邊的人：「你，告訴他，這是什麼地方。」

田貴德這才知道，自己給送到瀋陽馬三家了！

從押解車一下來，腦袋就涼颼颼的，比北京冷多了。北京調遣處（註：北京勞教人員調遣處，是一個派送勞教人員到各勞教所之前的中轉機構，也是勞教所）的警察還說要把他送回河北老家呢。田貴德是河北保定人，三十九歲。

在調遣處的院子裡，突然就緊急集合了。勞教們兩手交叉抱頭，光光的腦袋都夾在褲襠裡，一排排蹲著。「不許動！老實點！」手持電棍的警察們不停地吆喝，來回巡查。

到處是警察，一直到大門外很遠的地方，道路兩側都林立著全副武裝的警察。押送車是普通的旅遊車，沒有標誌。

勞教兩人一組被銬在一起，低弓著身子上車。田貴德剛一揚頭，腦袋上就壓過來一根電棍：「低頭！」

在車上，「抬頭就打」，必須把頭窩在前排靠背下面。田貴德一直不能抬頭。

「像賣豬一樣」。車窗被拉上簾兒，四五十人就這樣被塞

進去運走，他們不知道要給運到什麼地方。

2008年4月初，他們被北京調遣處賣到了馬三家勞教所，一人賣八百，這是後來聽警察說的。

田貴德沒有想到，到馬三家把頭抬起來後，就再也不許向窗外看了。時時處處，在廁所都不能看窗外，即使夜裡也不能看窗外，「發現就打！」

「早上起來望一望窗外也不行嗎？」

「不行，違反規定，任何人都不准靠近窗戶！」

2

和田貴德不同，孫毅在路上就知道去哪兒了。

透過窗簾縫，戴眼鏡的孫毅瞥到，前行路標的方向都指向東北遼寧，偶爾閃現的車牌，都標有「遼A」字樣；罵罵咧咧的警察也是東北口音，他很熟悉的口音，因為他在東北大連上的大學。孫毅估計，可能是去馬三家了。

調遣處的警察早就威脅過他：「不老實就送你去馬三家！」但他還是疑惑，馬三家真有男所嗎？他倒是聽說過馬三家女所，聽說過那裡的十八個女法輪功學員被投入男牢的事兒，但官方媒體一直堅持說馬三家就沒有關押過男法輪功學員啊。

這是四十二歲的孫毅第八次被抓、第二次被勞教。

兩次勞教，上次在中國南方，這次在中國北方。

在南方，他被無條件提前釋放。

這一次，他有種感覺，更大的考驗可能真的來了。

下了車，天都快黑了。

一群身穿迷彩服的早已等在操場。

「把頭低下！」他們揮舞著棍棒。

「不許往兩邊看！」抬頭張望的人很快就挨了棍子，「排隊上樓！」

上到三層，經過大廳進入筒道，孫毅看到了筒道口的牌子：六大隊，封閉區。

3

「離窗戶一米的距離不許停留！」

第二天清點人數，孫毅正好排在靠窗的位置。他趁機向外張望，看到的是院子和操場，遠處有一圈圍牆，圍牆外是茫茫原野。

「把頭低下！」突然一聲大喝，一個穿迷彩服的拿著木棍跑過來，再一次重申了六大隊的規矩：

「不許看窗外！」

孫毅的方位感極強，每到一個地方，他都想弄明白自己在哪個方位。

他不知道，往南兩公里，就有一條橫穿教養院的國道，叫新魯高速公路。再往南不到八公里，每隔七分鐘，就有一列火車呼嘯而過，那是中國最早的京奉鐵路，1907年就建成了，叫瀋山鐵路，從瀋陽一直通到北京正陽門，全長八百六十二公里。正是這條鐵路，使馬三家鎮成為瀋陽的門戶，成為東北和關內各地物資交流的必經之路。

據官方1999年出版的《馬三家勞動教養院院誌》記載（以

下簡稱《院誌》），馬三家勞動教養院，是「新中國誕生後組建的第一批勞教場所之一」，1957年成立。當時是一個大農場，到處是墳包、荊棘和荒地。因為地勢低，容易內澇，當地人稱「蛤蟆塘」。

經過勞教人員多年的起高墊窪、平整土地，如今，馬三家勞教所總面積已近三萬畝，除多個勞教所和監獄佔地之外，還擁有一萬五千多畝耕地，它一度曾是遼寧省瀋陽市最大的農副產品基地。

《院誌》上這樣記載：

「經過四十年的辛勤耕耘，我院從穀物生產為主的小型農場發展成為以農牧工商為主體的多種經營的大型農場，現擁有耕地15600畝，……一座年出欄3萬頭商品豬的機械化養豬場，……還有年產值1000萬元的機械廠、年產20萬套（件）服裝的被服加工廠和年產20噸白酒的釀酒廠，還擁有200多輛各類機動車和以商貿為主的正在興起的第三產業。這些具有一定規模、門類齊全配套的產業，全年創總產值1億多元，居全省同行業首位，相當於全省『兩勞』（「勞改」和「勞教」的簡稱）系統總產值的1/8，佔省內18個勞教單位總產值的1/2，對繁榮全省『兩勞』事業起到了舉足輕重的作用。」

4

「1997年以後，農產品就不值錢了，光靠種糧食根本開不出警察的工資，勞教所只好自己想辦法找活兒幹。」讓勞教們「挖管道，賣廢鐵，清理垃圾，也沒有什麼油水」。

到了1999年，勞教所「都快黃攤兒了，連電費都繳不

上」。

「是薄熙來把馬三家給救了。」勞教所很多警察都感謝薄熙來。

2002年薄熙來當了遼寧省省長，批准投資十億元進行監獄改造，據說「在馬三家就投資了五、六個億」，市內的大北監獄等都遷到了馬三家，馬三家成了全國最大的監獄城。馬三家勞教所也被重新擴建，薄熙來的舉措使破爛不堪的勞教所重獲生機。

「過去勞教人員少，種地人手都不夠。」這幾年，勞教人數增多，帶來了更多的商機。「有好幾個開出租的都不幹了，開了名菸名酒店。」曹老四很健談，「外地人才會買，給警察送禮唄，本地人可消費不起。」

瀋陽人曹老四，退休後在馬三家買了房，每天拉活兒。這裡買房安居，比城裡便宜多了。

曹老四把坐他車的客人分成三類：勞教的，看勞教的，還有管勞教的，就是警察。

據《院誌》記載：

解放後，馬三家勞動教養院適合國情需要，「最開始關押的都是國民黨的殘渣餘孽，反革命，反黨反社會主義分子，右派分子，出身剝削階級家庭的，有歷史問題的，還有越境叛逃的」，後來，「流氓盜竊的，不務正業的，不服從工作分配的，不服從就業轉業安置的，有工作崗位長期拒絕勞動的也都給關到這裡改造」。

「八三年『嚴打』，一年就關過五千多人，『六四』之後還關押過『動亂分子』呢。」曹老四說。

「現在關什麼人呢？」

「都是犯錯兒進來的唄。吸毒耍錢的，賣淫嫖娼的，小偷小摸的，打架的，倒賣發票的，賣黃盤的（黃色光碟），搞傳銷的。這幾年勞教的人多，現在上訪的可多了。」

「對了，還有煉『法輪兒』進去的，出來還煉，又進去了。」

5

馬三家勞教所門口，是曹老四每天趴車等活兒的地方。門口牌樓上，懸掛著一個白色牌匾：遼寧省思想教育學校，旁邊的黑色石牆上，寫著「遼寧省馬三家勞動教養所」。

灰撲撲的街面上，曹老四的紅色三蹦子尤其亮麗顯眼。

大部分搭車的是「看勞教的」。教養院這條南北十公里的路，曹老四一天要跑上很多趟。

和鎮上的馬路不同，教養院裡的柏油路又平又直。往左先是警察家屬區，然後是院部、蒲河公園，再走幾公里，就是女所。穿過高速公路，繼續往前是男二所，再跑上三公里，就是男一所，再往裡去就是嶄新漂亮的瀋陽監獄城了。

馬三家來信

二、怎麼到了馬三家

1

李成君怎麼也沒想到，因為送人一本書，自己就給勞教了。

2007年夏天，一個收廢品的老頭和李成君聊起來。老頭說身體不好，李成君就給了他一本《轉法輪》（法輪功修煉的主要著作），「我以前病得上不了班，看了這本書，病全好了。」

第二天這老頭兒敲開了他的家門，跟著闖進來的，是後面的一幫便衣。

「就我自己煉。」即使李成君這麼說，警察還是把他全家都抓了。他的妻子和表妹非常誠實，承認也煉法輪功，最後她們就和李成君一起被判了兩年勞教。

李成君有個小舅子，在派出所當聯防。他說，北京各個派出所、社區，都有抓人指標，警察按指標抓人，抓不夠就完不成任務。後來他打聽到，舉報李成君的那個老頭得了幾千塊錢的獎勵。

這種獎勵機制在奧運期間就完全公開了。當時《北京青年報》上連續刊登著舉報恐怖分子和法輪功活動有獎的啟事，舉報依據案情大小被分成不同獎項，每種獎項能獲得數額不等的獎金。

2

怎麼這麼多「紅袖標」（指戴紅袖標的臨時治安員）？大老李一邊往沿途自行車筐裡投放傳單，一邊疑惑著。農曆新年剛過，他不明白，又是什麼重要日子呢？街上這麼多戴紅袖標的？

「我是警察！」突然有人從後面拍他肩膀。

扭頭一看，一個十六七歲的小傢伙，手裡拿著大老李剛剛放進車筐裡的傳單，保安服上套著紅袖標。

「我可沒幹壞事兒，你看看這上面是什麼，全是事實呀。」

大老李打開傳單，上面是酷刑圖片。

小傢伙愣住了，但很快一本正經地說：「這是我的任務。」

「如果我沒幹壞事你抓我，你不就做壞事了嗎？」大老李很嚴肅。

遲疑了一下，小傢伙的手還是緊抓著大老李不放：「大哥，我能拿獎金了，我得謝謝你啊！你跟我走吧！」

還沒進派出所值班室，小傢伙就嚷嚷開了，「我抓了一個！」

「瞧瞧人家，一下就掙了兩千塊！」說話的是所長，剛剛開過奧運安保動員會，這麼快就有了戰果，他也很高興。

進了看守所，大老李才知道，「每天都嘩嘩往裡收人，外面狂抓呢，進入奧運安保期了！」

3

來北京才五天，河北蔚縣的李明龍就在旅館裡被警察帶走，他看《轉法輪》被查房的警察發現了。

當時李明龍正在小旅館等著應聘。為了奧運安保，2008年北京向河北大量招收保安。

三十三歲的李明龍下過煤窯，「那一次井下塌方，要不是修煉，要不是法輪功師父保護，我就沒命了。」他反復告訴警察。

但警察認為他「擾序」，擾亂社會秩序，勞教兩年。

4

薛文也是在旅館被抓的。他是江蘇人，出差到北京，住進旅館不到半小時，警察就找過來了：「你是煉法輪功的吧？」

薛文隨身攜帶的筆記型電腦被當場打開，查到有明慧網（法輪功網站）的下載資料。

警察說：「跟我們走吧。」

隨後，薛文被勞教兩年。

2008年奧運前夕，所有車站、賓館的身份查驗都與公安系統建立了聯網，法輪功學員的身份資訊幾乎都被做了特別歸檔。

5

「開門！再不開就鋸門！」

劇烈的敲門聲震動了北京昌平的一個生活社區。一群拿電鋸的警察，堵住了范質彬的家，最後房門被迫打開。

徹底搜查。翻了個遍，也沒有找到他們想要的。為了讓范質彬夫婦自己說出口供，警察把他倆關進了轉化班。

范質彬夫婦被舉報給人安裝過衛星接收天線。證據不足不夠判刑，但因為他們拒絕「轉化」（指放棄法輪功信仰），2008年5月，同時被判勞教兩年半。

6

孫毅被抓那天是2008年正月十三。

早上他和妻子說，我出去兩天，正月十五就回來。孫毅經常出門，她都習慣了。

因為離奧運還有半年多，孫毅沒有意識到奧運「安保」已經啟動。他要去見田貴德和大齊。他們三個是個技術小團隊，有時去安裝新唐人衛星接收大鍋，順便做技術支援。通過郵箱，他們約好了見面時間和地點，計畫去一個放資料的地方拉設備。

傍晚，他們開車到了一個叫盛世嘉園的社區，把房間裡的兩臺打印機、一箱《轉法輪》、一箱《九評共產黨》及一些耗材裝上車。

空曠的院子裡，突然就四下飛奔出一群警察，三個人同時被摁倒在地：「不許動！」

警車上，孫毅聽到偶爾還有冷冷的幾響鞭炮，有一下沒一下的，年還沒過完呢。

在拘留所，孫毅始終零口供。最後讓他簽字時，他吃驚地看到審訊記錄有好幾張紙，原來這警察一直低著頭，是忙著編筆錄呢。

「我什麼都沒說，你怎麼能隨便寫呢？」孫毅撕了筆錄。

很快他還是被判了勞教，兩年半，罪名是「擾序」。

7

單膝跪地，雙手托起飯盆，李成君大聲喊出報告詞：

「隊長好！報告隊長！五班勞教人員李成君求飯！報告完畢！」

於是，坐在飯桶旁邊的警察舀出一勺粥，稍微把勺子抬高一點兒，倒在李成君托起的飯盆裡。李成君馬上喊道：「謝隊長！」（勞教所裡對警察通稱為「隊長」。）

李成君不明白，吃一頓飯，怎麼需要這麼複雜的一套程式？幾次跪地求飯後，本來不認為自己有罪的李成君，已經矮了大半截，他真是自己都瞧不起自己了。

儘管調遣處有專門的學習委員演示「求」飯儀式，還是有很多人動作達不到標準。看著勞教們反復練習跪地、喊報告詞，李成君就想：遭罪遭到這一步，也算是到頭了吧？

「牛什麼？不是硬嗎，我一電，他連屎都得吃！」開大會時，調遣處的警察這樣說。

「北京調遣處不算什麼，」一個「五進宮」的小偷兒對李成君說，「上有天堂，下有蘇杭，人間地獄，馬三高陽。」

河北高陽勞教所是用棍子把人往死裡打的地方，比高陽還黑的就是馬三家勞教所了。

那個離北京六百多公里的馬三家，和自己有什麼關係呢？

李成君怎麼也沒想到，妻子被送到內蒙，自己和表妹居然就被賣到了馬三家。

8

在調遣處，孫毅沒有「求」過飯，他絕食了。

他拒絕寫《不煉功保證》，帶動了同大隊的其它法輪功學員，有的也開始絕食。警察一看要出事兒，趕快給孫毅蒙上黑頭套送走了。

取下黑頭套，孫毅看清了他進入的這個房間：方井一樣的狹小監室，斜陡的屋頂有六七米高，光線從頂部的天窗折射下來，照進了大約三平米的封閉空間。

鐵門緊鎖，唯一能通向外面的，就是鐵門下的一個洞口。

洞很小，能塞進來飯食和解大手用的手紙，有時會露出一雙眼睛，那是外面的人趴著往裡面看呢。

地面嵌著一個便池和洗臉池，一人多高的牆壁，都包上了煙灰色軟包面。孫毅猜想，這可能就是防自傷自殘的「麵包房」吧，以前聽說過，他知道自己被關了「小號」。

「這不叫『小號』，叫『隔離室』，」警察找他談話時糾正說，「而且，這裡勞教人員都叫學員，我們可都是文明管理。」

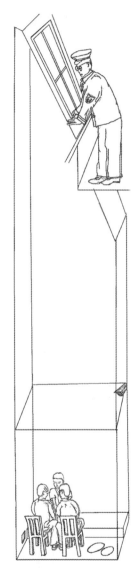

小號　孫毅／繪

馬三家來信

文明管理沒有刑具，沒有電棍，有「人肉銬子」。

「人肉銬子」就是「活枷鎖」，就是讓兩個「包夾」（被指派專門貼身看管、監視法輪功學員的勞教人員）用身體把人「銬住」。

孫毅坐在小床上，兩條腿被「包夾」用他們的雙腿夾持，他們再用一隻手握住孫毅的手，用另一隻手按住孫毅的上臂，這樣，孫毅的四肢就被牢牢鉗在「包夾」的身體裡了。

房頂天窗的馬道上，警察走來走去。房間裡的監視器時刻亮著一個紅點，監聽設備先進，竊竊私語都能被放大。喊話器裡，突然就會傳出大聲責罵：「不許說話！」

於是，三個大男人互相對望，身子貼著身子，肉挨著肉，不說話。在隔音良好的房間裡，經常就只有重重的呼吸聲了。

到了馬三家，回憶起北京調遣處的「人肉銬子」，孫毅這才明白，為什麼調遣處的警察說他們是「文明管理」了。

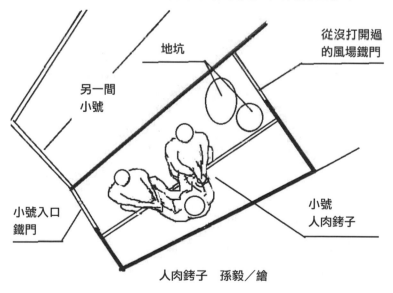

人肉銬子　孫毅／繪

三、「大發」、菜湯和熱水

1

「脫！」

「都脫光！」

按照指令把衣服脫精光，裸體踩在冰涼的瓷磚上，接下來就一無所有了。

「轉過來！」

「轉過去！」

檢查完畢，穿上允許穿的內衣內褲，孫毅得到了一套橘紅色勞教服，還有一把用來吃飯的勺子，正好可以插在勞教服的上衣兜裡，全身上下只有這一個兜。

連一根短布帶都不給留下。

從調遣處來的時候，褲子的皮帶襻上還有個短布條可以繫，搜身時，警察就戴著白手套把這個布條甩進了垃圾堆：「違禁品！」

腰帶、鞋帶、鈕扣、金屬環都是違禁品，警察認為這些東西能用來自殺。

於是孫毅手提著褲子走路，褲子太肥。

2

凡新進所的勞教首先編入六大隊，被稱為「新收」。

六大隊是立規矩的地方。

與警察說話，勞教人員必須蹲著。

在任何地方，只要遇上警察就必須停步，靠牆立正站好，「雙手捂蛋」（男性生殖器），向警察問好。不許抬頭看警察的臉，只能看警察的鞋。

永遠要低頭，在筒道裡走要低頭，排隊要低頭。

凡事都喊報告，上廁所要報告，進門要報告，說話要報告，在大廳坐小凳子，要喊「報告」，等警察說「坐」，然後才可以坐下。

不許隨便站立，不許隨便走動，不許互相講話，不許遞眼色、不許向窗外看、不許……不許……不許……

3

孫毅注意到，筒道裡管勞教的不是警察，是穿迷彩服的。他們戴著紅袖標，袖標上印有「四防員」三個黃字。

開始還以為穿迷彩服的是保安呢，他們都隨身帶著一根木棍。後來才知道，他們是協助警察管理的特殊勞教人員，被稱作「四防」，警察也叫他們「雙改人員」，既改造自己，同時又改造其它勞教人員。

在1997年司法部發佈的《關於加強監獄勞教所安全生產工作的通知》中，「四防」是指：防逃、防非正常死亡、防重大案件、防重大安全事故。

4

監舍兩側各有一個大通鋪，分別由八張單人床拼成。

左邊的通鋪睡一個「四防」。

右邊的通鋪上，擠著三十多個「新收」，像罐頭裡的沙丁

魚，一顛一倒碼著。即使穿著同樣的勞教服，在這鋪上也是有等級的。睡邊上的是「有面兒的」（指有身份、能夠得到「四防」和警察照顧的勞教）；稍往裡去的位置就要靠能力爭搶了；擠在中間的，是不爭不搶的，或者是搶也搶不過別人的。

為了搶地方，很多人吵起來，甚至動了手。但是翻身的時候，大家就配合協調得很好了，一起喊「一、二、三」，然後就集體翻了身。

田貴德和孫毅都被擠到了中間。最擠的地方，他們倒高興起來：分開一個多月，終於可以聊天了。

「你是零口供，也判了？……」

「送到馬三家的都是外地戶口的，大齊是北京人，留在了北京調遣處……」

「估計是房東把我們給舉報了……」

「……」

「閉嘴！不許說話！」對面大鋪上的「四防」打斷他們。

東北晝夜溫差大，半夜孫毅就被凍醒了，想再翻個身，發現是沒有可能的。

睜著眼，他看著天花板，家裡會不會有事？不知妻子一個人怎麼樣了？

「鬼地方，不是人待的！」有人凍得睡不著，罵起來。

「別說話！不想睡起來騰地方！」對面大鋪上的「四防」吼起來。

下面鋪得厚厚的，上面蓋得暖暖的。那麼大一個床鋪，一個人睡就有些空。「四防」脫下的迷彩服佔了很大的位置，寫有「四防員」的紅袖標鮮明地套在上面。

夜裡去廁所回來，把腳插進人體中間的縫隙，孫毅就再也塞不下身子了。他小心翼翼地從別人的頭上邁下腳，挨牆半坐著。

室內很亮，看著一個人的腳丫子蹬到另一個人的嘴邊。孫毅聞著腳臭味，聽著窗外的風聲。迷迷糊糊剛要睡過去，筒道裡一聲高喊：「起床！」

窗外漆黑一片，也不知道幾點。

「快點，都趕快出來！到走廊排隊！」

睡眼矇矓的勞教們趕緊跑出門，還沒站穩，樓道那頭遠遠就有人扯嗓子報數了，「一！二！三！……」

報完數回鋪上，穿衣服、捲行李、打包，一個屋一個屋排隊，等著把行李送進庫房。

接下來一個屋一個屋輪流洗漱。「快！快！快！」，「四防」在門口催促著，幾分鐘內必須結束洗漱。

水龍頭少，爭搶不過別人，孫毅拿毛巾在水池的髒水裡濕一下，擦擦臉，好賴也算洗漱了。

提溜著褲子出操的時候，孫毅看到了勞教所的圍牆，在天光的背景下，陰冷的圍牆就像一個剪影。那種朝陽未升起前的紅色瀰漫在天際，天有點見亮了。

幾圈跑下來，還真有在學校出早操一樣的感覺。太陽慢慢爬上牆頭，光線從牆外樹杈的縫隙照進操場。這是孫毅第一次在馬三家看太陽升起，也是最後一次，以後就再沒機會見到馬三家的朝陽了。

結束操練時，孫毅提著褲子向警察報告：「我沒有腰帶，以後出操有困難。」

警察說，不是每天都出操的。

5

果然第二天就不出操了。

從此，兩頭見不到太陽。天沒亮就到舊樓二層的車間幹紙活兒，半夜收工。

「幾點了？什麼時候收工啊？」一個愣頭愣腦的新收問「黑臉兒」。

「黑臉兒」上去就一巴掌，「什麼時候收工？這也是你能問的？」

「誰張嘴呢？都給我『關機』閉嘴！」

「黑臉兒」衝著兩個小聲說話的人喝斥。新收之間不許聊天。

於是，光禿禿的腦袋一排排埋下去，低頭幹活兒，把一種紙疊成蘑菇的形狀。

「報告班長，我想喝點水。」

孫毅突然站起來對「黑臉兒」說。

「黑臉兒」掃了一眼這個新收，眼鏡架在蒼白的臉上，肥大不合身的勞教服使他顯得更加瘦弱了。

猶豫了一下，「黑臉兒」出去給孫毅端回一飯盒水。

水像冰鎮的，孫毅一口氣就喝完了。

「你小子還挺有面兒，」一個小「四防」瞟了瞟孫毅，「在這兒哪有讓『四防』給你端水喝的！」

孫毅去過很多關押場所，基本都有水喝，為了不鬧肚子，也都提供熱水。孫毅給六大隊提了意見，希望能解決喝水問

馬三家來信

題，很快警察就給新收開了會。

「你們一天可以放茅（上廁所）六次，足夠喝了。」

孫毅沒聽明白，喝什麼呢，放茅的時候？

之後才知道，放茅的時間就是喝水的時間。

沒有杯子，怎麼喝水？到哪兒接水呀？

可以在廁所對著水龍頭喝。

於是，大家都歪著頭，對著廁所水房裡的一排水龍頭，齊刷刷地喝水，旁邊，一些人嘩啦啦小便。

廁所水沖刷過的便池，在白瓷磚上留下黃綠色的痕跡，水有股腥臭味。老號說附近有個養鴨池，離水井很近。

「知足吧，」老號說，「現在好多了，還能有自來水，過去洗臉都沒有水，接見時家屬帶水喝！」

6

一進食堂就聞到滿大廳酸味，「大發」的味道。

「大發」，勞教們也叫它「狗幹」，意思連狗都不吃。它是勞教所的主食，就是玉米麵蒸糕，玉米麵粉在蒸箱裡倒上水就蒸得了。開過拖拉機的田貴德能吃出「大發」裡有老鼠爬過的尿味。

孫毅掰開一塊「大發」，他吃不出尿味，只是覺得「大發」有點澀，辣嗓子眼兒，而且非常酸、倒牙。他的胃還不能適應「大發」的酸味，一種化學的酸味。

菜湯已經沉澱得差不多了。孫毅從上衣口袋掏出勺子，算掉湯底的泥和浮面上的草葉，揀出湯裡的幾片爛葉子，慢慢喝完。

湯裡沒有油，幾乎沒有鹽。

「現在好多了，過去還只有兩頓飯呢。」一談起伙食不好，老號就說起過去。

吃完飯，孫毅把勺子舔乾淨，放回上衣兜。

突然聽到有人喊他，一個在北京認識的畫家同修從他身邊經過。孫毅認出來了，跟他點了點頭，交換了一個微笑。

像正常人那樣說話，新收是不允許的。但二所的八大隊、六大隊和五大隊在一個食堂吃飯，趁亂時，還是能交換一些新消息。一般都是低頭平行著說上幾句，不能臉對臉。

剛來六大隊就見到了熟人，畫家同修非常高興。他向孫毅擺手，接著他用手攏住嘴，「有tang嗎？」他發出一個「糖」的音。

他是問他要糖，孫毅聽懂了。

沒有糖，有特權的人才能買到糖。孫毅對他搖搖頭。

一個老號湊過來，遞眼色給孫毅：「小心『321』！」

孫毅感激地點點頭。他聽說過「321」，也叫「點子」，是勞教所培養的特務，專門打探勞教人員的情報。勞教所把他們叫「耳目」，他們是不公開的「四防」。勞教們叫他們「321」，也叫「黑四防」。

排隊時，孫毅低頭走過田貴德的身邊，悄聲說：

「北京又來了一批人。」

7

北京這回來了幾個「預謀搶」。「預謀搶」這個罪名孫毅是在北京的看守所知道的。

王東東，二十歲，夜裡在北京一個公交站等車。因為手裡有一把水果刀就被抓了，被定為「預謀搶劫」，判一年勞教。

　　一個在北京打工的山東小孩，半夜在王府井閒逛，被查出沒有身份證。警察哄騙他：「你承認想搶劫就放了你。」小孩嚇得就承認了，結果，「預謀搶」，判勞教一年。

　　一個四川的中專生，翹課跑到北京，大街上正看夜景呢，給抓進了拘留所，因為沒有暫住證。警察問他：「這麼晚在大街上逛，你是不是想搶劫呀？」最後孩子也被逼承認自己「預謀搶」，勞教一年。本來他還想在北京看奧運呢，結果給送進了勞教所。

　　一到食堂，幾個孩子就嚷嚷起來，昨天在路上發的麵包沒吃完都撇在了押解車上，真後悔啊，誰想到馬三家吃的竟然是「大發」！

　　車間裡，孫毅還認出了在北京調遣處見過的「大俠」，坐田貴德對面疊紙呢。

　　「大俠」在進京路口被抓，勞教一年。因為提包裡有一本《轉法輪》，別人送的，書他還沒翻過呢。

　　剛上大學的「小不點」也來了。他幫爺爺刻了一張關於「八九六四」的光碟，勞教兩年；坐他旁邊的，是葫蘆島的老龍，勞教一年。因為在路上接了張光碟，光碟裡有法輪功的內容。

　　新來的范質彬讓「四防」們印象最深刻。

　　「到馬三家居然要喝熱水」，這讓「四防」們覺得不可思議。

　　范質彬第一天夜裡就問值班「四防」要熱水，於是第二天

早上，好幾個「四防」過來看他，想看看這個要喝熱水的新收長什麼模樣：人非常瘦弱，眼鏡片一圈一圈的，一看就是個書生，聽說是個博士，她妻子就關在五公里外的馬三家女所。

　　據說范質彬是這麼多年來第一個要熱水喝的新收。范質彬不知道，除了「四防」，沒人能喝上熱水。

馬三家來信

四、生存教育課

1

中華人民共和國司法部第（23）號令

《勞動教養人員守則》

第一條　擁護共產黨和社會主義制度，不准散佈敵對言論和煽動敵對情緒。

第二條　遵守社會公德，講究文明禮貌，不准閱讀、傳抄黃色書刊、散佈淫亂思想，不准在交往中有粗俗、野蠻的行為。

第三條　尊重幹部，服從管教，不准無理取鬧。

第四條　認罪認錯，接受教育，不准消極對抗、自傷自殘、圖謀報復。

第五條　遵紀守法，矯正惡習，安心改造，不准進行違法犯罪活動，不准擅自離開規定的活動範圍，不准逃跑或唆使、拉攏、協助他人逃跑。

第六條　互相監督，互相幫助，共同進步，不准恃強淩弱、敲詐勒索，不准損壞、侵佔公物和他人財物，不准弄虛作假欺騙幹部、包庇壞人壞事、栽贓陷害他人。

第七條　增強集體觀念，建立正常關係，不准搞江湖義氣、拉幫結夥、刺字紋身。

第八條　努力學習政治、科學文化知識，不准曠課、遲到、早退，不准違反課堂紀律、損壞教學設施器具。

第九條　積極參加生產勞動，按質按量完成生產，不准曠

工、抗工、消極怠工，偽造病情逃避勞動，損壞生產設施和勞動工具。

第十條　遵守作息制度，服從統一安排，不准無故不參加集體活動、擾亂公共秩序。

1992年8月10日頒佈

勞教所的「金科玉律」就是《勞動教養人員守則》，簡稱「23號令」。

在馬三家，文盲都必須背會「23號令」，不會背是要挨打的。這不僅是一切行動準則，更是對自己勞教身份的認可。「會不會背是記憶力的問題，想不想背就是認罪態度的問題了」。

每天一開會，筒道長（就是「四防」的頭兒）「黑臉兒」總是先問一句，「還有誰不會背『23號令』？不會背的把手舉起來」。

不會也不敢舉手啊，再不會背就要挨打了。

孫毅每次都舉手，接著，田貴德舉手了，李明龍也舉手了，還有北京的一個俄語翻譯黃永浩也舉手了，都是「法輪兒」（對「法輪功學員」的俗稱）。

「黑臉兒」掃了掃這幾個人，沒吭聲。

「不背監規是和你們的信仰有關嗎？」他把孫毅一個人叫出來，單聊。

「我不認為自己有罪。」

「嗯，這個，我知道……那以後我再問大家時，你能不能不舉手？」

「黑臉兒」的這句話讓孫毅一愣。

2

上級要來檢查了！

所有勞教都集合到大廳，警察要給大家上一堂新收教育課，教育如何回答上級的提問。

「咱們大隊每天幾點開工？幾點收工？禮拜六、禮拜日休不休息？伙食怎麼樣？什麼時候改善伙食？」一個剛來的小勞教被叫出來回答問題。

小勞教按實際情況回答：

「早晨四點起床；幹活兒到七點半吃早飯；接著幹活兒到中午；吃完午飯接著幹；然後是晚飯，接著再幹；晚上十一、二點收工；週六、週日不休息；吃的是『大發』和菜湯。」

話音剛落，幾個「四防」就上去了，小勞教被抽了幾個巴掌。

「知道為什麼打你嗎？」

小勞教搖搖頭。

警察大聲說：「告訴你們，我們是早上八點鐘開工，十一點收工，吃午飯；然後中午午休一小時；下午上文化教育課；禮拜六、禮拜日休息；每週一、三、五改善伙食。大家記住沒有？」

原來勞教所裡還有另一套作息時間表啊，大家都不吭聲了。

「四防」一看沒反應，罵起來：「都聾了嗎？隊長問話呢？沒聽見啊？」

「聽見了！聽見了！」大家馬上應聲。

警察又叫了一個勞教出列，問他同樣的問題。

還是沒答對，他沒提上文化課的事兒。但這次警察很耐心，道理是要講明白的。他說：

「我們不光是幹活兒呀，每天還要學習。勞教勞教，除了勞動還有思想教育呢，我們勞教所是思想教育學校，是改造人的學校嘛。記住，每天下午你們都要上文化課。大家聽明白了？」

這回大家都聽明白了，誰也不想挨巴掌。

孫毅想著怎麼能不說假話呢，結果也沒叫他。一般這種場合不找法輪功學員，都知道他們說真話。

最後隊長總結了：「今天的課就到這兒吧，明天就來檢查了，都好好準備準備。」

3

再周密的準備也有出岔的時候。

六大隊有個勞教，神經不正常。怕他控制不住自己，向檢查團說出實話，影響大隊形象，所以警察就讓「四防」把他藏進大鋪底下，「待著，別動！」

沒想到，上級檢查的時候，他突然把頭從鋪底下伸出來，蹭了一臉的灰。

檢查團走了之後，他被拖出來一頓暴打，「丟人現眼的！」打的時候，居然從他衣服裡滾出半塊「大發」。自然又加上幾腳踹，「還敢偷食堂的東西！」

「大發」在托盤裡被切得大小厚薄不一。趕上小塊的、薄的就吃不飽了，前一天他偷了半塊「大發」。

而且，他居然還敢在褲裡縫兜！有特權的人才能多縫個兜呢，於是又添了幾腳：

「你以為你是誰！也想裝『老大』！」

4

上級來檢查的日子，就是伙食改善的日子。當天菜譜就和食堂小白板上寫的一樣了：魚和米飯。

檢查結束後，繼續吃「大發」。

有特權的人能泡上一包速食麵。因為要用熱水泡麵，所以搶熱水就成了「四防」每天都在食堂上演的一場戲了。

正在吃飯，熱水器那邊叮咣一陣響，碎了個暖水瓶。然後一堆戴紅袖標的聚成一團，把一個也戴紅袖標的圍在中間。開始還能聽到他嚷嚷，很快嚷嚷聲就給憋回去了。

「那是八大隊的，」一個勞教說，「八大隊老打群架，因為他們做『鬼活兒』，所以不安生。」

混亂中，看到老啞巴順手拿了塊「大發」藏進衣服，孫毅垂下了眼睛。

老啞巴眼神好，總是東張西望，想在什麼地方多弄點吃的。搶不到熱水的人乾嚼速食麵，他就盯著。瞅冷子上去就把速食麵搶走，撕開鹽包就往嘴裡倒。最後老啞巴笑嘻嘻地還把速食麵送回來，他只要個鹽包，他知道分寸。家裡沒人管的老啞巴，吃個料袋兒還不讓嗎，沒人和他計較。

5

六大隊每天都開會。

早上出工之前開「班前會」，就是把新收集中到一個房間，一起觀看「挨打」。

「班前會」有基本程序，一般都是「黑臉兒」主持，先是抽查背誦「23號令」，之後「黑臉兒」發言。

「又把自己當人了吧？」這是他的開場白。

然後，他先總結前一天發生的事兒：誰誰撿了菸屁，誰誰隨便說話了，誰誰不經允許洗晾衣服了等等。總結完畢，就要抓個典型「開會」了。

一個「被開會」者被提溜到兩個鋪中間的過道上，蹲著。

「讓他自己說。」「黑臉兒」黑著臉。

「對照『23號令』，你犯了哪一條？」

「那你說你這種行為應該受到什麼樣的懲罰？」

如果回答沒有認識到問題的嚴重性，「黑臉兒」只會重複三個字：「繼續說！」沒有廢話。

直到「被開會」者按照「23號令」找出自己的過錯，並深挖出罪錯的根源。

「那你自己說應不應該受罰？」

「那你自己說該打你多少下？」

然後「被開會」者就會說自己應該被打多少下。

「這可是你自己說的！」

這套例行的程式下來，氣氛一下就緊張起來，大家都坐直了。

馬三家來信

今天「被開會」的是老啞巴。

他被拽出來，蹲在中間。

碰到不會說話的啞巴，程式要麻煩一些。「黑臉兒」專門叫出一個會啞語的人給他打手勢。

「讓他想想昨天犯了什麼錯誤。」

老啞巴想不出來。

「提醒提醒他。」「黑臉兒」願意以理服人。

「翻譯」比劃著手語：「你昨天是不是從食堂偷了一塊『大發』？」

老啞巴急了，比比劃劃說不出話，幾個「四防」上來就要動手。

「慢著，等會兒。」

「黑臉兒」手一攔，繼續讓人翻譯給老啞巴：打他的原因是，在外面偷東西，在裡面還偷！

其實「黑臉兒」自己也是慣偷進來的，已經「多鍋」了（就是多次被勞教）。

「四防」們等不及了，其實直接動手就夠了，不用解釋。

一頓棒打。老啞巴抱頭亂滾，哪裡還看得見翻譯的手語，他哇哇啊啊叫，被打得都喊出聲了。鋪上觀看的人心裡一陣陣緊縮。

「啪」一下，觀察窗突然開了。一個小警察往裡瞄，一看正打人呢，走了。

觀看打人　言午寺／繪

　　「黑臉兒」是管教大（負責全權管理勞教人員的副大隊
長，簡稱「管教大」）的紅人，一般警察不敢管。

　　老啞巴繼續哇哇大叫。勞教們雙手抱腿，在鋪上大氣都不
敢出，生怕出點什麼事兒給抓了「典型」。

新來的就有撐不住的了，有的冒出汗來，流露出的緊張與恐懼不亞於被打者。老號就鎮靜些，神情麻木，眼睛空漠地睜著。

　　肯定是被「321」看見了，孫毅心想。

　　他注意到，打人用的是幾根特意糊成的木棍，方稜木棍纏上牛皮紙，再用透明膠條一層層黏裹，這樣就不容易出外傷了。

6

　　「教育感化，不如牢頭鎬把。」這是勞教人員中流行的一句話，馬三家傳統的管理方法就是打。

　　堅信暴力能改變一個人的思想，這是曾在國外做過訪問學者的范質彬不能理解的。

　　范質彬多次向警察反映「四防」打人。警察說，勞教所警力不夠，必須由「四防」協助管理。為了維護「四防」的威信，警察一般不管他們。

　　「可是，教育、感化、挽救是勞教工作的方針政策呀！」范質彬道。

　　「你們要清楚自己的身份，這是什麼地方！告訴你們，中國現在有兩個地方還沒解放：一個是臺灣，一個就是馬三家。」警察說了這句馬三家人人皆知的名言。

　　六大隊的勞教們很快就學會了馬三家的生存邏輯。他們習慣於對周圍的暴力熟視無睹，大多數被馴化得都能按照馬三家的規矩和潛規則自己監督自己。即使沒有警察，無形的監控也讓他們感覺到警察的存在，條件反射地不敢抬頭，不敢看窗外。

馬三家有個笑話，說一個勞教解教回家，他媽媽叫他名字，他馬上立正就喊：「到！」

　　養成習慣，就像長期被栓的馬，繩子解開也不想跑了。

　　但有些人總是想辦法要逃跑的。

馬三家來信

五、做白日夢的逃跑者

1

「窟通」一聲，正在報數的行列裡，一個大個子倒地站不起來了。

「缺鉀」，沒人大驚小怪，有經驗的勞教都知道怎麼回事兒。缺鉀會造成四肢麻木，肌無力，醫學上叫「發作性軟癱」。

「唉，就這體格，讓你跑你都跑不出去！」

吃不飽，營養不良，就是逃上馬路，跑不了多遠就沒力氣了，警察一開車准能追回來。據說有人半夜逃出去，跑到天亮還沒出教養院大門呢。不是因為路長，是因為跑不動，沒有體力。

孟飛看到過那些被抓回來的，「掛」在大閘（隔離勞教人員與警察之間的一道鐵柵欄門）上，還要加期！吃「黑旗」！

馬三家勞教所規定：每月給勞教人員考核，用旗的顏色代表不同的獎懲待遇：紅旗減五天期，黃旗減兩到三天，藍旗不加不減，黑旗加期五天。

總之，就是熟悉地形，一般人也不敢跑，成功的可能性太小了。「唉，做夢回家吧。」

但孟飛想試一試。

除了摸清方位，他做了很多準備，經常打通關係到小賣部給自己買香腸，買花生豆。三十多歲的他雖然反應靈敏，但要強健身體，還必須增加營養。

一個夏天的早晨，一輛貨車要進來，大門打開了。正在院子裡站隊的孟飛瞅準機會，「嗖」一下，像離弦之箭，突然以不可思議的速度，飛快跑出大門。

　　耳邊，只有呼呼風聲，兩條腿帶著他前進。對面就是一望無際的玉米地了。

　　等警察反應過來，已經不太可能追上了。玉米已經有一人多高，一旦鑽進青紗帳，再找就困難了。

　　誰都沒想到，快到玉米地的時候，孟飛突然倒下，口吐白沫。

　　他犯病了，癲癇。孟飛完美設想過所有逃跑的細節，唯獨沒想到自己會犯病。

　　連警察都說，如果不犯病，他可能真就跑掉了，這小子溜得太快了。

　　癲癇是陣發病。醒來以後，警察先是用兩支電棍電他，一起電到沒電為止。然後把他高掛（馬三家酷刑的一種，用手銬吊掛雙手腕於高處）在大閘上，雙腳尖不沾地。

　　掛了半個多月，手被銬得血肉模糊。

　　他痛哭流涕，對自己的錯誤認識深刻。《檢討書》《保證書》寫了很多份，認罪態度也誠懇得很，就是他心裡更想逃跑了。

　　又抓住了幾次機會，都沒有成功。

　　有次趕上大貨車出貨，大鐵門一開，他「嗖」一下就跑，被抓回來了；還有一次，垃圾車出大門，他跟著垃圾車往外跑，又被抓回來了；爬到車間房頂上的那次逃跑，已經沒人把他當回事兒了。

「神經病！」警察不屑地說，「異想天開，做白日夢！」

2

但余曉航就不認為他有病。

到馬三家之前，余曉航對痛苦的記憶就是不斷地挨打。

他去賭場找父親，賭場不讓他進去，挨打；後來，父親因賭博輸光全部家產而自殺，余曉航開始舉報賭場騙賭，舉報了十年；他哪裡想到當地政府官員在賭場有股份呢，他被黑社會追打，左腿的大小骨頭都給打斷了，腦袋被縫了二十多針；他哪裡想到法院會枉法裁判，更沒想到法院竟然扣押賠償錢款，他去法院要錢，又被法警打了。

他相信政府，相信法院，相信國家會依法給他解決問題。十七歲他就去北京上訪，關過久敬莊（北京一個有名的黑監獄，專門關上訪者），睡過大馬路。「給老百姓做主的地方都去了」，不僅沒人做主，余曉航反而經常因上訪被抓被打。

在六大隊，和警察說話必須蹲著，挨打就更方便了。

蹲著的時候，他看見的是警察的皮鞋。擦得油黑錚亮，小勞教給擦的。能給警察擦皮鞋，那可是好差事，不是誰都能給警察擦皮鞋的。

他知道穿皮鞋的腳隨時都能踢過來。

不僅挨打，還要認罪、悔過。必須反復承認自己對社會造成了危害，必須反復承認自己法律意識淡薄。他想不明白，自己有什麼罪錯呢？警車違規停車，他採訪了開警車的人，把視頻放到了網上。

警察問他，你為什麼要拍視頻？余曉航說：「為了國家更好，越來越好，依法治國。」

　　他哪想到，「為了國家更好，越來越好」，他就接了一年九個月的勞教票，罪名是「暴力抗法和煽動鬧事」。

　　抓他時自己乖乖兒就和警察走了，怎麼暴力抗法了呢？抗了什麼法呢？怎麼就危害了社會呢？

　　「我沒背景，也不反對政府、不仇恨社會，我不反黨啊，為什麼黨要我的命？」他想不通。

　　不需要想通。警察給了他一個認罪悔過的範文，「在空白處簽上名字就可以了」。

　　從此他要寫各種材料。一遍一遍承認自己都不認可的罪錯，說法律英明，說共產黨好，說政府好，最後要落實到說馬三家勞教所好，勞教所的警察好，勞教所的勞動改造和思想教育挽救了他。這都是勞教所減期必備的文書格式。

　　他還要反復大聲唱《馬三家教養學校校歌》，還要把面前這塊帶皮的土豆吃下去。

　　一刀切下的大半塊土豆，泡在一碗黑色的湯裡，湯底兒有一層泥，土豆是黑心的，所以湯就是黑色的。他必須把這個土豆咽下去，新收有規定：不能浪費飯菜。

　　吃完土豆還要搶活兒，完不成定額，「四防」掄過來的木棍是不可以躲閃的。

　　「吃得沒豬好，醒得比雞早，幹的是牛馬活兒，當的是三孫子。」誰看見大門敞開不想跑？

問題是往哪裡跑？跑都不知道方向啊。

　　來馬三家這麼久了，只有上次輪到他擦玻璃，余曉航才有機會觀察窗外：茫茫田野，難辨方向啊！他又不敢打聽，一旦被打了小報告，「偵察路線，企圖逃跑」，那不是找死啊！

　　所以余曉航認為，「孟飛不是神經病，只不過敢想敢幹就是了。」

六、「你不能打我！」

1

田貴德又挨踹了。

上次是因為在筒道中間走，他就挨了幾腳踹。按照規定，勞教人員只能貼牆走兩邊。這次挨踹是因為田貴德沒有在規定時間上完廁所。

「快！快點兒！趕快！」「四防」催得人心慌，上沒上完廁所都必須提褲子趕緊出來。

不管怎麼催，田貴德都一點不慌，慢慢吞吞最後一個走出廁所。自然又挨了踹：「不懂規矩呀！」

田貴德的動作比別人慢一拍，他嘴也慢，言語遲緩，不愛說話。

但有一天早上，正在食堂吃飯，一聲「法輪大法好，信仰無罪！」響起來，大家一看，喊的人竟是田貴德。

幾個「四防」上去就把他打翻了。

接著，黃永浩被拖到了警察面前。

「他怎麼啦？」警察問。

「他剛才喊『不許打人』。」「四防」回答。

於是黃永浩被電擊了一頓。他是在人民幣上寫「法輪大法好」這幾個字被勞教兩年的。

孫毅再次看到田貴德時，他已經給掛起來了。一副手銬銬住兩隻手，再連另一副手銬懸吊在廁所窗戶上。

第二天，警察抱一堆電棍進了廁所。

吭吭當當，把五六根電棍擱在大便池和小便池之間的垛子上，警察二話不說，一根接一根，開始電田貴德。

　　「吭」一下，電擊使他身體打直，下墜，高掛的手竟從銬子裡脫出來。

　　「吭」又一下。

　　這個1999年曾在天安門廣場打坐的河北農民一聲不吭，他直愣愣看著警察。

　　電了一會兒，警察攏起那堆電棍，走了。

　　「不起作用。」

　　電棍對田貴德不起作用，這並不讓「黑臉兒」驚異，「法輪功學員有超常的意志力。」以前他見識過。過去六大隊有個「法輪兒」，不怕電棍，高壓電棍也沒感覺，從不告饒。後來這「法輪兒」絕食了好幾個月，出現了生命危險，勞教所悄悄把他放了。為了維持他的生命，大隊一天就要花好幾白塊錢。

　　晚上，「黑臉兒」把一條棉褲甩給田貴德，「穿上！」

　　雖然是四月，夜裡還是非常冷。廁所地面的積水上，早晨就有一層薄薄的冰渣兒。

　　「大發」被送到廁所給田貴德吃，旁邊有人解大手。

　　有個勞教想給田貴德送點鹹菜，他試探著看看「黑臉兒」，「黑臉兒」點點頭：「擱那兒吧，趕緊走。」

　　「黑臉兒」是筒道長，勞教們都送禮給他。據說「黑臉兒」在勞教所一年，能掙個幾萬塊錢帶回家。他平時對勞教張口就罵，抬手就打，但奇怪的是，勞教們反而很服他。因為他盜亦有道吧，比如他叫人打了老啞巴，之後還給了老啞巴幾袋

速食麵。

2

廁所的水積在腳下，髒水混著尿液，慢慢滲上棉褲腳。

半個月的「吊掛」，田貴德的手、腳、腿都胖腫了，人也脫了相兒，眼框深陷，嘴唇顯得更厚了。

廁所的窗戶是開著的，可有防護欄隔著也爬不出去啊，冷風倒是呼呼往裡灌。

窗外有棵大楊樹。田貴德想，要能把自己變小，鑽出防護欄，順著大樹滑下去就好了。

大楊樹和窗戶有些距離，只有樹梢能被風吹蕩過來，幾根發著青綠的枝條在防護欄前晃動著。

3

晚上，「四防」把「大發」給田貴德送到廁所，中午的飯還擱在垛子上呢。田貴德不吃，絕食，他不想站在廁所裡吃飯了。

絕食是勞教人員的一種反抗方式，是「嚴重反改造的行為」。

幾天後，田貴德被銬進了「鐵椅子」（一種限制人雙手、雙腳自由的刑具，由鐵板、鐵管焊接而成，帶有鎖緊裝置），勞教都說「鐵椅子」吸血，管它叫「死人凳」。固定在鑄鐵板裡，骨頭凍得發疼，後來田貴德身體癱軟，「鐵椅子」坐不住了。

送到馬三醫院體檢時，田貴德已經不能走路，一步都邁不

開，膝蓋打不了彎兒。醫生瞟了一眼：「缺鉀。」他又被送回六大隊。

田貴德被再次送到馬三醫院是幾天之後，但不是給他治病。

上午九點，他平躺在護理床上，沒有醫生。一屋子的警察，黑壓壓的警服把白亮亮的病房擠得滿滿的。他們好像在等一個人。

一陣救護車的呼嘯聲在門口戛然而止，然後是高跟鞋的聲音，進來了一個女人。

田貴德眼前晃動著一個瘦臉，還有明晃晃的肩章。她個子很高，手裡拿著一個東西，好像還微笑著。

一道白光閃亮，她把它插進田貴德的嘴裡，冰涼的鐵器一下就撐開了他的口腔。能感到手的溫熱，女人的手，特別柔軟。接著，滿口牙都鬆動了。田貴德疼得睜大了眼睛。

他看見兩隻眼珠，下翻露出大半的眼白，嘴唇很紅，被長頭髮遮住的臉，不知怎麼一下就青面獠牙了。然後她又微笑了，忽遠忽近地微笑著。

沒人說話，男警察們在觀摩。

「這東西很容易掌握的。」她給大家演示如何放開口器，一種醫用醫療器械。

突然她就對田貴德說話了，很溫柔，也很嚴肅。

「你怎麼這麼不愛惜自己呢？我們比你還珍惜你的生命啊！這樣下去不行啊，你不吃飯，我們就要本著革命的人道主義來救你。」

這女人往下摁開口器，田貴德感到心一下就給揪上來。

她往開口器裡倒一種黃色藥麵，一邊倒一邊向警察們介紹：「這個呢，就是『廢功一號』。」田貴德嘴裡馬上就苦得不行。

「廢功一號」據說是馬三家針對法輪功學員發明的一種藥物。

她用開口器憋他，觀察他的反應。

田貴德早就沒勁了，但憋悶使他使勁掙扎起來。看到他的臉一點點變青紫了，她才鬆手讓他喘氣。然後繼續憋他。接下來，她延長了憋的時間，直到田貴德沒了聲音。

幾個男警察緊張起來，向前探頭。

「不要緊，沒事兒，死不了。」她很鎮定，鬆開了手，輕輕說，「我們開救護車來的。」

「我幫你！」一個胖警察過來了。

剛緩過一口氣的田貴德，感到更有力的東西壓上來，是戴臂章的胳膊。臂章圖案上的國徽就像個骷髏頭，麥穗就像交叉的骨頭棒子。一屋子小骷髏頭，灰白地浮在黑色背景上，那是房間裡警察的臂章。

恍惚中，田貴德好像看到這個女人一手提了把寒光凜凜的劍，一手拿著生死簿，微笑著，她一頁一頁翻給他看。

一股東西慢慢從他頭頂抽出去，細細的一縷兒。那一刻，田貴德感到：死，太容易了。

長久的寂靜之後，他聽到有人問，幾點了？

「三點。」警察們工作了六個小時。

最後田貴德答應吃飯了，警察都看著他，他慢慢悠悠講出六個條件：

1. 不准加期。
2. 我不幹活兒。
3. 不許任何警察、「四防」打罵我。
4. 隨便上廁所。
5. 隨便買東西。
6. 得給我配一副眼鏡，眼鏡被北京調遣處沒收了。

等解開銬子，身體漸漸從麻木中恢復知覺之後，田貴德才感到下身奇癢，癢得鑽心。原來爬的全是大白蟲子，鼓鼓囊囊的又大又肥。

4

後來，一個看管田貴德的「四防」說，那長頭髮女人就是大名鼎鼎的蘇境啊，馬三家勞教所女所所長。

馬三家男二所對田貴德沒辦法，不得不請來女所的「轉化專家」蘇境。

2001年6月15日，《法制日報》是這樣報導蘇境的：

《蘇境：動情曉理感化「法輪功」癡迷者》

……

蘇境面對這些複雜的情況，知難而進，從提高管教人員的整體素質入手，採取像父母對待孩子，像老師對待學生，像醫生對待病人那樣開展對「法輪功」勞教人員的幫教，用真情感化「法輪功」勞教人員。勞教人員鬧絕食，蘇境和其它管教一樣，把飯菜一遍又一遍地端到她們面前，甚至一勺勺餵。晚

上睡覺怕她們感冒，蘇境和管教們巡夜時一次次幫她們蓋好被子……蘇境還被司法部授予教育轉化工作「傑出教育能手」（全國司法行政系統二級英模）光榮稱號，被譽為「淨化心靈的天使」。

5

從此以後，田貴德可以隨便蹲廁所了。「四防」不敢管。

在車間，別人埋頭幹活兒，田貴德就在旁邊玩兒。有時用刀刻土豆花，有時刻蘿蔔花兒。田貴德還有了個杯子，接警察專用的熱水，泡奶粉。很長一段時間，他的牙齒鬆動，連饅頭都咬不動；手臂不能上舉，一沾涼水就好像進了冰窟窿。

他們還真給田貴德配了眼鏡。有一次在大廳排隊，戴上了眼鏡的田貴德看見警察，扭過臉。他不向警察問好。

那警察覺著沒面子，伸腿就踹他。田貴德一把抄了警察的腿，抱住不動，他看著警察說：

「你不能打我。」

警察也就算了，惹不起。

6

「國旗下半旗了！」

勞教們都注意到了，男二所大門上的國旗降下來了，開始還以為是風給颳下來的呢。

沒有風，或者是哪個國家領導人死了？

孫毅一邊幹活兒一邊想：不會是江澤民吧？

大家紛紛猜測：誰死了？

或者出了什麼大事兒？

一天吃三次「大發」，放六次茅，報十四次數，看不到日出，看不到日落；沒完沒了的幹活兒、幹活兒，就是幹活兒。高牆內一成不變的生活，似乎只有國家發生大事才可能改變。所以高牆外的任何大事都會讓人興奮：「有個天災人禍沒準兒把我們全放了呢。」用警察的話說：「你們就是唯恐天下不亂。」

「非典」SARS爆發的時候，看守所、監獄等關押場所人心動盪，難於管理。所以後來勞教所很怕大家知道外面的消息，一切新聞、報紙、廣播等資訊都盡可能封閉起來。

但「四防」總有辦法知道一些消息，一小片報紙被神祕地傳來傳去：

「汶川地震了！」

七、看到了一條柏油路

1

從夢中醒來，母親便有不祥的預感。

她夢見荒郊野外的路上，狂風大作。天都刮黑了，刮得人睜不開眼。飛沙走石地直往兒子身上打。

醒來母親就趕緊給兒子打電話，兒子說今年過節不回老家了，在北京過年。

母親總認為自己做夢靈驗。幾年前，母親就夢見過一群小孩圍著孫毅，她想可能有小人要害孫毅吧，果不其然，那年孫毅流離失所，後來被特務跟蹤，最後在廣州被抓。

這個夢會不會預示兒子出事兒了？

2

果然到了正月十五，孫毅就失蹤了，兒媳婦李梅的電話也打不通了。

肯定出事兒了，人呢？

母親找人算命，人到底在哪兒呢？

又過了兩個月，妹妹告訴母親說：「有消息了，人在馬三家。」

一聽說兒子在馬三家，母親就更急了。馬三家她可聽說過，邪得要命的地方，把人往死裡整，還把女人投進男牢去。

上一次在廣州，兒子就差點被整死。

那次廣州的勞教所來電話，說孫毅絕食，人快不行了，讓家屬趕快去接人。

母親和二舅商量。二舅說，算了吧，接回來如果人活不了，還不如讓勞教所擔責任呢。「他屢次三番的，總是這樣，你不要管他了。」母親氣得直哭。

繼父不吭聲。其實繼父以前很欣賞孫毅，學習好，覺得比自己親生孩子還出息，而且孫毅孝敬，每年過年都給他帶禮物。但上一次孫毅被抓，連帶的繼父家所有親屬都被政審了。母親1998年開始修煉法輪功，那時政府還沒鎮壓，繼父不怎麼管。1999年以後，作為軍區副司令員，繼父不得不在黨委生活會上檢討，檢討自己沒有管好老伴，讓她煉了法輪功……

母親是一定要去的，接到電話當天，母親就上路了。

那是母親第一次去那麼遠的地方，上車，倒車，再上車，再倒車。

剛出火車站，飛奔的摩托就唰唰從她身邊掠過，母親趕緊往後閃退。騎摩托的都戴著頭盔，看不見眼睛。她聽說廣州的歹徒都會趁機搶包呢。

問路，也聽不懂廣東話，最後總算有好心人幫助，母親找到了勞教所。

一進病房，閃光燈就晃得她眼睛發花，一堆記者圍住了她。勞教所已經做了安排，要拍孫毅被親情感動、被說服放棄絕食的場景，這是宣傳「親情感化」法輪功的好題材。

風塵僕僕的母親挎著旅行包，一下撲到病床前，一把就摸住兒子的腳：怎麼腫得都沒腳脖子了？她抱住兒子，對著攝像

鏡頭就哭：「你們怎麼能這樣對待我兒子？」

3

這一次，母親找了三姨陪她。買黃牛票、中轉、等車、上車、換車，再找車，折騰兩天一夜，終於到了馬三家勞教所。

警察不讓接見，新收期間，不許接見。

母親說，她坐了幾十個小時火車，東問西問，才找到這麼偏僻的地方，能不能通融通融見個面呢？

不行，警察的回答沒有餘地。

見不到兒子心裡不踏實，母親想第二天再去試試，於是和三姨去鎮上找旅店。

從教養院大門向對面路口走進去，是一個挨一個的小商鋪。一家飼料店隔壁掛著「佛店」的招牌，母親看到有「佛」字樣和「聖母奇緣」的吉祥掛件，都掛在一個窗戶上了。多看了幾眼，她繼續往前走。

繞過一大灘不知從哪兒來的汙水，是一家花圈壽衣店。對面是「天佑萱」洗浴中心，招牌上寫著提供住宿，看起來是當地比較高檔的旅店，只能找這個地方住了，多少錢都得住。

洗浴中心有可以睡在大廳的鋪位，也有單間，但是單間客房夜裡不能反鎖房門。最後母親和三姨決定住大廳，也沒洗澡，她們就在大廳的床鋪上躺下了。

4

想起兒子母親就心疼。

兒子一生下來就有病，氣管炎。全家都圍著兒子哭，「差

點死在醫院」，活下來不容易啊。小時候還缺鈣，扁桃體一週發炎一次。吃藥太多，兒子都吃成了四環素牙。

兒子孫毅是她幾個孩子中最懂事、最孝順、最愛學習的，從來沒辜負過父母的期望。上了重點中學，又上了重點大學，上大學那年孫毅才十六歲。

當年家裡窮，為了不給父母增添負擔，孫毅報考了軍校，想著上學不花錢，還能掙錢給家裡。沒想到被一個部隊子弟給擠下來，那人比他少二百分。最後兒子只好上了第二志願：大連理工大學。在學校，為了省錢買書，孫毅不捨得買菜，自己從老家帶鹹菜，鹹菜就饅頭就是一學期……

上次在廣州天河看守所，孫毅絕食抗議，被灌屎灌尿，還被戴上了叫「穿針」的「死人鏈兒」（一種對死刑犯加戴的戒具：雙手抱自己的一條腿後被戴上死銬，雙腳戴很重的腳鐐，並鎖在地錨上），這次不知道又被整成啥樣兒了？

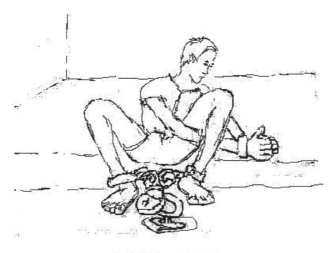

穿針酷刑　孫毅／繪

唉，又出事兒了，這回兒媳婦會不會和他離婚呀？兒媳婦確實不錯，不過，折騰這麼多次，誰受得了啊！

　　前思後想，母親沒太睡著。明天不知能不能見到兒子？內衣能不能送進去呢？

5

　　第二天一大早，母親和三姨在教養院門口叫了一輛三蹦子，「去二所六大隊！」

　　教養院裡，樹蔭繁茂，環境優美。

　　經過馬三家女子勞教所時，母親還特意往車窗外看了看。女所是新樓，女法輪功學員在馬三家被投入男牢的事兒，是發生在這裡嗎？圍牆是通透漂亮的鐵藝柵欄，非常低矮，連個崗樓兒都沒有，實在不像虐待人的地方。

　　過了女所不遠就是二所，門口的綠化真好。

　　下了車，提一袋子東西的母親又去了那個接見的小門。還是不讓見。

　　三姨人靈活，拉著眼巴巴的母親，尾隨其它家屬混進去了，徑直進到接見室。裡面的人都忙著和家人說話，母親挨個問那些被接見的勞教人員，有人認識她兒子嗎？

　　「我兒子叫孫毅。」

　　有人認識，一個小夥子說，出工時和孫毅坐一起，他可以把母親手裡的東西轉給孫毅。

　　回到車間，小夥子把一個塑膠袋遞給正在疊紙蘑菇的孫毅：「你媽來了。」

　　孫毅非常吃驚，不敢相信。送東西的人長什麼樣？什麼口

音？多大年紀啊？問了好半天，孫毅才確認，確實是母親來看他了。

真是出乎意料啊，母親來了，是母親送的東西：一袋兒麵醬，一小罐兒豆腐乳，幾小袋兒榨菜，還有幾塊餅。

孫毅百感交集，心裡不好受。母親怎麼找過來的？一路上擔驚受怕吧？想起母親上次去廣州接他，也是幾千里路，這回又讓母親受罪了。

樓下的母親去找警察，能不能聽聽兒子的聲音呢，聽到聲音才能放心啊。

警察拗不過老人的哀求，那就打一個電話吧，算是特例。於是孫毅被叫去聽電話。

終於聽見兒子的聲音，母親哽咽了。

電話裡兒子安慰母親：「沒事兒，好著呢，別擔心。」

知道有三姨陪母親，孫毅稍稍放了心。他哄母親說一切都好，不要哭，不要操心，不要難過，回去路上多保重，以後會寫信給她。

他希望母親回去路過北京去看看妻子，問問家裡情況，告訴妻子寄些衣服過來。

幾分鐘後，母親說了一半的話突然被掐斷，只有嘟嘟的忙音，電話時間到了。

放下電話，孫毅馬上跑回車間，迅速衝到能看到院子的一扇窗子旁。他想看看母親，應該是還沒走出院子吧。

「不許看窗外！」

「四防」警告他，但孫毅執意站在窗邊往外看。

平時安靜的孫毅今天這麼激動，「四防」感到有些反常，

也就沒再制止。

孫毅特別想看母親一眼，哪怕是背影也好啊。

接見後的家屬陸陸續續走出了大門，他在窗戶邊一直看著，也沒有母親的身影，最後只剩下空空的院子了。

「離窗子遠點！」「四防」開始喝斥了。

孫毅無望地離開窗子。

這是他唯一一次踏踏實實從窗戶向外看，卻什麼都沒看到。孫毅心裡空落落的。

回到座位上，孫毅埋下頭，繼續揉紙，手裡的紙一點點變軟。

自己吃苦遭罪沒什麼，母親這麼大年歲，幾千里地趕過來，警察竟不許老人見兒子一面，孫毅眼圈紅了。

田貴德不知該怎麼安慰他好。他在孫毅身邊，默默把紙揉軟，然後疊成一隻蘑菇。

去年，自己的老母親離世了。警察抄家時，老母親死死護著一本《轉法輪》，最後警察打了她，搶走了她手裡的書。母親受了驚嚇，從此一病不起。其實，本來多病的母親煉功後身體非常好……

田貴德還想起了媳婦和孩子。這次被抓前，警察經常半夜敲門，孩子給嚇出了毛病，晚上一有動靜就不敢睡覺，媳婦只好帶孩子去親戚家住。後來田貴德流離失所到了北京……也不知道家裡現在咋樣？

田貴德不知道，就在當天，他七十多歲的老父親也從河北過來看他了。沒讓接見，老父親一個人回去了。

6

和孫毅一樣心裡空落落的是「四防」老胡。

為了這次接見，老胡早就準備了一套衣服，在鋪下壓了好幾天。沒想到，女朋友沒來。老胡有些慌，他擔心她跟別人跑了。

老胡來到孫毅的監舍，找同屋的研究生幫他寫情書。這研究生是北師大心理學畢業的，因為傳播法輪功被判了兩年勞教，每次寫情書老胡都找他。老胡對法輪功學員總是客客氣氣，有時還幫他們傳條遞信，孫毅對他印象不錯。

幾天後，孫毅無意中聽見，警察讓「黑臉兒」找人寫證明材料，證明老胡「晚上睡覺用被子蒙頭，自己把自己給悶死了」。這才意識到，確實幾天都沒見老胡了。

人怎麼突然就沒了？才三十多歲，而且差一個月老胡就解教回家了！

在馬三家勞教所，睡覺不可以蒙頭，「蒙頭睡覺違反規範」。

老胡經常說自己心臟不好，警察是不相信的。裝病說假話的太多，即使真有病，也沒人當回事兒。

隨後孫毅聽到有人私下嘀咕，說老胡被人打了小報告，說他「背後議論警察」，結果管教大撤了他的「四防」。「丟了面子，沒了女友，心臟又不好，一氣之下老胡可能就猝死了。」

再過些日子，就沒人再提老胡了。

7

每天坐在小凳子上，活兒壓得人抬不起頭，哪有閒心想別人的事兒。

疊蘑菇的定額又漲了，都因為那個山東的小「預謀搶」。

這小孩一上手就幹得快，生產大隊長（負責管理生產的副大隊長）很高興，給了他一根菸作為獎勵。第二天他更來勁了，又超產了，結果所有人都要以他的產量作為定額標準。

剛開始一天疊十幾個紙蘑菇，沒多久竟然漲到一天要疊一百五。

「傻冒！」大家一邊在下面罵小「預謀搶」，一邊還要在磨破的手上纏爛抹布，接著捋、揉，接著疊，沒那麼多時間抱怨，幹吧。

老啞巴的手也磨破了，裹了個速食麵袋，手就更不靈活了。

定額高，完不成的不讓睡覺，有人幹通宵，第二天繼續幹。

還是完不成怎麼辦？「黑臉兒」新發明了一種方法：「晚講評」的時候，他讓沒幹完活兒的，頭頂牆趴著，第二個人把頭紮在第一個人的褲襠裡，第三個人把頭紮在第二個人的褲襠裡，就這樣從收工一直趴到半夜。老啞巴經常被這樣罰，每次「晚講評」都落不下他。

在《勞動教養人員日常生活規範》裡，「晚講評」是這樣被敘述的：按時參加集體講評，實事求是地講評一日情況，正確對待別人的評議。

馬三家來信

8

二樓車間東面有一扇窗，透過那窗子，就可以越過圍牆，看到勞教所的外面。

每次放茅、取料或送活兒，孫毅都站起來，順便朝那個窗子瞄一眼。就是從那裡，孫毅發現圍牆外面竟然有一條柏油路！

每次看，觀察到的都是偏遠公路上特有的那種荒涼寂靜，在林蔭的掩映下，這條路顯得隱隱約約。可那一天，他突然看見了一輛紅色三蹦子，突突地從柏油路上跑過！

人的氣息！孫毅很興奮，他感到自己還在人類社會中啊。

突突突，「備戰奧運，穩定大局」的大紅標語一閃而過，曹老四經過了院門；再一踩油門，紅色三蹦子經過了二所，從那扇窗下突的跑過去了。

奧運前那段時間生意尤其好，教養院這條路，曹老四一天都不知要跑多少趟。

從外地來看勞教的多，天南海北什麼口音都有。「看勞教的」都想拉關係走後門，曹老四手裡捏了一大把勞教家屬的電話。他得去找警察牽線搭橋，鄰居就有警察或認識警察的。

「奧運會可讓警察肥了，抽的菸都高級了！」

有一天，遠遠地，孫毅看到路上跑過一個晨練的人！在路上晨練！多幸福啊！

透過窗子，第一次看到不同於裡面的外部世界，看到正常人的平常生活，孫毅心底有一絲激動，他發現自己渴望自由的

感覺那麼的強烈。

　　抱著一摞原料紙，孫毅站著，愣愣看著窗外。一個「四防」越走越近了，孫毅不得不坐回幾米遠的小凳上。他拿起一張剛領回的紙，開始揉起來，揉到紙快起毛才能疊蘑菇的。

　　通道上，擺滿了經過漂染的成品蘑菇，紫色的，藍色的，綠色的，非常漂亮。

　　它們一排排等著裝箱，聽警察說，那是出口歐洲的。

9

車間一下就亂了。

　　在一朵朵鮮豔的紙蘑菇中間，老啞巴把做手工的剪刀架到了自己脖子上！

　　紙蘑菇是手工活兒，老啞巴手笨，總完不成任務，老挨打受罰。他更願意幹賣力氣的活兒，他願意打掃衛生，但打掃衛生可是俏活兒，不花錢輪不到他。他就想了這麼個辦法。

　　警察嚇壞了，趕緊給他點上一支菸，哄他把剪刀放下來，老啞巴蹲著把菸抽了。

　　從此老啞巴就在車間掃地了。

　　不是每個人都能像老啞巴這樣搞到俏活兒，除了「四防」，其它人只能老老實實埋頭苦幹。

　　警察說：「你們踏實幹吧，除非再來新人替你們，否則你們永遠是新收。」

　　新收盼著下隊，唉，在六大隊要待上幾個月才能下到其它隊呢。熬到下隊就好了，下隊至少能一人一張床，睡覺能平躺

著伸直溜腿啊。

但他們也互相安慰著:「知足吧,別說六大隊不好,分到五隊還行,分到八大隊就慘了,到八大隊還不如留在六大隊當新收呢。」

為什麼呢?「六大隊的紀律八大隊的活兒」,六大隊紀律嚴,「但八大隊的活兒比六大隊還重!『鬼活兒』啊!」

說起八大隊,在孫毅旁邊幹活的一個老號說,馬三家最黑的就是八大隊了。他以前在大北監獄(瀋陽的大北監獄,是關押重刑犯的地方,新址在馬三家勞教所北邊的監獄城,在東北十分有名)待過,那兒都傳說八大隊是有名的「惡人谷」。「從隊長到『四防』,全是最辣手(心狠手辣)的。而且現在,八大隊又幹上了『鬼活兒』,更瘆人!」

「鬼活兒?」

「具體也不知道做什麼,但每大在院裡排隊,都看到八大隊的揹著墓碑和人骨頭,那就是『鬼活兒』!」

10

不久,六大隊來了更多人。本來很擠的大鋪擠不下了,睡覺時吵吵嚷嚷,躺不下去。

「都給我碼著!放平!」

站在對面鋪上,「四防」吼起來。

困倦很快壓倒一切,再擠大家也睡得著,再臭也互不嫌棄了。還爭什麼呢,能躺下把身子放平就是享受了。這一天活兒幹下來,已經連續坐了十八九個小時了。

去食堂的路上⋯⋯孫毅看見了一個人,雙手挂地,在地上

一點點往前挪蹭著，跟在隊伍後邊。這種雙腿殘疾的都給收進來了？據說也是從北京「買」來的，「奧運安保把市面徹底打掃乾淨了，但凡沾點事兒的都被勞教了」。

六大隊的警察可高興了，新收來的多，幹活兒的就多，獎金自然也就多，「奧運前還要來更多新人呢」。

大廳都坐不下了，為了騰地方，很多人馬上就要下隊。

「千萬別分到八大隊呀！」大家都暗自祈禱，聽說前一陣八大隊有個法輪功給折磨死了。

「要是分到八大隊可就糟了。」孫毅也這麼想。

馬三家來信

第二章 一

鬼活兒

「小土豆」在夢裡被尿憋醒了。

一進廁所，就竄出一股陰風，晾曬了一地的人骨頭，在昏暗的光照下顯得有些怪異。「小土豆」剛要往小便室裡走，「滋滋」聲讓他停住了：腳邊兒一個骷髏頭眼窩裡，「滋滋」正冒出黏液。他看著那眼窩亮起來，有眼珠轉動，望著他呢。接著一陣嘰哩咕嚕，他竟然看見這個長出眼珠的骷髏頭滾動著去找小臂骨，然後拖著小臂骨又去找小腿骨啦，他看著它們吱吱嘎嘎，對接好爬起來，然後躡手躡腳朝他走來，「哎呀媽呀！」

平地突然就裂開，拱出個墓碑，然後很多小手骨搖晃著，從裂縫裡伸出來，往下拽「小土豆」的腿。裂縫越來越大，「哎呀媽呀！」他一下掉到黑暗中，似乎墜到了濕滑的海苔上。

有絨絨的東西擦著他的腦袋，漸漸有了光亮，他看到那是黑蝙蝠在身邊飛來飛去。

一縷白紗彌散，遮住了他的眼睛，風吹散後，面前就站了一個戴著灰頭紗的女鬼。她從披肩裡伸出一枝黑玫瑰，「小土豆」一碰黑玫瑰，馬上就感到大腦麻痺了，接著女鬼向他伸出另一隻手骨頭：「請你幫我打磨一下好嗎？」

　　手骨確實還沒有打磨好。「小土豆」竟然握住那隻手骨，機械打磨起來。有的地方要磨得再重些才有骨頭的質感。

　　他磨呀磨呀，一抬頭，突然看到女鬼眼裡淌出了血，「哎呀媽呀！」

　　嚇醒了！燈亮得刺眼，「小土豆」發現自己的右手握著左手，正做著打磨骨頭的姿勢。「哎呀媽呀！」嚇人啊！

　　老朴說他一做夢就回家，自己怎麼做夢被鬼拉去幹活兒呢？什麼時候熬到頭啊！唉，還得兩個月才能回家。

　　想上廁所，但一想到那個夢，「小土豆」就猶豫起來，翻個身，又睡過去了。

馬三家來信

一、孫毅來了

1

早上出工排隊，在大廳角落裡，「小土豆」看到耿漢奎抖開了一卷灰白的紗料。他想起來了，夢中女鬼的披肩和頭紗就是這種紗料做的。

在舊樓一層車間，「小土豆」的工序是打磨「小鬼」骨頭。骨頭原料是壓好的塑膠製品，在廁所的浴缸裡染黃後，晾乾。然後「小土豆」用海綿蘸水把骨頭上的浮色擦掉，讓它看起來像是從古墓挖出的舊骨頭。

他把磨好的骨頭送到老朴那裡組裝，老朴正給「小鬼」穿衣服呢。看著老朴嫻熟地把灰紗裙套上骷髏架，輕鬆整理著「小鬼」的裙子，媽呀，「小土豆」又想起夢裡的女鬼了。

唉，鬼地方，白天晚上都和鬼打交道！做夢都見鬼！

2

新來的都在大廳坐小凳子，坐兩天了。

小凳硌得難受，一個新來的挪開凳子，蹲著。

「坐回去！」一個小「四防」罵罵咧咧走過來。

新來的跟他解釋。沒想到小「四防」手裡的小木棒朝他掄過來，新來的先是擋了幾下，然後猛蹲下身，抄起小凳就回擊。

「來人啊！」小「四防」大呼。

眨眼工夫，四五個戴紅袖標的衝出來，圍上他暴打。一個

胖子勁大，揪起他，一下就甩到了牆根兒。

「打人了！打人了！出人命了！」新來的高喊警察。

手裡甩著一串鑰匙，警察從大閘那頭溜溜達達過來了。

「你以為是在北京呢？」他哂笑著，「打吧，不打能把這點事兒整明白嗎？」

甩著鑰匙，警察又溜達回去了。

新來的在牆角掙扎一會兒，癱下去，躺著哎喲了幾聲，「呸」地把打掉的牙吐了出來。

「你還真把自己當個人了！」胖子上來又一拳，「我要是不X你媽，你就不會管我叫爹！」

新來的不吭氣了，小眼烏青地抹著嘴角的血，自動到牆角面壁了。

所有新到八大隊的勞教都目睹了這一幕。

在大廳裁料的耿漢奎吹起了口哨。

3

胖子「斜眼」嚼著清喉含片，用一個指頭示意孫毅過去，登記個人資料。

能從醫務室弄到清喉含片，都是有特權的。清喉含片在勞教所裡就是奢侈品了，比糖珍貴。

「蹲」，他下巴點了一下地，意思讓孫毅給他蹲下。

孫毅看著他，腿直直不動。

「沒聽見我說的話嗎？蹲下！」

孫毅還是沒動。

「斜眼」斜了他一眼，猛衝上去，一腳就踹中孫毅的肚

子，接著，用腳後跟狠狠刨住孫毅的後背。看人撲倒在地，他才啐了一口，回座位喝茶去了。

孫毅從地上站起來，眼睛正視著「斜眼」。

「斜眼」更生氣了，過來用手推搡孫毅，孫毅沒有躲，一個趔趄之後站穩了，這倒使「斜眼」有點怯了。

大廳裡沒人言語，都看著。

「幹什麼呢？怎麼回事兒？」一個警察正好從門外進來，手裡拿著一個表格。

「斜眼」湊上去，跟警察解釋：「這小子不懂規矩。」

警察轉過來，看了看孫毅，對「斜眼」說：

「該幹什麼幹什麼，別整這些沒用的。把這個表填好給我送過來！」說完就離開了。

「斜眼」泄了氣，警告孫毅：「要不是看幹事的面子，看我今天不好好收拾你！」（幹事，是介於普通警察和大隊長之間的中層警員。）

孫毅神情嚴肅，像沒發生什麼一樣，填好表格坐回去了。

耿漢奎在一旁又吹起了口哨，孫毅注意到了他。

耿漢奎長得方頭大耳，臉上稜角分明，目光炯炯有神。他正把紗料切割成一條一縷的，像是結婚用的頭紗。孫毅很奇怪：怎麼是灰白色的？

4

平時不到睡覺時間，勞教們是絕對不可以躺下的。

孫毅到八大隊第二天晚上，住在他對面下鋪的老頭被允許先躺下休息了，頭疼、嘔吐。

兩個值班的小警察過來給老頭號脈。

　　「沒事兒，」小警察說，「睡一覺就好了。」

　　「小土豆」給叫過來，小警察吩咐他：「今晚你別加班幹活了，給他值班。」

　　小警察心細，還告訴那老頭：「覺得不行，你就踹他一腳。」

　　早上四點多就起來幹活兒，夜裡又值班，「小土豆」熬不住，坐在老頭邊上睡著了。直到老頭踹了他，「小土豆」才醒，老頭已經說不出話了。

　　「小土豆」驚慌跑出去叫警察：「他踹了我一腳！」

　　一個有力氣的勞教連夜把老頭用被子裹上揹走了。

　　第二天，孫毅看見揹老頭的勞教一個人從醫院回來了，老頭死了，「腦溢血」。

　　老頭死後，孫毅才知道他叫董臣，是地下教會的成員，罪名和他一樣：「擾亂社會秩序罪」。孫毅想起董臣的樣子，看起來很老實的一個人，死前那天下午還出工了呢。

　　董臣挨著老朴吃飯，老朴就知道的多一些。老朴說董臣是三贖基督成員，一直在車間染墓碑，長期不洗澡，「身上味兒大著呢」。

　　八大隊洗澡有時間限制，一人也就幾分鐘。年輕人動作快，年紀大的通常還沒脫完衣服，就被攆出來了。而且，水房大冬天也開著窗，洗澡又是涼水，染一天墓碑，累得連刷牙的氣力都沒有，體弱的董臣肯定不願意洗澡。也許他是想回家再洗吧，還有兩個星期他就回家了。

　　幹「鬼活兒」髒，衣服卻不能隨便洗，保持監舍整潔是非

常重要的，隨便晾曬衣服違反規定。有時偷偷洗過衣服，就要趕緊穿上，用體溫焐乾，天涼時還好，天悶時衣服就有味了。

「四防」不願靠近董臣，也是怕傳染皮膚病。八大隊有幾個得疥瘡的，看著都麻癢人，身上流膿，跟爛泥塘兒似的，而且，看病要自己掏錢！

六十多歲的董臣是瀋陽人，他們一個村的人都信基督，家庭聚會時抓了很多人，因為是在董臣家聚會，他就被判了勞教。

就差兩個星期，董臣沒能活著走出馬三家。

5

剛到八大隊，就有個警察過來找孫毅談話：「你還堅持你的信仰？」

孫毅就給他講法輪功是修真、善、忍的。

警察說：「別迷信了！你知道嗎？前段時間，咱們大隊就有個『法輪兒』，叫趙飛，到死都不吃藥，死了！你看，中毒多深！」

從這個警察的嘴裡，孫毅證實確實死了一個法輪功修煉人，真是不吃藥死的嗎？

因為八大隊老死人，管教大特意買了一串水晶物件，放在大閘門框上。想把勞教人員身上的鬼氣與警察隔開，避避邪。

結果這個避邪的東西被偷走了。

就聽見管教大在筒道裡罵：「怪不得我們八大隊這麼倒楣，幹『鬼活兒』本來就晦氣，還老死人！遇上你這號喪門星，我們好得了嗎！」

原來偷水晶物件的勞教被告發了，居然是「四防」監守自盜。

這「四防」在大閘那兒給電得嗷嗷叫。

6

幾天後，一個肚子纏繃帶的勞教把孫毅叫進一間屋，「斜眼」要找孫毅。

「斜眼」對孫毅很客氣，他問孫毅想不想和家人通電話。

當然想啊，「四防」居然有手機！

於是，孫毅用「斜眼」的手機給妹妹打了電話。

孫毅告訴妹妹一切都好，讓媽放心，別惦記。說自己已經調到八大隊，讓妹妹轉告妻子郵寄衣服的具體地址：馬三家教養院二所八大隊。

「讓你家人給這個電話充些錢，」「斜眼」在一旁說，「你可以讓家裡以後打這個電話找你。」

於是孫毅告訴妹妹往電話裡充五十元話費。

「斜眼」是吸毒進來的，託管教大的關係當了筒道長。肚子上纏繃帶的叫「勺兒」，因為不想來馬三家，在拘留所他就吞了鐵勺子，但奧運會期間不能放他，最後他帶著肚裡的勺子給送進來。八大隊墊錢給他做了手術，取出了勺子，結果留下了這個外號。

孫毅知道，八大隊的規矩和六大隊大不相同。

馬三家來信

二、鬼活兒

1

一到八大隊，孫毅就在廁所看到一地的骷髏頭和骨頭棒子。他拿起來仔細瞅了瞅，原來，那些看著像是從古墓挖出來的骨頭，都是塑膠製品！這就是「鬼活兒」。

第一次去幹「鬼活兒」，感覺好像到了墳地。車間外的工棚裡到處晾曬著墓碑，上面有各種鬼的圖案，也有蝙蝠或者怪獸的圖案，張牙舞爪的。

孫毅的任務是打磨「做舊」墓碑。

墓碑原料是壓模成型的白色泡沫塑料，在大浴缸裡用黑色染料染色、晾乾，然後「做舊」。

找個舊桌子，抱一摞墓碑，接盆水，用海綿蘸上水打磨，擦去上面的浮色，顯出的灰白色質地就像大理石墓碑了。要反復打磨，輕了不行，重了也不行，必須磨成像是歷經歲月的老墓碑才算合格。這是整個墓碑製作工序中難度和工作量最大的一環，新手一天也做不了幾個。要求很快學會，學會後，工作量猛增，每天每人要求做幾十塊。如果檢驗不合格，就得重新染黑、晾乾，重新打磨。

這活兒又髒又累，幹這個的一般都是新來的和沒有地位的。

在八大隊，孫毅終於能好好洗個臉了，沒想到的是，黑色染料搞得全身汙濁，不僅是臉，現在孫毅連手都洗不乾淨了。

2

掛滿墓碑的工棚裡，滿地都是黑染料水，泥濘濕滑。李明龍的鞋子似乎從沒乾過，鞋也太小，腳尖從鞋裡頂出來。

李明龍幹的活是染墓碑，把墓碑染成黑灰色，然後一塊一塊抱到工棚陰乾。一身的髒汙，加上一臉的汗和泥，看起來還真像黑煤窯出來的。

老朴原來就是手藝人，幹活兒講究。自己還找了塊塑膠布做圍裙、套袖，可手還是被染得黢黑，因為他要把薄紗料染成黑灰色，做成「小鬼」的衣服。老朴幹活兒利索，所以也讓他用膠槍銜接「小鬼」手臂。膠槍有嗆人的味兒，據說有毒，也沒有口罩防護。可是這活兒已經被很多人羨慕了，俏活兒。

老朴是被舉報散發法輪功資料給判勞教的。2007年，馬三家花了一千二百元把老朴從北京調遣處買來，當時搭配著賣過來的還有年紀大一些的，據說只賣八百元。

3

孫毅打磨的是仿玉石墓碑。還有一種墓碑，是仿青石的。

黃永浩製作仿青石墓碑。在小食堂的桌子上，他用洗鍋的鋼絲球，蘸上白乳膠，在上色晾乾後的石碑上拍雪花點，反復拍打後，青黑底上就有了斑斑點點，看起來就很像青石碑了。

比起打磨墓碑，拍墓碑算是輕活，不算太髒，但一天就要拍幾百塊，從早到晚地拍，手都拍腫了。有人「拍神經了」，躺在床上，人睡著了，手還在空中做拍打的動作，「做夢都拍墓碑」，即使這樣，活兒也幹不完！

完不成任務，就有偷墓碑充數的，收工時經常就對不上產量。

「我的墓碑又少了，誰拿了我的活兒？」有人嚷嚷開了。

當然沒人承認。叫罵詛咒的聲音高起來：「找死吧，等不及了是吧，偷吧，給你自己多留一個墓碑！」

然後一群人呼啦啦衝向一個人，摁住，劈里啪啦，在墓碑旁打作一團。

4

傍晚，孫毅扛著墓碑，從灰濛濛的舊樓走出來，也加入了這個曾經讓他感到怪誕的隊伍。

旁邊的李明龍肩扛大墓碑，墓碑上站著一個「老鬼」，抱個十字架，老朴揹著一大網兜骷髏頭，殘疾人余又福，一瘸一拐跟在後面，他也能拿幾塊十字架形的小墓碑呢。

他們要把墓碑和骷髏放到食堂門口，吃過飯，再扛到樓上，晚上加班。

墓碑原料堆放在院子一角，成包的白色泡沫板，一層層碼放著，緊靠圍牆。每次看到小山一樣的垛子，孫毅就情不自禁地想：要是能踩著垛子翻牆跳出去就好了。

聽人說世界盃的時候，有兩個人就是在圍牆下，蹬上一個豎起的垃圾車，翻牆逃出去了。

一隻烏鴉縮著脖，蹲在圍牆頭上。孫毅抬眼望的時候，「呀」一聲，拍著黑翅膀，它倏地飛走了。

5

「鬼活兒」廠家來人了。脖子上掛著勞教所發的出入證，他們在車間裡轉來轉去。負責人穿得很時髦，都是些年輕人，估計他們是進出口商那邊的。真正的廠家像鄉鎮企業的，土一些，瀋陽本地口音。

「我們都是依據外商訂單的要求生產的。」「四防」跟在廠家後面解釋著。

拍照。做得最好的墓碑都擺出來了，估計是要拿給外商看的。

大多數墓碑上都有一個「R.I.P」字樣的標記。孫毅不知道「R.I.P」是什麼意思。聽警察說，這是出口西方的萬聖節裝飾品。

萬聖節，他知道一點兒，隱約記得中學學過的《新概念英語》中，有一節就介紹了萬聖節風俗，好像還有什麼南瓜鬼臉。孫毅不理解，怎麼把這些嚇人的東西當作裝飾品呢？真是個奇怪的風俗。

各種齜牙咧嘴的「小鬼」、「老鬼」都穿戴整齊地擺出來了。墓碑林立，刻在上面的鬼怪活靈活現。站在中間，孫毅真感覺是進了鬼魅世界。

6

「小鬼」衣服縫好後，耿漢奎也下到車間幹活兒了。大夥都高興，耿漢奎一來，幹活兒就不悶了，大夥都管他叫「大奎」。

一邊檢查「小鬼」的頭紗，大奎一邊念叨：

「天大地大，不如共產黨恩情大！共產黨多好啊，它代表老百姓的利益，最講人權啦！這回胡總書記上臺，我們勞教人員的待遇就會越來越好了！」

旁邊的警察肯定是聽到了，皺了皺眉，臉一沉，走開了。

沒人敢應聲兒，幹活不能說話，但大奎似乎沒人敢管。

「小土豆」悶著頭，假裝打磨一截手骨頭；老朴抿著嘴，把鐵絲穿過圓形泡沫，來回搣著手骨頭的關節，他們都控制著不笑出聲來；連不愛說笑的李明龍，也站在那裡咧開了厚厚的大嘴；「大牙」笑得就更厲害了，本來前面門牙就很突出，因為掉了一個，另一個門牙就顯得更大了。

大奎又拿「大牙」開起玩笑了，「『大牙』，你可要相信黨相信政府啊！」

原來，「大牙」被勞教之前，在看守所參與打群架，可能把人打成了重傷，前些大檢察院來調查了。「大牙」也許會被送回看守所重新判刑呢。「大牙」愛打架，每次進來都因為打架，一顆門牙就是被打掉的。

大奎過去就是裁縫，在瀋陽有個不錯的裁縫店，後來被警察刑訊逼供，說他偷了客人的手錶。大奎多次上訪要求賠償，搞得傾家蕩產，裁縫店關了門，媳婦也跑了。

多次上訪無效，2007年，他再次到北京，在新華門前喝了農藥，結果被判了勞教。大奎當然不服。

他絕食，坐了「死人凳」，也上了「死人床」。最後警察和他談條件：別鬧了，當「四防」去吧，管「法輪功」，減期快，不用幹活兒，月月都能拿紅旗，這是幹事親自和他談的。

在八大隊，給警察上貢幾千塊錢才能當上「四防」呢，大

奎竟然一口回絕了。

「別想收買我，我自己就是冤案，我不幹這缺德事兒。」

不花錢給個俏活兒都不幹，於是扁著褲腿、專撿菸屁抽的大奎成了名人。警察嘴上不說，心裡也佩服他。

一次，一個老警察在車間和他套近乎，招呼他：「大奎！」沒想到大奎一本正經，反倒教訓起警察來了：

「大奎這名兒也是你能叫的？這是我們哥們兒叫的！你應該叫勞教人員耿漢奎！」

7

有一天，老朴和「大牙」把做好的墓碑運到舊樓。在一個堆滿雜物的房間，老朴竟然發現桌裡有一本《轉法輪》，還有幾篇列印的經文（「經書」和「經文」是對修煉典籍、著作、文章的通稱）。而且，牆上還有「法輪大法好」幾個字，藍色圓珠筆寫的。這裡怎麼會有法輪功的經書呢，牆上還有手寫的口號？

「以前這個樓關過女法輪兒」，「大牙」知道怎麼回事兒。他幾次進宮了，上次也關押在這裡。那時，「女所和六大隊挨著，女的在北邊，男的在南邊；男女吃飯在一個食堂，先叫女的吃，後叫男的吃」。

在另一間房裡，老朴還發現牆上有很多血跡。

「女所天天打人，可能就是那時濺的血吧。」「大牙」說。

他告訴老朴，「那時女法輪兒太多，關不下了，後來就建了現在的新女所，女勞教就給送那邊去了。」

「以前六大隊住平房，2003年蓋了男二所新樓，當時我還砌了水泥牆呢。」

原來，幹「鬼活兒」的這個舊樓原來就是馬三家女所的監舍。

「這樓裡晚上有女人的哭聲。」經常有人說：「那是冤魂鬧鬼呢！」膽小的人害怕去舊樓加夜班。房間陰森森的，燈少，黑影重重，現在裡面擠滿了墓碑和「小鬼」，就更瘆的慌！「天一黑，連警察都不敢去。」

老朴把一共九講的《轉法輪》，按章節拆開，找機會悄悄給了孫毅一部分，終於有經書了。

8

孫毅第一次見朱阿柯是在廁所。上廁所放茅是唯一的休息時間，也就是放風，只有在廁所，勞教之間才能說上幾句話。

朱阿柯問孫毅的情況，也說他自己的情況。他是溫州人，上過海洋艦艇學院，是個大副，在北京吸毒被判了勞教。他說以後有什麼需要可以找他，包括採買的事兒。即使有錢票，在勞教所也不可以隨便買東西的。

孫毅瞭解到，朱阿柯不是一般人，是老張幹事的紅人。老張幹事是院長的哥哥，大隊長都得給他面兒，不給朱阿柯面子，就是不給老張幹事面子，就直接影響八大隊的工作了，所以誰都不敢不給朱阿柯面子。

朱阿柯經常幫老張幹事寫材料、做報表和臺帳，還有機會給教養院的小報投稿，投稿能獲得減期。馬三家對勞教人員的考核管理中，除了「月考核」，還有單獨的減期項目，比如

「標兵獎」、「院報投稿獎」。

一天，孫毅正在擦墓碑，朱阿柯把他叫走，讓孫毅幫他畫板報。他已提前找隊長請了假，說「孫毅字寫得好」。

朱阿柯看過孫毅的材料，知道孫毅是個大學生，說是讓孫毅幫他，其實也是想找個伴兒，說說話。

上級檢查時，黑板報是大隊的一項重要工作成績，因為它是勞教所思想教育活動的一部分，勞教所非常重視。大廳的牆上掛著《勞教人員守則》、《勞教人員生活規範》，對面就是一塊黑板，每月換一期新內容，各大隊還要拍照評比。

孫毅記得第一次畫板報，內容是汶川地震。抄抄報紙，寫了幾個藝術字，什麼「多難興邦」之類的。小時候父親經常帶孫毅去碑林博物館，臨過帖，拓過字，所以孫毅會寫美術字，也會畫一點畫兒。

畫板報還允許看報紙！在外面很少看報的孫毅，在裡面見到帶字兒的紙竟感到如饑似渴一樣。

因為可以暫時逃避繁重的苦力，所以畫板報就成了一種享受。一天能做完的壁報，孫毅和朱阿柯經常做上兩天，磨洋工。

有天晚上收工後，他倆還在大廳搞壁報，就聽見警察辦公室傳來斥罵的聲音：

「你們以為這裡是養老院！幹不完活兒，我不電你電誰？難道電棍是擺樣子的？」

接著劈劈啪啪，電擊聲響起來。

「你聽，又有人挨電了。」朱阿柯說。

9

白天是幹不完的活兒，收工後，是寫不完的作業。

那天晚上發下來很多空白作業本。上級要檢查了，所以必須突擊抄作業，完成大量的作業才能證明馬三家重視文化教育。

孫毅隱約覺得應該存些紙，留著以後幹點什麼。寫作業時，他就從每個本子上偷偷扯下幾張，藏了起來。紙是違禁品。

筒道響起了哭聲，「哭」在勞教所是被禁止的。勞教所認為，「哭」不利於改造，會引起其它勞教的負面情緒。

「別哭了，沒出息的！」「四防」吼道：「還嫌不夠喪氣嗎！」

有個勞教還沒有寫完作業，政治課、語文課、數學課、歷史課、地理課，全有作業。寫不完要被加期，他急啊，哇哇大哭。

哭個不停，已經快夜裡兩點了，「四防」過去就踹了他。結果他哭得更厲害了，他不知道為什麼打他。他是個聾子，自己聽不見自己的哭聲。

10

孫毅有了紙，又得到一枝鋼筆！

是朱阿柯從辦公室偷出來送給他的。孫毅太高興了，他正渴望有一支筆呢。

這是可以吸水的普通雜牌鋼筆，筆桿很細，墨綠色，金屬帽。孫毅回憶起自己的中學時代，那時能擁有這樣一枝筆，就

是很值得炫耀的財富了。

這個違禁品讓孫毅興奮，什麼都想寫，想給母親寫信，想把背誦的經文默寫出來，甚至想寫寫詩什麼的。從朱阿柯那裡，他還得到了藍黑墨水。經常出入警察辦公室的朱阿柯，順手就能灌到墨水。

孫毅還拿到一本《漢語小字典》，已經散了頁，也讓他稀罕得不行。查個字什麼的，感到很親切，好像又回到了小學時代。他還背了背字典最後的《節氣歌》。在八大隊，有特權的人才能有一本書呢。

11

圍牆下面，墓碑的原料堆越來越矮，即使能爬到上面，也夠不到牆垛了。警察說，這批「鬼活兒」奧運前必須完工。

天熱了，李明龍好容易混上的勞教棉服卻脫不下來，沒有換季的衣服，沒人給他寄衣服，他的家人可能還不知道他在馬三家呢。

孫毅把母親送來的衣服分了幾件給李明龍，順便給了他一些手紙，他知道李明龍沒有手紙。在六大隊，上廁所至少可以有紙用，因為幹紙活兒嘛。而在八大隊，沒有手紙的只能用便池裡沖廁所的水洗下身了。

李明龍的腳特別大，孫毅幫他訂了大號板鞋，一直還沒有來貨。

孫毅想，李梅寄的衣服也應該快到了吧？

三、正月十五的抄家

1

2008年正月十三，離開家的時候，孫毅和李梅打招呼，說正月十五就回來。

正月十五李梅沒等到孫毅，等來了片警的電話：「到派出所來一趟。」

已經不是第一次聽到這句話了。一瞬間，好像剛剛搭好的什麼東西，「轟」就塌了。李梅知道，孫毅又出事兒了。

她什麼都沒問，片警什麼都不會告訴她。

這些年她經常和片警打交道，孫毅每次出事兒都是片警通知，放回來也是片警通知她去接。片警碰到她，就問孫毅在哪裡、在幹什麼。她不得不回答片警的問題，不得不彙報孫毅在哪裡、在幹什麼，每次辦暫住證，她不得不找片警。

她不能請假，不能讓公司知道這事兒，她不能失去這份工作。放下片警電話，她還要繼續把厚厚的一沓報表填完，密密麻麻的數字一點都馬虎不得，她是單位的會計。

然而，她腦子什麼都裝不進去了，怎麼辦呢？

好不容易熬到下班，她給關叔打了電話。關叔六十多歲，是她的狗友，每次孫毅出事兒她都找關叔。

「怎麼辦呀？關叔，孫毅又出事兒了！」

2

晚上，李梅和弟弟與關叔在離家不遠的一個飯館吃飯。

「怎麼辦呀？關叔？」

「你躲不開，我看見警車在你家樓門口停一天了，一整天都沒動窩兒。」

吃完飯，她和弟弟一起回了家。

躲不開的，她只能回家。按照過去的經驗，下一步就是抄家。她心裡盤算著，必須儘快把孫毅的法輪功資料燒掉，警察會把那些看成是孫毅的「罪證」。上一次，只因在家裡翻出一盤煉功帶，孫毅就被抓走了；還有一次，因為幾篇經文、一箱複印紙，幾封給領導的信，孫毅就被關了十個月。什麼都可能是「罪證」，趕緊回家收拾吧。

到處是花燈，那天是正月十五。北京規定正月十五以後不許燃放煙花，所以過年期間買的花炮那天全都要給放了，真是最後的瘋狂。滿耳朵的鞭炮聲，劈劈啪啪特別凶，震得她心裡慌慌的。

一柱柱花炮，隨著刺耳的呼嘯升向高空，炸放開，隨後，沒有燃盡的灰殼，從空中紛紛揚揚灑落下來。

左躲右閃，李梅跑進了自己家的樓門，樓道裡瀰漫著煙花的味道。

推開貼著倒「福」字的家門，聰聰迎上來，它嗚咽著，委屈。它害怕，過年期間，鞭炮聲嚇得它沒地兒躲沒地兒藏的，而十五這一天，震天鞭炮似乎要把窗子震碎了。

顧不上聰聰，李梅和弟弟趕緊找出法輪功資料，架到煤氣上就燒起來，趕緊燒。

聰聰在她腳邊哀鳴著，繞著她轉圈，用身體蹭她的腿，慌張的李梅差點兒被牠絆倒。

屋裡的煙越來越大，李梅咳嗽起來，她打開了廚房的抽油煙機。

沒想到，警察來了。

有人報了警，油煙機冒出的濃煙被人發現，以為失了火。

3

關叔也記得，那天是北京城裡花炮最密集響亮的一個夜晚。

李梅和弟弟回家後，關叔沒有回家。他站在不遠處，看著孫毅家的窗戶。

家家戶戶的窗裡都透出溫暖的光，有的掛著燈籠，有的貼著剪紙窗花，有的拉著串串小彩燈。他發現樓上李梅家的窗子突然就特別亮了，亮得刺眼。關叔奇怪，從來沒那麼亮過，至少一百瓦的燈泡吧。

樓下停的還是那兩輛警車，一輛金杯，一輛桑塔納。

周圍的花炮轟轟烈烈，隨著「啪」一聲炸響，汽車的防盜器也「抓兒」「抓兒」響起來，此起彼伏。一束煙花沖天而去，隨後嘩啦啦綻放，樓群之間的一小塊夜空，剎時就亮如白晝。關叔看見有警察，還有保安，他們抱著東西從樓裡出來，往金杯車上裝，「東西不少，兩箱子兩箱子地往車上搬」。

煙花散盡，天空馬上又黯然了，一息溫熱瀰漫，很快又被寒涼的空氣淹沒。

4

第二天，正月十六，李梅的弟弟把聰聰抱了過來，他對關叔說：「我姐被抓了，家被抄了。」

他被關押了一夜後給放回來，李梅給扣在了派出所了，「他們認為她也煉功」。

關叔知道李梅根本不煉功。

「家裡沒人，先把聰聰放您這兒吧。」弟弟說。

關叔以前也有一隻和聰聰一樣的博美狗，後來丟了。

也是因為這個原因，關叔認識了李梅和孫毅，那是九八年，他們小倆口經常帶著狗出來散步，李梅的狗吸引了關叔。聰聰和自己丟的那隻太像了，毛也是棕色的，性格像個小孩兒。後來他和李梅成了狗友。

李梅和孫毅有事時就把狗寄養在關叔家。關叔溺愛聰聰，允許它在枕頭邊上睡，還買廣式小香腸餵它，那時，廣式小香腸還買得起。

關叔可不敢帶聰聰出去，怕丟了，他嘗過丟狗的滋味，「人家李梅那麼喜歡的一條狗。」

聰聰有些蔫兒，以前一到關叔家就興奮得來回狂奔，現在怎麼了，牠也知道李梅被抓走了？

5

李梅是半個月後被放出來的。

一進樓門，保安就用一種奇怪的眼光看著她，居委會的人可能都知道了吧。李梅低下頭，快速上了樓。

打開房門，家裡好像遭了劫，攤在地上的每一樣東西，都讓她想起那天的抄家。

蠻橫的砸門聲，咣咣的皮靴，地板被踩得吱呀作響。

聰聰開始還叫，過一會兒就躲進臥室，沒聲了。

房間裡每個角落都暴露無遺，警察帶來特大瓦數的燈泡，他們要找東西。

箱子倒空，抽屜倒空，連鞋盒、禮品盒都倒空，櫃子裡的東西被扔出來，各種袋子夾子裡的東西都被抻出來，抖、撒、甩。地板上亂七八糟堆積著書、紙、盒子，靴子在上面踩過來又踩過去，不知踩到了什麼東西，一陣碾碎物體的碎裂聲，「啪」，又一個什麼東西給扔到地上了。

靴子跨進臥室，聰聰就跑到陽臺上，靴子踏進陽臺，聰聰就不知道躲哪兒了。

後來李梅和弟弟被帶走，家裡只有聰聰和一地的狼籍。

越到午夜，鞭炮聲就越來越粗暴地在窗外炸響，聰聰一夜的狂吠，被震耳欲聾的鞭炮淹沒了。

6

李梅被放出來後，到關叔家接聰聰。

她沒多說什麼，也沒哭，只是說：「什麼都給抄走了，電腦也沒了，那是弟弟給我過生日剛剛買的。上次抄家把我弟弟的電腦拿走了，這次又把我的拿走了。」

關叔說：「如果你要上網，到家裡來吧，兒子有電腦。」

李梅說不用了，就不再提電腦了。

李梅說：「關叔您那麼喜歡聰聰，要不就留下，您養著

唄。」

關叔可不敢，他不能奪人所愛，何況，「那是李梅一個伴兒啊。」

李梅從此不進孫毅的書房了，看著那些被拽出來的東西，就心亂，她索性把書房的門關緊。

下班後她反鎖上家門，打開電視，床上扒出個被窩就鑽進去，她就願意看電視。

等電視按定好的時間自動關機，屋子靜下來的時候，李梅的咳嗽聲就響起來，咳得她睡不著。

聰聰乖乖地擠過來，濕濕的鼻頭蹭著李梅的臉。牠身體柔軟，而且暖烘烘的。

7

李梅從不說，她被關到轉化班裡都發生過什麼，那半個月裡的事兒，她不願回憶。

她在家裡感到不安，後來乾脆和她弟弟、弟妹住到一起了。

關叔還和以前一樣，不多問，也不多說，除了說說狗，說說貓，就是談談鳥。

「人家難受的事兒我可不提。」關叔就這麼想。

李梅也有過好事兒告訴關叔，那一次，李梅高興得都帶著哭腔了：「關叔，我拿到會計師證了！全國通用的！」

這意味著李梅可以有一個穩定的工作了。關叔知道，對於沒有本地戶口、在北京城只能做二等公民的李梅來說，這太重要了。

四、塑封的家信

1

這次黑板報的主題是「喜迎奧運」。

孫毅翻著朱阿柯找來的報紙，希望能從字裡行間看到什麼，全是奧運，汶川地震的內容也幾乎沒有了。朱阿柯抄寫了奧運常識的問答，孫毅畫了五個奧林匹克環，然後準備出幾種彩色粉筆。

正要描五環的顏色，家裡的包裹到了，是寄來的衣物。衣服兜裡還有妻子的一封信，信被拆開，已經檢查過了。

孫毅：

自從你走後，咱們家裡的東西都被抄走了，我弟弟也被抓了，工作也受影響，我身體也一直不好，老是咳嗽。當初我跟你結婚也沒圖什麼大富大貴，只想能過個平安的日子，但這些年來因為你煉法輪功老是出事兒，我一天到晚的為你提心吊膽，基本沒過上幾天安生日子。現在我身體很差，身心疲憊、精神衰弱，已經實在是承受不了了。而且我自己受連累也就算了，還老是連累我弟弟，讓我的父母也跟著一天到晚著急上火，經常睡不著覺。所以我想既然你也改變不了你的信仰，那我們最好還是分手吧。本來想等你勞教回來再離婚，但一回來可能又離不了了，所以我準備直接到法院起訴離婚，提前給你打個招呼，你也好有個心理準備。幫你找了幾件舊衣服，要是還不夠，再來信告訴我吧。

李梅

2008 年 6 月 3 日

重新拿起粉筆，孫毅描不下去了。

朱阿柯問，怎麼了？

2

孫毅非常非常難受。

他難受的原因不是妻子提出離婚，「離婚」這兩個字對他沒有傷害，他知道他和妻子的感情不是「離婚」所能破壞的。因為體會到妻子深深的無奈與絕望，他替妻子難受。

夜裡，孫毅把信翻出來。「讀妻子的信，是讓自己的靈魂能回到正常人狀態的唯一機會。」妻子的字不好看，孫毅願意看，「無論寫什麼，都是妻子的字啊。」

對孫毅來說，這封有關離婚內容的信，「幾乎就像情書一樣。」

看信也要避開「四防」。鋪好被子就必須臥倒睡覺，不能做任何與睡覺無關的事，「四防」夜間盯得很緊。

經常翻看，脆薄的信紙就有些折損了。孫毅跟朱阿柯要了透明膠條，一道道把信塑封上，這樣就不容易翻爛了。

白天，他把信放在胸前上衣兜裡，裡面還別著一隻飯匙，這就是他的全部財產。

馬三家來信

3

一天，「勺兒」把孫毅叫進一間屋，「斜眼」遞給他手機，「你家裡打電話過來了。」

是母親，意外的聽到母親的聲音，孫毅非常驚喜。但隨後，母親告訴的消息讓他震驚：「你出事後李梅也被抓進轉化班了。」

詳細情況母親也不知道。問不清到底怎麼回事兒，孫毅更加擔憂起來。

但他安慰母親：「別擔心，那邊不會有什麼事的，我這裡也一切都好。」他不能再讓母親操心了。

為什麼妻子來信沒有提到她被抓？這麼大的事兒為什麼不說？孫毅更難過了。有很多苦楚妻子是無法向他訴說的，那她還能和誰說呢？他不明白，為什麼政府連他不修煉的妻子都不放過？他難以想像，拘留所那麼醃臢的地方對於單純善良的妻子，將會是多大的摧殘啊。尤其是轉化班裡那些下流的淩辱，妻子怎麼能承受得了呢？他多次被抓進轉化班，他太清楚了。

越想越不敢想，孫毅愣愣坐著，發呆。

「簽字！」一個「四防」進門就甩過來一個本子。

「簽什麼呢？」

「別問！」

孫毅還是仔細看了看，勞教所上個月發給他十塊錢，是做「鬼活兒」的工資。讓你簽名，就表示發給你了。這錢孫毅只在紙面上見過，聽說是買了共用衛生紙，但也沒給過個人，都叫「四防」貪汙或送了人情吧。

4

儘管幹活兒累，也沒領到過實質意義的工資，勞教們還是願意幹活兒。

「四防」常對大家說：「勞教靠啥？就靠有個好心情，心情好日子就過得快。一幹活兒啥都不想，心情就好。所以跟誰較勁兒都沒用，就跟活兒較勁兒吧。」

確實，每天累得要死，就沒精力想煩心事兒了。想煩心事兒，心情就不好，心情不好日子就過得慢，勞教期等於給抻長了一樣。

錶是違禁品。如果看著鐘錶幹活兒，快吃飯或快收工的時候，勞教們就會不自覺放慢速度，工作效率就會降低。這是警察們總結出來的經驗。

沒有錶的日子就顯得更漫長。

「日落西山，減刑一天」，入夏以後，白天更長了。在車間好不容易熬到吃晚飯，回到樓上還要接著幹，很晚天才會完全黑掉。夜短，感覺睡覺時間也短，好容易熬到睡覺，剛躺一會兒，就又被叫起來了。

大清早，曠野裡的布穀鳥一聲聲叫著：「布穀布穀！布穀布穀！」

老號們都說，聽，布穀鳥叫呢：「勞教真苦！勞教真苦！」

5

偶爾趕上缺料待工，大隊就安排「學習」。在大廳背誦「23號令」，從早背到晚。乾巴巴坐小凳一整天後，警察就

問：

「你們願意休息還是願意幹活兒？」

「願意幹活兒！」所有人都喊起來，「願意幹活兒！」

都想幹活兒了，幹活兒還有活動腿腳的自由呢！

有一天，下午沒活兒幹，全體在院裡拔軍姿。大太陽曬得人無精打采。

拔軍姿不許和別人說話。大奎突然把手放到耳朵邊，比劃起打電話的姿勢，「我可沒和別人說話，我和自己說話還不行嗎？」

對著日頭，大奎自己和自己聊起來，一臉鄭重其事：

「老胡，你怎麼樣啊，新上任怎麼樣？你當上總書記，感覺不錯吧？我跟你說呀，現在人權狀況比以前好多了。我們勞教人員感謝黨中央啊！」

警察走近了，大奎裝沒看見，繼續比劃：「你怎麼來了？什麼時候你死啊？」

大家一聽來了精神，都明白大奎罵警察呢。

警察裝沒聽見，趕緊走開了，大奎可不好惹。

但大奎又喊起來了：「打我罵我行，不讓我幹活兒可不行！我就願意幹活兒！」

「大牙」憋不住，咧開了嘴，大奎說出了他的心聲。有個老警察，一值班就讓「大牙」做按摩，「大牙」寧願幹「鬼活兒」累個半死，也不願意去給警察掐肩捶背。

但「大牙」笑笑也就算了，再叫他去，他也不敢拒絕的。

6

朱阿柯在警察辦公室打掃房間，帶出了一張小卡片給孫毅。

小卡片上印的是《勞教人民警察六條禁令》：

一、嚴禁毆打、體罰或者指使他人毆打、體罰勞教人員；

二、嚴禁違規使用警械和警車；

三、嚴禁索要、收受勞教人員及其親屬的財物；

四、嚴禁為勞教人員傳遞、提供違禁物品；

五、嚴禁工作期間飲酒；

六、嚴禁參與賭博。

違反上述禁令者，視其情節輕重予以相應紀律處分或者辭退，構成犯罪的，依法追究刑事責任。

孫毅這才知道，勞教所警察也是有嚴格紀律的，而且很具體。

八大隊的舉報箱在廁所，孫毅早就注意到了。有兩個，一個是教養院的，一個是檢察院駐檢的。有人往裡投過信嗎？他問朱阿柯，朱阿柯說，「那是擺設，投信沒有用」。

孫毅決定，還是寫信直接交給管教大吧。

孫毅在信裡寫道，自己是無罪的，妻子被無辜株連，不煉功也被抓到了轉化班；他談到每天十八九個小時的超長工作時間，惡劣的工作環境，沒有節假日，沒有休息，沒有熱水喝，連喝水的杯子都沒有！如同荒蠻的奴隸時代。他沒有罪錯，不應該被關到勞教所，不應該被強迫幹苦工。最後，孫毅聲明不勞動了。

看完信，管教大好像也有點無奈，但態度很強硬。他對孫毅說：「到這兒來了就是罪犯，別管你是誰，又不是我們請你來的，既然到這兒，你就是有罪的，就得遵守這兒的規定。」

「杯子嘛，我們是準備給大家配個杯子。不過，你抗拒勞動就是『反改造』，不幹活兒就得加期！」

7

其實，抗拒勞動一般要給「掛」起來。

汶川地震後，孫毅捐了八百元給災區，是八大隊捐款最多的。因為捐款與減期不掛鉤，大多數人都沒有捐。這個事使管教大對孫毅印象很好。

他不很難為孫毅，只是罰他站著。

孫毅在車間被罰站時，「斜眼」走過來。

「知道趙飛嗎？」他問孫毅：「那可是有剛兒！一條漢子啊。」「斜眼」豎起了大拇指。

五、活著走出馬三家

1

「你想做第二個趙飛嗎？」

剛到八大隊，一個「四防」就這樣威脅老朴。

老朴聽說過趙飛，聽說是被折磨死的。

「你幫我個忙，我想早出去幾天。」這個「四防」一臉匪氣。

「我能幫你什麼呢？如果我能做，一定幫你。」

「你簽個字我就能減期。」「四防」拿出事先準備好的「三書」（《決裂書》《揭批書》《保證書》——讓法輪功學員放棄信仰的書面保證），「不是什麼難事兒。」

老朴一看，嚴肅地說：「別的事兒好辦，這事兒不行，我簽不了。」

「不簽？」他威脅老朴：「那以後有你好日子過！你還想在八大隊待嗎？」

老朴可不怕他來這個。

果然，一看老朴這態度，他再沒敢說什麼，趙飛的事兒其實也讓他們害怕法輪功了。後來老朴知道，這個「四防」曾經帶頭虐待過趙飛。

五十八歲的趙飛，因煉法輪功被勞教三年。2007年，八大隊白天下大地，晚上還要回監舍做花圈兒，祭奠死人用的。其它人定額二三十個，給趙飛定額一百，幹到後半夜，才允許他睡覺。八大隊想用加倍的工作量逼迫趙飛放棄信仰。後來趙飛

馬三家來信

拒絕幹活兒，絕食抗議。

二所的勞教們都知道趙飛，叫他老趙頭，去食堂吃飯時都見過他。

「從四樓拖到一樓，再拖到食堂，三頓飯都這麼拖下來、拖上去，拖得到處都是血。」

「後脊樑骨都露出來了，後腦勺磕在樓梯上噹噹響。」

「唉，那叫人還咋活呀。」

五大隊的老韓頭經常在操場、食堂與趙飛打照面。老韓頭回憶，老趙頭「總是面帶微笑，不開口和我們說話」，「生怕給別人帶來災難」，估計當時可能被嚴管了，因為「任何人，在任何情況下，都不准和趙飛說話」。

後來有一天吃早飯的時候，老韓頭看見八大隊那邊：「四個人拖著一個人往食堂走。每人拽一隻胳膊、一條腿，被拖的人腦袋耷拉著，搖來擺去，看上去像死人一樣。」

「這個被拖的人就是趙飛，絕食半個多月了，這樣又拖了半個多月，以後就再沒見到他。」

「得活下去，」老韓頭的結論就是這個，「如果自己女兒被強姦生了孩子，又能怎麼辦呢？忍辱求生吧。」

2

直到解教，老韓頭都不知道自己因為什麼被勞教的。

他女兒也不理解，老父親在家一個人煉功，她小心翼翼保護他，不讓人知道父親煉功，警察怎麼就知道了？家裡確實有本《轉法輪》，可一本書就要給抓起來判勞教嗎？父親的病確

實是煉功煉好了，她也不能昧良心反對法輪功呀。

2006年，老韓頭從北京被賣到馬三家的時候，二所全是水田。

天還黑著呢，勞教們就在操場集合了。排隊時，老韓頭看到有人一瘸一拐的，不知為什麼。

坐上四輪汽車，駛向黑暗的田野深處，到達目的地時，天才剛見亮。

一個「四防」遞給他一雙水鞋：「你去挑稻苗。」老韓頭一穿，鞋太小。「有大號的嗎？」「沒有。」老韓頭這才明白：怪不得有人一瘸一拐，都是穿小鞋穿的。

心一橫，老韓頭把小鞋穿上，兩隻腳說不出地難受。陷在沒腳脖子的稀泥裡，他一步一步往前走……

每挑兒稻苗百十來斤，苗床離稻田很遠，挑過去還要把稻苗散開，扔進池子。

趴溝裡喝一口水的工夫都沒有，後面的「四防」拿著鎬把盯著呢，慢一點鎬把就追打過來了。

對老韓頭來說，這些苦不算什麼，他吃苦一輩子了。過去糧食不夠吃，他到山裡，一個人開荒種地，都是為了孩子。這次勞教，又讓孩子們跟著遭罪了。

「得活著，為了孩子就得活著」，而且，「要活著，就得像狗一樣，能熬，熬到頭。」

3

有一次去食堂路上，五大隊離八大隊很近，老韓頭就和孫毅打了招呼，孫毅猜他可能是法輪功學員。

五大隊幹縫紉活兒，能做包，孫毅就問他，能不能搞一個提包？老韓頭說下次吧。過了幾天，也是去食堂路上，老韓頭趁人不注意就扔了過來，孫毅就有了一個包。

這個可以說是奢侈品的包，大小就像普通手提袋，是用裝化肥的大包裝袋做的，上面還印著化肥的品牌標識。孫毅在包裡放幾張撕成小片的過時報紙，得空拿出來看看，這樣就好像能和外面世界有了溝通似的。

熱水器那邊，又打起來了，隊長們在一旁看熱鬧，又是「四防」在搶熱水。早進食堂的能搶到真正的熱水，晚了只有摻了涼水的溫吞水了。

一番打鬧後就見了分曉，八大隊的隊長悻悻地罵八大隊的幾個「四防」：「窩囊廢！搶水都搶不到熱的！」

今天是每月一次的「改善生活」，吃米飯。

孫毅把稀菜湯緩緩倒入米飯盆，這樣湯底的泥沙就留在了湯盆裡，然後用匙子把倒進菜湯的米飯攪和攪和，讓米飯裡的大沙粒兒沉底，而仔細撇出浮上來的草根、膩蟲，就可以「改善生活」了。

一邊就著菜湯把米飯吃下，孫毅一邊觀察著六大隊那邊。

他已經把拆散的一講《轉法輪》藏在包裡，正等機會傳給六大隊的田貴德。

4

「有病？多喝點水就好了。」這是馬三家勞教所的名言。

就是這句名言讓大林子送了命。

那還是2007年下大地，大林子在水田打農藥。打農藥一般在中午，高溫有利於藥效的發揮。

　　「快！快點！」就像吆喝牲畜一樣，「四防」拿著鎬把在後面催趕。每個人都會被隨手打幾下。鎬把可以加快幹活的速度，防止勞教們偷懶兒。

　　遠遠地頭的遮陽傘下，警察坐在椅子上，喝著「四防」上貢的可樂。可樂瓶泡在水桶裡，很冰。

　　在膝蓋深的水裡，大林子揹著五十多斤重的打藥箱，怎麼也跑不快。腳下都是滋泥，很難邁開腿。中午時，水田裡的水還有些燙腳。

　　「跑起來！快點！」鎬把沒輕沒重朝他腦袋上掄過來，「快點！跑起來！」

　　又熱又累又憋屈，大林子實在受不了了，就喝了幾口農藥。心裡盤算著：這樣下午就可以不出工了，好歹也能歇一下午吧。他沒想死，想死就喝整瓶兒的了，旁邊就有一整瓶農藥。

　　大林子喝農藥被發現後，管教大就說了這句馬三家的名言：

　　「哦，沒事兒，多喝點水就好了。」

　　沒想到，一喝水就把胃裡農藥給稀釋了，毒性迅速擴散全身，大林子嘴流口水，四肢抽搐，真中毒了。

　　趕緊往七公里外的馬三醫院送，沒想到人在路上就軟了。

　　老朴剛到八大隊時，大林子的屍體還停在馬三醫院。

　　「屍體上都是傷，怎麼能是中毒死的呢？」家屬不幹，要驗屍，後來聽說大林子的家屬也上訪到了北京。

短短不到一年，除了董臣、趙飛和大林子外，老朴還見過一個人死在八大隊，累死的。

那次是倒庫。揹著裝滿稻子的麻包，一趟趟跑，體力很快就耗盡了。有個叫小六的，長得細長條，一百多斤重的麻袋一上肩就把他壓趴了，他實在扛不動。

警察用腳踢他起來：「你就裝吧！消極怠工！」

小六只好努著，勉強把麻包抬上來，結果麻包滑到地上，砸了自己的腳。警察看他臉煞白，就讓他靠邊坐下了。中午老朴看見小六蔫頭耷腦趴在食堂桌上，也沒吃飯。大家吃完飯叫他上樓，在二層拐角小六就吐了。也是在去醫院的路上，人就死了。

「除了刑期是你的，你的骨頭、你的肉都不是你的！」朱阿柯經常這麼總結這些事兒。

5

朱阿柯特別怕死在外面，他最怕的就是回不了南方老家。

剛來時他不明白，自己雙手提兩大捆稻桿，跑得比誰都快，怎麼還被「四防」的鎬把追打呢？每天都給打得滿頭大包。後來才明白：自己沒上貢。他流著淚給家裡寫信：趕快多寄些錢來，實在活不下去了。

朱阿柯有時和孫毅講馬三家的過去。

「過去下大地，早上出工三點半，中午地裡一頓飯，收工天黑看不見。」

最苦的是冬天。馬三家的冬天特別冷，很多人的耳朵都凍傷了。如果看到馬三家出來的勞教人員沒有耳朵，不用奇怪，

那都是大冬天被打掉的，「凍傷的耳朵一打就掉」。

「馬三家沒有『病』這個詞。」

有病幹不了活兒？只要有口氣就得下大地。不出工是不可能的。爬不起來？「四防」抬也得把你抬到地裡。幾個人把你往水田一栽，像插秧一樣，兩隻腳就紮進水裡了，再用籮筐罩住頭，然後水裡的螞蟥就開始咬你了。你就堅持吧，咬得受不了你就會站起來啊，你能站起來就說明你沒有病啊，就可以幹活兒，那你就別裝了，跟著插秧吧。

有病就這麼弄你，一弄你就沒病了，准能幹活兒。

如果幹不完活兒，「四防」就地挖個坑，倒栽蔥一樣，把人頭朝下塞進坑裡，埋上土，過一會再抽出來。土裡沒空氣，憋幾次人就告饒了，就能完成任務了。

有一次，朱阿柯看見幾個「四防」圍著一個人打，打完把那人扔到地頭，就去幹活了。等幹完活兒回來，用手一摸，那人已經死了！

人死了，抬走就得。像沒這回事兒一樣，大家都非常平靜，波瀾不驚。

恐懼是在心裡。只有一兩年的刑期，能不能活著出去是個問題，可不能像董臣，差十幾天解教，都不能活著出去，而且，「怎麼死的都沒人知道！」

「別生病，別受氣。幹得少點，吃得好點。活著，繼續活著。」朱阿柯經常念叨，「我們的奮鬥目標：就是活著走出馬三家！」

解教以後，孫毅聽人說朱阿柯也是個321，管教大的線

人，老朴的經文和書就是他告發後給沒收的。但朱阿柯沒有告發過孫毅。

6

上午，「小土豆」解教了。

這小孩兒直到走，手和臉上的染料都沒能洗乾淨，圓圓臉還是黑黢黢的，真像個小土豆兒。

大奎一邊幹活兒，一邊拿「小土豆」開玩笑：

「唉，這小子回家沒準兒做夢回來搓鬼骨頭呢，勞動改造得好啊！」

沒想到，還沒到中午，「小土豆」真就又回來了。

「這麼快就回來幹『鬼活兒』了？」大奎逗他。

原來，「小土豆」解教出大門，沒錢回老家，他只好到院部挨個門敲，要路費。最後不知什麼人同意了，讓他寫個困難申請，讓八大隊證明一下。於是他拿著幾張空白紙，回來找朱阿柯幫他寫申請。中午沒地方吃飯，回到食堂他吃了一塊「人發」。

下午拿到了證明，「小土豆」終於回家了。

大奎說：「這小子終於不用和小鬼兒打交道了，重新做人啦！」他衝「小土豆」喊道：「可別再回來了啊！」

「寧判三年大刑，不判一年勞教」，老號都知道，判刑比勞教少受很多罪。

「大牙」前幾天被帶走刑拘了，他在拘留所的案子變大，再判就「走大刑」去監獄了。他這一走，大家好像很羨慕似的，不少人甚至認為大牙這回撿了便宜：「那也比馬三家強

啊！」

　　不管怎麼走的，能離開馬三家就是好事兒。

　　做夢都想著離開這鬼地方，真是什麼招兒都想出來了。

　　最成功的例子被勞教們津津樂道。有個小偷，故意自首了一些嚴重偷盜行為，終於把自己弄成了刑事案，前幾天被拘捕帶走了，成功離開馬三家，逃脫了勞教之苦。據說他交待的那個罪，也就判個拘役，半年就放了，比起兩年的勞教，要好到天上去了。

　　孫毅記得那人走的時候，興奮啊，什麼個人物品都不要了，那個高興！好像獲了自由似的。

　　每走一個人，都給其它人帶來些希望，心裡都會有些興奮，因為這意味著，自己離回家的日子也越來越近了。

　　誰的日子都是一點點熬出來的，只要活著，就都有走的那一天，慢慢熬著吧。

　　有走的，還有回來的。一瘸一拐的余又福剛剛解教，離開馬三家還沒一個月，就給送回來了！剛留的頭髮又給剃光了。

　　上次解教，余又福是抱著自己的被褥走的。勞教們有個迷信說法：解教時，自己的被褥一定要帶出勞教所，哪怕一出門扔了，也不能留下送人，否則，就意味著要在勞教所「留一被（輩）子」了，註定以後還得再進來。可誰也沒料到，這咒兒這麼快就不靈驗了！

　　剛回北京，余又福就趕上了奧運「安保」最緊的時候，他很快被清理出北京城，又給勞教一年。

以前余又福去過石家莊，所以經常拿石家莊勞教所與馬三家比，「那兒可好了，一人一個櫃子！」吃得如何好，幹活兒如何輕，隊長對他如何照顧，「一個天上一個地下！」他是個殘疾人，從小要飯，後來走向了盜竊。關押的地方好一點，他就很知足了，他最怕回馬三家。

倒楣的余又福，不到一個月又給送回了馬三家！而且又給甩回八大隊！

接著幹「鬼活兒」吧，八大隊讓他接著砸掛鉤，就是拿鐵絲窩成掛鉤的樣子，砸平，掛墓碑用的。

孫毅算了算，等余又福第二次勞教解教回家，自己的刑期還沒過半呢。再一算，原來二所在押的所有勞教都解教了，自己還走不了呢。鬧了半天，原來自己要最後一個走！

7

那天，孫毅看到了那個總想逃跑的「神經病」。

中午在食堂門口排隊，六大隊突然躥出個小個子，他飛快跑到圍牆下，做出往上攀爬的樣子，兩手扒來扒去，兩腳上下使勁蹬踹著。眾目睽睽下，他在偌大的一面牆上，努著力，掙扎著。

「神經不正常！」已經沒有警察追他了，「大白天做白日夢，分不清現實和夢境。」

另一個搞不清現實和夢境的就是李明龍了。

在廁所，孫毅看到李明龍給掛上了，裸露在外的胳膊、脖子上都是電糊的傷疤。孫毅非常吃驚，出了什麼事兒？這麼老

實的一個孩子？

　　李明龍被雙手高掛在暖氣豎管上，眼裡都是恐懼。

　　後來才知道，李明龍向警察報告，說自己吞了鐵絲。結果送到醫院也沒查出鐵絲。被電擊後，李明龍承認，他只是想在去醫院的路上逃跑。警察更氣憤了，把他高掛起來。

　　但警察不理解，他怎麼會這麼想？腦子有毛病吧？

逃跑　言午寺／繪

孫毅能理解他一些。誰都想逃出這個地方，有的人理智一些，在夢中逃離現實；而理智差一些的，就活在半現實半夢幻中，用他們的辦法幻想「逃跑」。

　　幾天下來，李明龍就脫了相。廁所攤了一地的骷髏頭，空洞的眼窩對望著他，他的眼睛和骷髏的眼窩一樣深陷，雙頰和骷髏頭一樣癟進去；本來粗壯的身體變得瘦弱不堪，過去勞教服穿在身上揪揪著，現在倒合身了。

　　看著心痛，也是無奈。上廁所時，老朴給李明龍拿了些大鐵片餅乾，塞他嘴裡讓他吃。

　　孫毅給李明龍送了一雙大號板鞋。終於訂上他的尺寸了，結果穿上還是擠腳。因為水腫，李明龍的腳比平時又大了一圈兒。

六、求救信

1

因為是老號了，孫毅有時能向窗外看看。

八大隊在四樓，是二所最高的樓層。但視線所及，依然是茫茫田野，遠處，隱隱有一些樹叢和頹垣殘壁，更遠就觀察不到什麼了。

但在夜裡，遙遠處，偶爾有幾個光點，閃著亮，勻速移動著。一個老號說，可能是車燈，那邊有一條高速公路。

一天，看了有那麼一會兒，孫毅發現遠方的一個光點停住了，好一會兒，那光點才開始繼續移動，最後漸漸消失在茫茫夜色中。

那是高速公路上一個疲勞駕駛的老司機，太困了，他停車在路邊打了個盹兒。從丹東開大貨車到內蒙，在馬三家境內有了這個短暫的停留。老司機不知道，他那模糊黯淡的車燈，給一個完全封閉的人帶來多大興奮與希望啊。

孫毅意識到：馬三家並不是與世隔絕的孤島。

2

「打我罵我行，不讓我幹活兒不行！」

大奎路過被罰站的孫毅，又大聲重複了這句話，之後衝孫毅擠擠眼，什麼意思呢？

站了半個多月，孫毅有點明白了，完全不幹活兒也是自己找罪受，最好是幹活兒沒有任務量。

馬三家來信

他找管教大，「我身體不好，勉強可以幹活兒，但只能力所能及地幹。」

因為孫毅拒絕幹活兒，對其它勞教人員特別是法輪功學員影響很大，現在他主動提出幹活兒，管教大也想借此下臺，就把他調到了包裝組。

得到這個俏活兒，孫毅的反改造也算個成功吧，從此以後他就沒有強迫的工作量了。

在包裝組，幾乎所有的包裝箱上，都標註有英文Halloween，還有南瓜鬼臉圖樣。孫毅想，西方人購買這些禮品時，肯定想不到它們是在這種地方生產的。他萌生了一個想法：如果把這裡的情況寫成信件，放入包裝箱，傳遞到西方社會，就有可能引起世界對中國勞教制度及法輪功團體遭遇的關注。

這些禮品會被運到哪個國家呢？不管運到哪裡，只要有人買到，發現裡面的信，或許就會有好心人關注明轉發消息。

包裝箱會不會在什麼地方被重新拆開檢查？信被查獲了怎麼辦？風險肯定有，但只要有一線希望，還是值得冒險。

孫毅決定給國際人權組織寫信，想辦法把信放進包裝箱，傳出勞教所。

他相信，如果他的想法正確，神一定會幫助他。

朱阿柯給孫毅的那枝鋼筆，應該有更大的用處了。孫毅想著讓朱阿柯去辦公室再灌些鋼筆水，上次抄經文鋼筆水快用完了。

紙都攢不少了，什麼時候寫信呢？幹一整天活兒，到睡覺

的時候，人已筋疲力盡，而睡了一白天的夜班「四防」正精力
旺盛，寫信的最佳時間只能在後半夜了。

3

孫毅強迫自己從沉睡中醒過來，估計是淩晨三、四點鐘。
「四防」不像前半夜那麼精神了，坐在門口小凳上，開始犯迷
糊。

午夜以後，極其安靜，窗外鳴蟲的窸窣聲已經沉寂，只有
日光燈發出微弱的嗡嗡聲。

孫毅悄悄拿出筆，把藏好的紙從枕套中輕輕抽出，展開
鋪在枕邊。紙的聲音在夜裡特別脆，他必須小心，避免弄出聲
響。

一邊用右手小指壓住紙，一邊拿筆在紙上書寫。姿勢彆
扭，字有時變形走樣了。

斜看著紙張，一會兒眼睛就累了，趁著想下句話怎麼寫的
空當兒，孫毅就閉目休息一下。

身子壓麻了，也只能微微活動一下手臂，不能翻動身體，
架子床嘎吱的響聲會引起「四防」注意的。

剛開始，資訊寫不完整，後來遍數多了，就知道了幾個關
鍵要素：比如請求事項、事發地點以及迫害的主要情節等等。
孫毅知道自己學的不是地道的英語，擔心生疏多年的英文表達
不準確，一旦弄錯涵義就可能前功盡棄了。所以他就在個別單
詞後面標註了中文，至少可以讓收信人找人翻譯吧。

信的篇幅最好是剛剛能填滿一張紙，所以要挑選最合適的
幾句話。

咣啷啷，大閘門響了，查崗。然後是小凳子吱吱扭扭，那是值班「四防」站起來，要巡查了。

　　他已經掌握了「四防」值班的一些規律，比如，大約多長時間會走到他的床鋪附近，什麼時候會脫崗等等。

　　直覺「四防」走過來了，孫毅屏住呼吸，腦子高度集中。現在可能正對著他的後背呢，他儘量保持一動不動的姿勢，後背擋住了「四防」的視線。過了一會兒，孫毅確定「四防」走開了，因為他聽見暖壺倒熱水的聲音，「四防」開始泡速食麵了。

　　趕緊接著把信寫完，最後，孫毅在信角上多加了一個「SOS」。

4

　　有時一夜能寫一封信，有時能寫兩封。

　　寫好的信，不能讓人看見，隨身攜帶又危險，於是孫毅就把筆、信和空白紙都藏進枕套。早晨一起床，枕套就隨著行李進了庫房，如果不清查，庫房暫時還算安全。

　　朱阿柯有時會提前知道清監的時間。有一天，他在廁所偷偷提醒孫毅：把筆藏好，這兩天要清監，主要是清庫房。

　　於是孫毅趕緊把東西轉移了，藏進床腿的鋼管裡。

　　清庫房時，孫毅被叫去。一個「四防」讓他把行李打開，警察在一旁監督。這回，被褥枕套的邊縫邊角都捏了個遍。孫毅暗自慶幸，好險啊！

5

每封信孫毅都是在夜裡側躺著寫的。

老朴是白天坐著寫的。他拿著孫毅的原稿，依葫蘆畫瓢照抄，他不太懂英文。

孫毅是在食堂，把信的底稿傳給老朴和另外一位法輪功學員，讓他們照著抄，找機會發信。

老朴幹活兒快，但後來他發現，好不容易完成了當天的定額，第二天就漲產了。幹得越快就越累，所以老朴後來一直為少幹活兒而抗爭。一個警察經常找他麻煩，有一次就罵了他。

「你罵我，你自己沒有媽呀？」老朴問警察。一怒之下警察打傷了他的頭，老朴就抗工了，他在監舍裡養傷。

就是在這段時間，老朴趁給家裡寫信的機會，把紙放在家信下面，照著孫毅的原稿，抄了兩封求救信，後來也塞進了包裝箱。

6

「我弄點假藥算什麼？假的多了，共產黨最會造假，反倒拿我們這些小玩鬧尋開心！」

和孫毅一起在包裝組貼標籤的唐獻革，從不避諱說自己賣假藥出身。這個豪爽的內蒙漢子，好吹牛，好炫耀，也敢說真話。

「不造假我活得下去嗎？共產黨逼得我沒路走！」

唐獻革是八大隊的老油條了，吸毒進來的，他靠「裝病」，得到了包裝組的俏活兒。

馬三家勞教們自己有獨特的等級制度，如果哪個勞教敢

罵「四防」或者321，甚至像大奎那樣敢罵警察，私下是非常受尊敬的。罵「四防」、罵警察是提升自己地位的一套辦法：「你不怕，你厲害，你老大！」這樣的人在勞教中都有些威望。

孫毅經常聽到唐獻革在人多的地方罵321：「誰的嘴那麼缺德？誰給我打了小報告？」

他還罵「四防」：「狗仗人勢！」當然，他也看人，挑不辣手的「四防」罵。

孫毅一直等待著機會，他想把信放進一個大的包裝箱，裡面能裝六塊大墓碑。

集合放茅，人陸續走了。孫毅在後面磨磨蹭蹭，等他感覺周圍沒人，正要往兩塊墓碑之間塞信的時候，唐獻革突然跑回來，信被發現了。

孫毅直覺唐獻革不像是「積極靠攏政府」的，不是321。於是鎮定地告訴他：勞教所讓咱們幹這活兒是非法的，勞教制度也是非法的，我們應該把這些消息傳到國外去，讓其它國家來幫助我們這些被奴役的人。

唐獻革一聽，先是愣了一下，然後說：「是這樣啊，這是好事啊，還有嗎？給我一封，我也幫你放吧。」

於是孫毅也給了他一封信。

7

車間外的大太陽地裡，李明龍正在撥弄一堆海草。他把帶乾泥的海草分離出來，一小叢一小叢的，再一個個裝入小塑膠

袋。海草是「鬼活兒」的一種配料。

車間裡，孫毅戴著耳機，一邊聽著小收音機裡的廣播，一邊把三個小墓碑放一起過塑，或者把腳骨頭和手骨頭分別過塑成一個小包。

這個紅黑殼的小收音機是老朴送給他的，當時能收到的全是奧運新聞，奧運的歌曲聽著倒是挺新鮮。

包裝組的工作是完成產品運出勞教所前的最後一道工序，包括對墓碑、骷髏頭等各種零散物品的塑封、貼標、裝箱、打包、碼放、搬運、裝車等。

貨是一批一批出的，沒封箱前，隨時都可能返工或拆箱檢查。信放得太早就可能被發現。如果明天這批貨要封箱，今天投放就是最好的。

孫毅聽著廣播，時刻尋找著最佳的時機。

8

直到裝箱，孫毅才看到整套禮品的全部內容，那時他還不知道這個被勞教們稱為「十七件」的萬聖節套裝叫做「全食屍鬼」。

其中的四塊墓碑、兩個小手骨、兩個小腳骨、兩個骷髏頭，是八大隊生產的。

「十七件」裡還包括兩枝黑玫瑰、兩隻黑蜘蛛、一塊帶血的紗布、一袋子人造蜘蛛絲、一袋子海草絲，都是些陰暗濕邪的東西。

黑玫瑰和黑蜘蛛是從外面運進來的，聽「四防」說，是大北監獄和馬三家女所生產的。

「十七件」的包裝盒是彩色印刷的，孫毅印象很深。包裝圖案的背景是深夜的墓地，昏暗的月光從樹杈後面透過來，照在一個小鬼抱著的十字架墓碑上，周圍好像有蜘蛛什麼的在爬。「十七件」是所有包裝中最小的，包裝盒大約有五六十公分高，和檯式風扇差不多大。

除了留出一條狹窄過道，整個車間都擺滿了包裝盒。

黑蜘蛛有巴掌大，眼睛是紅色的，渾身黏滿了一層茸茸的黑毛。孫毅抱著一堆黑蜘蛛，一路走過去，一個箱子扔進兩個；再抱一大捆黑玫瑰，一個箱子插兩枝；最後扔進箱子的，是一團血布和一袋曬乾的海草絲。

桑拿天。車間沒有電扇，那是2008年最熱的幾天。

比室外還要悶熱的車間裡，一個中年婦女帶進了幾箱冰棒，她是廠家來驗活兒的。

四根小豆冰棒凍成一體，孫毅得到了其中的一根。硬硬的冰棒有著很濃的糖精味，很甜。

9

圍牆邊小山似的原料堆越來越矮，「鬼活兒」快完工了。

舊樓的車間擺滿成品墓碑，後來連食堂都擺滿了。層層墓碑從地面一直擺到棚頂，擋住了十幾米高的窗子，食堂裡的光線暗下來。

勞教們很喜歡墓碑堆放在食堂，暗下來的光線給他們一種稍稍自由的感覺，似乎可以脫離警察和「四防」的監視了。墓碑還使他們有了一個可以隱蔽的地方，他們偷空就在墓碑之間

躺著，懶散一會兒，有時還把違禁的打火機、藥片等藏在墓碑箱子的夾縫中。他們巴不得墓碑永遠在那裡。

孫毅盼著墓碑趕緊運走，今年萬聖節有人能收到信就好了。

墓碑一批批地碼，然後一批批被拉走。

警察說，一個墓碑能掙四、五美元。

每次看到封閉大貨車在勞教所裡進進出出，曹老四都很疑惑，裡面裝的是什麼呢？他想不到裡面的貨品將要漂洋過海。

一輛輛裝滿墓碑的貨車終於出了二所大門，裡面藏著孫毅折疊的希望。他算了算，估計有二十多封信被運出去了。「一半裝在『十七件』裡，另一半裝在其它大箱子裡」。

最後，所有白色泡沫板都變成墓碑運走了，圍牆邊又空出一大塊平地。

蹬著原料堆翻牆逃跑的計畫是不可能實現了。

然而，一場真正的逃跑，在八大隊往北三公里外的一所一大隊發生了。

馬三家來信

七、逃跑

1

「下次勞教，如果知道是去馬三家，在路上我就一頭撞死。」

勞教們經常這樣說，「否則，在馬三家想死太難了。」

一所一大隊的「小四川」，想方設法藏了一把尖嘴鑷子。終於有一天，在廁所裡，他用這把鑷子捅進自己的肚子。傷口很深，他被送到了馬三醫院。人沒死，包紮了一下，就給送回來了。

不久，「小四川」又回到原來幹活的座位上，繼續搓二極管了。二極體是瀋陽一家金屬公司的產品，是一大隊比較穩定的手工活兒。

沒人記得「小四川」姓什麼。他總是挨打，怎麼拼命幹都不行。因為偷一輛自行車進來的，他怎麼可能有錢「餵」警察、「餵」「四防」避免挨打呢？

「小四川」是在衛生所偷的鑷子，屬於「所內偷盜」，吃個「黑旗」加期五天，就算便宜他了。

倒楣的是，因為沒錢才自傷自殘逃避苦役，這回不僅沒達到目的，反而又欠了一筆醫療費。

警察逼「小四川」向家裡要錢，必須還醫療費，「你自己捅了肚子，勞教所憑什麼給你掏錢？」

2

「自傷自殘」是反改造行為，嚴重違反「23號令」。自從建院以來，馬三家的自傷自殘屢禁不止。因為在監禁中，只有自己的身體是最方便利用和支配的資源了。用警察的話講，「身體是革命的本錢，也是反革命的本錢。」

《院誌》記載：

1986年2月23日，勞教人員中喝火鹼自製傷殘問題連續發生。23—25日三天內全院有6名勞教吞食火鹼。

9月26日，教養院成立勞教自傷自殘人員特管隊。

1986年9月根據省人大常委會的決定，針對勞教人員中出現少數頑固分子採取自傷自殘手段企圖達到院外就醫、逃避改造的目的，一方面嚴肅法紀，對凡是自傷自殘的勞教人員，一律不許院外治療，另一方面實行革命人道主義，把他們集中起來成立專管隊，採取積極措施進行治療，一切醫療費用自理，後果自負。在特管期間不計勞動教養期。

1988年，向勞教人員家屬發信3700封，希望他們勸阻自己的親屬不要喝火鹼自殘，同幹警一道，共同做好思想教育工作。

就算下了決心，吞火鹼也沒那麼容易。吞的太少，不起作用，被發現後不僅出不去，還會被加期，還要參加學習班，反省，一遍遍寫認識，最後還要自己負擔醫療費；吞的太多呢，就可能躺著回家了！據說有個勞教吞了一大塊火鹼，醫生趕到了，人也死了。

適量吞火鹼才可能被保外就醫。有人僥倖回了家，但喉嚨

被燒壞，食管和胃被灼傷，從此也是體弱多病、早衰早亡，或者終生殘疾。

儘管只有不到三年的勞教期，儘管要冒著失去終生吃飯能力的風險，很多家屬還是會搞火鹼給自己的親人去吞，畢竟還有出來的希望啊。成功闖出的勞教，大多脖子上就掛著一根管子吃飯了。

還有家屬想辦法搞病菌，肝炎的、肺結核的，各種傳染病菌被家屬接見時偷偷帶給親人。還有人賄賂醫生或警察，讓他們把病菌送給自己的親人去感染，讓親人患病就算成功了。

火鹼不能經常搞到，送進去也不容易，更多辦法就被想出來。

最常見的是吞食異物：牙籤、釘子、鐵絲、指甲刀、縫衣針、鐵撐子……凡是吃下去能造成生命危險的，都是好東西，都要想辦法搞到，都會被吞到自己的體內。雖然痛苦不堪，卻有可能達到出去的目的。

吞刀片會導致胃被劃傷，聰明的人就把刀片裹上膠帶再吞，這樣，醫院透視能看到刀片，但塑膠的膠帶就看不到了。

有人往身體裡拍鋼針，鋼針在身體裡遊走，可以造成各種想像不到的危險。

還有人用冰水長時間沖洗自己右臂上的某個穴位，不久手臂的肌肉就會萎縮，那就不能拿鐵鍬幹活兒了，當然也不能拿勺子吃飯了。

有人打稻穀熬不住，乾脆自己把胳膊伸進稻穀機……胳膊是廢了，但明天就不用再打稻穀了啊。

3

2007年，「老大」和老鄭被北京調遣處賣到馬三家。

進門三棍子，是一大隊的規矩，沒有理由。

五六個人在廁所站一排，然後「四防」指使一個啞巴，用在洗臉池裡泡過的木棍，挨個打屁股和腰。打完之後，「靠牆站！下一撥！」

泡過水的木棍就變沉了，打人狠，之後屁股坐在小凳子上，還會疼很長時間。

「老大」知道，這不是講理的地方。

車間裡劈劈啪啪，又有人挨電了。「老大」抬頭一看，又是那個五十多歲的「老湖北」，總也完不成定額，警察認為他「抗工」。

「小保安」從不抬頭看，抬頭是多餘動作。多一個動作就少搓一個二極體，上廁所就是多餘動作，上一次廁所就少搓很多二極體，一個多餘動作都不能有。白天「小保安」連水都不喝。

坐在兩個塑膠筐之間，「小保安」只有一個動作：左手從箱子裡抓一把彎曲的二極體，撒在膠皮桌面上，右手同時就把二極體搓直了。除了吃飯、放茅、睡覺，「小保安」的這一個動作，每天要重複幾萬下。如同計算時間的沙漏，一根根的二極體從左面的箱子，經過他的手，再撒到右面的箱子裡。細細的二極體要填滿一塑膠筐，需要幾十公斤。

「我們一筐才掙十塊錢，」警察說，「和下大地相比，搓二級管多清閒啊。」

天氣熱，手出汗，發癢，那也不能停下。「小保安」的手好像通了電的機器手，但機器不會腫，「小保安」的手指圓鼓隆咚，早就腫得像胡蘿蔔了。

4

很少人知道「小保安」的真名，「小保安」瘋了的事兒都知道。和「小四川」一樣，大家只知道他的外號叫「小保安」。

剛剛二十歲出頭的「小保安」，是2008年從北京調遣處給賣過來的，甘肅人。

「小保安」和「老大」說過幾句話。他在北京一家物業公司當保安，每個月發工資的時候，物業老闆都說下月給錢，「小保安」多次要工資都沒拿到。一天晚上，「小保安」出去就砸了老闆的車，結果不但工資沒要回來，倒賠了幾百塊錢，最後還被勞教了。

「小保安」和「老人」說，那天是喝了一瓶啤酒，自己才壯起膽兒，要不然他哪敢砸老闆的車？

「多幹活兒就少挨打」，「小保安」就這麼認為的。從不多說一句話，他就是悶聲不語地幹活兒，一幹就到夜裡十二點。淩晨三點不用人叫，「小保安」自己就起床幹活兒了，他非常自覺。那時還沒有車間，在監舍裡幹。

但他還是挨打，完不成任務挨打，完成任務有時也會挨打。每個箱子都有標號，如果廠家把搓不直的二極體返回來，就要挨打了。家裡窮，沒錢上貢，警察、「四防」全打他。

在一大隊，沒錢的老實巴交的只能挨打，越老實越受欺

負，這是硬道理。

5

有天夜裡，一個響亮的聲音把大家喊醒了：

「報告！是！報告！是！報告！是！……」

居然是「小保安」發出的！這個平時說話都不敢大聲的農村孩子，半夜三更躺在床上不斷地喊，聲嘶力竭，而且一聲比一聲高，其它監舍的人都被他喊醒了。

噓了噓他，不醒，還是沒完沒了。

「別喊了！」

有人大喝一聲，之後沒聲了。一會兒他又喊起來：

「報告！是！報告！是！……」

他喊什麼呢？什麼意思啊？

老鄭嘆了一口氣，想起了北京調遣處。只有去過北京調遣處的，才知道「小保安」喊的是什麼。

進調遣處第一件事，就是練習喊「報告！是！」進任何一個門，都必須高聲喊「報告！」門裡的警察回答「進來！」後，必須在門外喊「是！」然後才可以進門。「報告！」和「是！」連在一起喊，是一種強化勞教身份的練習：假設房間裡有警察，在門口對其喊「報告！」但通常是沒有警察的，那就假設警察已經回答了「進來！」自己再接著喊「是！」。

喊得不響亮不行，再大聲，嗓子必須喊破，能發多大聲就發多大聲，把所有的力量都使出來。當身體和思想深處都有了絕對服從的意識，喊聲才會合格。通常是對著一面白牆喊：「報告！報告！報告！報告！報告！……」然後再對著白牆回

答：「是！是！是！是！是！……」

老鄭是因為辦公室抽屜裡有一本《轉法輪》而被勞教的，他是個商人。

在北京調遣處，一切活動都必須喊「報告」之後才能進行。然後按照已經輸入的程式，勞教們像機器人一樣，每一個動作都要整齊劃一：上廁所撒尿，三個數就結束，一、二、三，大便也是一、二、三就必須結束，吃飯也是一、二、三，時間緊得像催命。

其實不是沒時間，經常一整天什麼事兒都不幹，就讓你在小凳上乾坐，熬著你。用警察的話說：「不是旱就是澇，反正不能讓你舒服了！」

「調遣處是『人性化管理』，每週還到小樹林裡散步，而且給每個人都檢查身體。」

檢查身體時，老鄭看見一隊光頭男人，肩膀夾著脖子，兩手五指併攏，緊貼褲線，像小腳女人一樣，一溜碎步，低頭貼著牆根就拐進了調遣處醫院。

「真是花園別墅一樣漂亮啊！」老鄭感嘆著調遣處醫院。旁邊一個警察突然說：

「這不是花園，這不是別墅，這是人間地獄！」

……

他又想起來，有個學員向調遣處警察抱怨：「調遣處沒有人權。」警察也不理他，笑著說了這樣一句話：「有沒有人權，等你到馬三家就知道了。」

……

終於靜下來，「小保安」可能是喊累了，睡了，老鄭卻睡不著了。

6

警察警告「小保安」：「不許影響他人睡眠！」《勞教人員生活規範》就有這一條。

「小保安」一臉惶恐，不知道自己怎麼影響他人睡眠了？但他答應一定遵守規範。然而到了半夜，他又大聲喊「報告」了，而且這次，他還從床上下來在監室裡翻跟斗玩！

「再裝瘋賣傻，就給你加期！」

「小保安」被關在黑屋裡電擊，電得嗷嗷叫。他保證，以後再也不違反規範了！他真想遵守規範啊。

電了幾次後，本來白天還算正常的「小保安」，見了警察就慌神兒。

一見警察過來，「小保安」就突然蹲下了，喊：「報告！是！」然後站起來，又蹲下，再起來，再蹲下，旁若無人地「報告！是！」「報告！是！」神情動作都像機器人。

「裝瘋賣傻，逃避勞動！」警察還是這麼認為。

「二極管」有七厘米長，中間是一厘米長的金屬，兩頭各是三厘米長的金屬絲，「小保安」楞把這個東西給吃下去了。

吃二極管太危險了，警察帶他去了瀋陽精神病醫院，確診是精神病，於是「小保安」住院了。

這回「小保安」挺有福氣，警察郝三平陪護，他是新分配來的大學生。

郝隊長總是很和氣，微胖的臉頰一邊一塊紅暈，說起話靦腆得像個大姑娘。「他實在不太像警察，勞教們從沒聽他說過一個髒字，也從沒見他打過人。」

住院半個月回來，「小保安」神情呆滯，說話牛頭不對馬嘴，生活不能自理。但還是不能放他回老家，警察說：「北京要開奧運會了。」

7

要開奧運了。

為了保證奧運會期間的空氣品質，北京周邊的小加工廠全部關門，所有工地停止施工，宣傳「仁義禮智信」的塑膠布遮住了雜亂的工地；到處休假，「慶祝奧運，暫時歇業」的牌子隨處可見。

出行不方便，什麼都幹不了，王斌先是「宅」在家裡「避運」，後來就到爨底下，一個非常偏僻的地方「避運」。

村裡遊人少，戴紅袖標的村幹部有很多，每個遊人在路口都會被仔細盤查。

臨近奧運時，村頭就有武警持槍站崗了。

「把相機裡的照片拿出來刪掉。」王斌被武警命令著。

不用問為什麼，他們都握著槍。

「刪掉！」

於是王斌刪掉了相機裡的照片，他剛剛拍的，警察在國道口盤查來往車輛。

2008年8月8日。

下午三、四點鐘，王斌在村裡的小飯館裡正喝著啤酒，突然就聽到了熟悉的CCTV解說詞，原來是店主人搬出了小電視。一時間，同一個聲音在山谷裡迴響著，山村所有的電視都打開了。

不想看奧運，可以聽奧運，滿山村都能聽到領導人的講話，躲到這麼偏遠的小山村，也「避」不了「運」。

嘰嘰喳喳的麻雀悶聲不語了，壁虎到處竄來竄去，小飛蟲一團團的，聚在一起飛，腿上患風濕的王斌，關節早就疼了，它預示著，晚上肯定有一場雷陣雨。

隱約聽到了遠處有放炮的聲音，村裡人說那是人工干預，北京奧運會的開幕式不會允許下雨的。

雨果然沒下來，悶熱極了。

城裡更是悶熱，「空氣濕度達90%以上，幾近飽和。從中午開始，一連串強對流暴雨雲帶自西南方向頑強地向北京城進發，向『鳥巢』進發。」

政府籌畫在北京周邊地區「翻雲為雨」，8日早上就開始了。

8時，駐守在機場的10架飛機進入待命狀態，作業人員和空地勤保障人員共計300多人隨時準備進行「消雨」作業。13時左右開始，3個多小時內，兩架民用飛機分別對張家口南部、東南部地區進行了空中雲物理探測，另外兩架軍用運-8飛機在張家口南部和東南部地區播撒膨潤土8噸，使部分暴雨在河北保定以北地區提前降下，當時最大雨量達100多毫米。

截至23時40分，歷時7個多小時的火箭彈人工消雨作業全

部結束，河北13個地面火箭點，北京25個地面火箭點，共進行了20輪116點次人工消雨攔截作業，累計發射火箭彈1110枚，兩度成功化解了「鳥巢」上空降雨威脅，也填補了奧運會歷史上「人工影響天氣」作業的空白。

在北京氣象保障等部門的聯合作戰下，奧運會開幕式歷時4個多小時，國家體育場「鳥巢」上空滴雨未下。

北京終於「正式統治了天空」。

「為了保障北京奧運會開幕式的順利進行，早在2002年北京氣象部門就開展了針對奧運會開、閉幕式的人工消（減）雨試驗研究，天氣預報的精度，已經精確到每個場館。」

「我國人工影響天氣作業規模已居世界第一位，呼風喚雨不再是夢想，不必再去龍王廟燒香叩頭求雨了。」

老百姓都說，共產黨真是做到了「上管天，下管地，中間管空氣」。

奧運會結束後，憋悶多日的北京，終於被允許下了一場雨，暴雨痛苦得哇哇的。

雨後很久，王斌的膝關節還疼痛著，它失調了。

8

2008年8月8日，六大隊。

晚上，雖然累得直不起腰，勞教們還是整齊排坐在大廳，仰脖觀看著北京的「鳥巢」。觀看奧運開幕式，是勞教所一項重要的愛國主義教育活動。

范質彬坐在小凳上，滿頭的包在光頭上尤其顯眼，人的有雞蛋那麼大。那是白天被警察打的，因為沒有完成勞動定額，

范質彬被叫到辦公室，蹲著。然後警察用直徑兩厘米的樹枝抽打他，打一次樹枝斷一截，直到樹枝太短，警察又換了一根樹枝，一共用了三根樹枝。

盼望已久的奧運開幕式終於在滿天璀璨的煙花和勞教們的哈欠聲中完美落幕，電視關閉，主題思想教育活動結束了。

第二天早上還要出工幹紙活兒：編網，在網上黏一些小鳥，是出口歐洲的工藝品。

2008年8月8日，八大隊。

奧運前「鬼活兒」就結束了，八大隊開始做一種木偶玩具，像是西方小丑模樣，也是外貿活兒。每天加班到晚上十一點。

奧運開幕那天晚上，八大隊停工，全體勞教坐在電視前，統一接受愛國主義教育。

開幕式直播開始，螢幕上出現了一個平躺的巨大五環。

孫毅很奇怪，奧運五環應該是五種顏色的吧，怎麼成了通體銀白色，像五個套一起的不銹鋼手銬呢？而且，「鳥巢」活脫脫像個鋼筋編成的牢籠啊。

開幕式結束後，「勺兒」跑過來找孫毅，他想讓孫毅幫他寫一篇文章，歌頌奧運的。「勺兒」算計好了，寫一篇稿子投給教養院小報，如果拿了「院報投稿獎」，有五天減期，這樣自己就能趕在年前回家了。孫毅有這個寫作水準。

沒想到，一聽要寫歌頌奧運的文章，孫毅就推辭了。

晚上孫毅在鋪上擺弄起小收音機來。老朴說搜到過「希望

之聲」電臺（海外媒體之一），自己怎麼搜不到呢？也許信號太弱、干擾太大？除了奧運直播外什麼都收不到。喜氣洋洋的播音員一聲聲讚頌著這場盛大的狂歡，被採訪的群眾都爭著對話筒喊：「國家強大了，我們自豪啊！」

「幹什麼呢？」一個聲音吼過來，孫毅戴著耳機都聽見了。他扭過頭，一雙眼睛正對著他，是值班「四防」在鋪下巡查。「四防」敲著孫毅的床欄杆：「趕快睡覺！」

9

一大早起床點名，發現少了兩個人，一大隊的警察慌了。

奔到監舍，往窗外一看，一條淡綠色床單打成的繩子悠蕩在空中，一頭繫在窗欄杆上，窗欄杆早就被鋸開了。

同監舍的人想起來了，昨天這兩人確實一起撕過一條淡綠色床單，窗子防護欄上，這些天一直涼著一雙襪子，可能是掩著那個被鋸開的缺口吧。

兩個人是凌晨二點多，從二樓的窗了爬出後跑掉的，跑得乾淨俐落。

這次逃跑發生在2008年8月11日。奧運安保期間，「模範單位」馬三家勞教所居然跑了人，事情鬧大了。

「上面」說，如果不把人抓回來，就撤省長的職。

讓警察不能理解的是，其中一個逃跑者張超，差兩個月就解教回家了，而且還是個「四防」，居然和法輪功學員馬忠良一起逃跑了。張超是吸毒進來的，家裡有錢，在隊裡上下通吃，混得不錯，怎麼冒著加期的風險跑了呢？

警察們忘了一點，為了不落入馬三家，張超在拘留所就吞

過牙刷把兒。

三截牙刷把兒在他胃裡待了一年多，也沒化掉。馬三醫院剛剛用微創手術給他取出來，這小子就跑了。

「寧可在外面當乞丐，不願在裡面當皇帝」，勞教們能理解張超的逃跑。如果有機會，誰都想跑，一天都不想待，混得好的混不好的、受欺壓的不受欺壓的，都想逃跑。當「四防」要花錢、托人，送禮送不明白還要挨打，還要提防「黑四防」打小報告，「四防」的日子也不好過。

另一個逃跑的是馬忠良，偵察兵出身，原是瀋陽軍區某部營級幹部。據說他姐夫是武警司令，當年馬忠良修煉法輪功，不僅自己在部隊斷了前程，而且還連累了姐姐的三個孩子，他們都在政府部門擔當要職。姐夫為此動了怒，最後把槍都掏出來了。

他用槍逼著這個弟弟，只要放棄信仰，保證他一路通達。

最後馬忠良決定放棄的，是自己的政治前途，這讓管教大隊長何寶強不能理解。

積極要求上進的何寶強畢業於警校，憑著自己的踏實能幹，當上了一大隊的管教大。他非常好奇，什麼力量使一個前程遠大的軍官甘願成為「階下囚」？甘願成為「國家的敵人」？

多次談話後，何寶強被這個寬肩膀、方臉膛、總是一臉嚴峻的軍官折服了。

年輕的郝三平對馬忠良也充滿好感。剛來一大隊時，他對這些法輪功學員不理解。這些人平均年齡三四十歲，有大學生、政府幹部、工程師、商人、大學教師、醫生、軍官，都是

馬三
家來
信

令人羨慕的職業呀，怎麼都煉了法輪功？而且，他有一個叫王博的中學同學，後來上了中央音樂學院，也因為煉法輪功給勞教了！那可是他們中學的校花，高不可攀啊。他打聽過，奧運會嚴打，王博又被抓了，據說她這次被抓是因為在網上說自己被CCTV逼迫造假新聞，她現在被關押在大連。

跟何寶強一樣，他和「老大」、老鄭漸漸都成了朋友，儘量不去為難他們。

逃跑事件的當天晚上，何寶強把「老大」、老鄭叫到辦公室：「我只能保護你們到這兒了，我再也保護不了你們了。」

這次逃跑，正趕上何寶強和郝三平值班，如果人抓不回來，他倆可能就得脫警服了。

10

朱阿柯對孫毅說，過去出外役在街頭挖溝，勞教如果請求放茅，「四防」就命令：「就地解決！」於是勞教單膝跪地，脫褲了解手，不許挪窩，連頭都不許抬。

為什麼連頭都不能抬呢？

馬三家的很多規矩，其實都是為了防止逃跑。不許抬頭，是怕人看清地形和逃跑路線；不許互相說話，是防止串通逃跑；統一穿橘紅色勞教服，為的是逃跑後容易被識別、抓捕，橘紅色是最醒目的警告色。

《院誌》記載：

1957年建院當年就發生逃跑57人，佔年末在院勞教人員總數的9.8%，

1958年逃跑人數上升到170人，

1960年逃跑258人，

1962年312人，

1980年121人，

1989年設防逃專項獎金及追逃小組。

「過去，誰家來客都要登記，沒有介紹信就屬於盲流，就可以給你抓起來。誰家敢藏勞教分子？即使跑回去，多半也能給你抓回來。」

「十年前跑的人多。裡面管得嚴，受不起那罪，一整人就跑了。不管男的女的，都跑。」

幾十年來，勞教所與周圍的鄉村、車站、公安局、派出所建立了強大的聯防，一旦有人逃跑，當地群眾就被迅速發動起來，協助勞教所抓捕。

當地群眾都認為，「裡面關的不是什麼好人」，幫助抓捕「勞教」是義不容辭的責任。

曹老四就幫警察抓過逃跑的人。有天半夜他從瀋陽市裡回來，車大燈照見一個人，正沿著公路走，他當時就覺得有些可疑。車路過教養院，警察把他攔住了：「快！抓『勞教』！」曹老四搭上警察就追，果然那人是逃犯。曹老四立了功，還得了獎金。

奧運期間，教養院的脫逃事件，驚動了中央，「上面」要求限期破案。國家安全部、公安部、國保局、省公安廳等全部參與了偵破工作，展開了大搜捕。

三天後，逃跑的兩個人就被抓回來。用警察的話說，用國家資源，沒有辦不成的事兒。

兩個人是在東方昊的親戚家裡被發現的。東方昊被查出在馬三醫院策劃了這場逃跑，安排兩人住到了瀋陽的親戚家。

東方昊，四十歲，瀋陽企業家。1999年以後因修煉法輪功多次被抓捕勞教。2007年，他在北京調遣處絕食十個月後，奄奄一息地躺在擔架上被送到了馬三家，後來就一直關押在馬三醫院。

破壞了奧運安保，東方昊、馬忠良和張超都遭受了嚴刑逼供，什麼刑都用了，辣椒水、高壓水泵、機械劈叉等等，據說，最後連審訊專家都請來了。

三個人都被加期一年。

八、奧運！奧運！

1

馬三家地處偏僻，但建院以來，歷年的「國慶」節、黨代會及國家重大事件期間，安保工作都被放在第一位。這次發生在奧運期間的跑人事件，使馬三家丟了臉，「上面」要求限期整改，加大管制力度。

於是教養院立即開展了全面的安全檢查和整改，很多例行政策被叫停。

六大隊的老魏突發心臟病，倒在廁所不省人事。按照病情，必須保外就醫。

「就你這樣的，回去也得給你看管起來。」馬三家不放他，再重的病也得扛著，「待著吧！」因為奧運期間是敏感日。

過去每逢敏感日，村裡就派人看著老魏，不讓他到北京上訪。

2008年，因為砸了北京信訪辦的窗玻璃，山東淄博農民老魏被送到馬三家。他是老上訪戶了，為給父親要回撫恤金，他上訪了一輩子。父親是參加過「抗美援朝」的殘廢軍人。

老魏不認錯，不寫《息訪保證》（放棄上訪的保證書），遭了不少罪。

奧運結束後，老魏才被放回家。

「可別再回來了，有啥用啊，」警察都瞭解他的情況，「回去好好過日子吧。」

六十多歲還沒娶上媳婦，被勞教有十次了，上次也是給送

到馬三家。

臨走時，老魏對警察說：「回去我還到北京上訪。」

「小保安」的精神病一直沒有好轉，也是因為奧運安保，馬三家不能放他，奧運結束後很長時間，「小保安」才被保外就醫。

接到通知，遠在西北的家人就過來接他了。家人叫他的名字，「小保安」馬上立正回答：

「到！」

2

妹妹小蘭到馬三家看哥哥孫毅。

五米高的大鐵門一般不開，小蘭在旁邊一個偏門求見。

奧運期間一切接見活動都取消，不讓見。

妹妹不斷說著好話，奧運在北京，家屬接見在瀋陽，有什麼關係呢？

「為了確保北京奧運的安全，『上面』就是這麼規定的。」

「可是，奧運結束也已經好多天了呀。」妹妹說。

「那也不行，『上面』有規定。」

妹妹繼續央求：「我跑了這麼遠，求您了，見一面就行啊。」

院裡正有一隊勞教，喊著口號踏步走過來，警察說：「你從門口看看吧，你哥也許在裡面呢。」

大鐵門下面蒙著鐵皮，個子矮小的妹妹踮起腳，眼睛才剛

剛能夠到上面通透的鐵柵欄。她兩手扒著上面的欄杆，向裡面張望。

院子裡，幾排光頭勞教，在白晃晃的太陽底下原地踏步，肩膀向下一齊抖動，使勁跺著腳。她細細分辨，哪個是哥哥？全穿著一樣的勞教服和板鞋，頭皮和面色都青白著，表情也都是木然的，看上去長得都一樣啊。

有人偷偷向門這邊瞅過來，不是，不是哥哥。

腳尖踮得有些疼，也沒找到哥哥的臉，膀子都痠了。

行列開始行進，走遠了。

後來哥哥回家後，小蘭問起哥哥，那天是不是在行列裡？孫毅也不記得了。

父親去世時，妹妹年齡還小，長兄如父，所以妹妹對孫毅感情很深。

哥哥從小就是全家的驕傲。每次說到妹妹學習不好，她都會說，「我哥如何如何學習好」。她現在還記得，小學時哥哥上操場臺子領獎的情形。那次哥哥數學競賽上獲了第一名，得到一塊香橡皮和一隻鉛筆刀。那時文革剛剛結束，學校開始重視教育了。

妹妹參軍轉業，她的戰友現在都當了領導，她也想當官晉級啊，為了當官，她還入了黨。

她看過那本《轉法輪》，覺得也沒有什麼，教人做好人的一本書。

不公平的事兒太多，飯桌上罵幾句也就算了。作為政府工作人員，她儘量使自己服從現實規則，該找關係就找關係，該

低頭就低頭。

奧運和老百姓能有什麼關係呢？妹妹一直覺得奧運是政府的事兒，宣傳下了很大功夫，花了很多錢，老百姓也沒得什麼好處。這次不讓接見，她才明白，奧運和每個老百姓都有關係。她還不知道，其實就是因為這個奧運，北京提前進入「安保」，哥哥才被勞教的。

3

沒見到哥哥，妹妹從瀋陽回家，路過北京。

「北京歡迎你，為你開天闢地……」到處都迴響著旋律優美的歌聲，街頭的大螢幕迴圈播放著奧運宣傳片：「我家大門常打開，開懷容納天地……」

湛藍發亮的天空下，北京看起來朝氣蓬勃，一片歡天喜地的盛世景象，連垃圾場都圍上了塑膠圍牆，上面印著藍天白雲和鳥語花香的圖案。和電視報紙上說的一樣，北京的奧運「文明而和諧」。隨處都有奧運志願者的身影，他們身著志願者的服裝，有的維護乘車秩序，有的做義務諮詢，臉上洋溢著熱情的微笑。

想起馬三家警察的冷漠粗暴，妹妹感慨起來：到底是「首善之區」啊！

小蘭順便去看了嫂子李梅。

因為孫毅的事兒，嫂子成了單位的敏感人物。奧運前一個月，單位領導擔心上級來查，乾脆讓她回家了，放假三個月。

嫂子決定帶小蘭去潭柘寺，聽說潭柘寺歷史悠久，比較靈

驗，她早就想去燒香了。

小蘭是和嫂子一家人一塊去的，那天是陰天，寺裡人不算多，大多是燒香拜佛、求財祈福的。

嫂子進廟就磕頭，見佛就拜，每到一處都虔誠地燒香、默默地許願。

妹妹很驚訝：現在嫂子這麼「迷信」了？

都是親戚，大家一起吃了飯。沒有商量過，但大家都隻字不提孫毅，對「法輪功」三個字，更是諱莫如深，更多時候，大家都是打岔，說點無關的事兒。

嫂子對啥事好像都麻木了，好像什麼都不能提起她的精神。談起風水，嫂子的話就多了一點，說臥室的梳妝鏡不能對著門，會影響健康和夫妻感情，還能影響財運。

「尤其是床尾一定不能掛鏡子，那是『攝魂鏡』，特別不好。」

嫂子居然相信，這些年家裡的遭遇，都與臥室裡那塊對著床尾的鏡子有關。

那怎麼放鏡子才能避免災禍呢？

如果要裝鏡子，就要放在隱蔽的地方，她聽閨密說的。閨密還說，風水上講「遮擋化鬥避」，把對床的鏡子用塊布蓋住，或者翻過去也行。

嫂子就把臥室的梳妝鏡翻過去了。

小蘭最後還是把到馬三家接見的情況告訴了嫂子。嫂子看起來很無奈，也沒說什麼。後來嫂子提到了抄家，說家裡被翻得亂七八糟，都抄走了，什麼都沒有了。

低著頭，嫂子說，她實在受不了了，她準備和孫毅離婚。

嫂子不想多說，小蘭也不想多問了。

4

奧運開幕式剛過，二所突然就緊張起來，清監。

私藏的現金被沒收，這是能賄賂警察或路上逃跑用的。

藏在架子床鋼管裡的打火機和菸被搜出來。

有個「四防」藏了一小片鏡子，多次清監都沒被發現，這次也給搜出來。

孫毅的小收音機被沒收，剛剛擁有的編織包被沒收，手抄經文、書、字典被沒收，甚至連妻子那封塑封家信都被沒收了，「都是違禁品」！

更嚴格的又一輪清監。

樓上搜查行李。勞教們被趕下樓，在操場搜身。

孫毅擔心筆保不住，提前把它從行李裡取出來，隨身帶下樓。

「四防」拿著查鐵器的儀器，挨個查。可憐的鋼筆從褲角縫裡被搜出來：「違禁品！」孫毅就這樣失去了這支寶貝筆。

和他一樣被沒收寶貝的，是一個前「四防」，他私藏的一件迷彩服，這次也被搜了出來。孫毅記得他穿迷彩服的樣子，走在筒道裡，他總是故意擴擴胸，看上去確實挺瀟灑，比勞教服帥氣多了。這個人原來還挺老實，穿上迷彩服就很會罵人發脾氣了。他不願意上交迷彩服，那是身份的象徵，好像交了衣服就沒了地位一樣。其實因為上貢不積極，他早被撤下來了，

但就是藏著衣服不上交，可能還想著哪天管教大能重新啟用他當「四防」吧。

勞教人員穿迷彩服是違反規定的，這次奧運安保已經把迷彩服列入違禁品。

最後，連裝麵醬和豆腐乳的玻璃瓶都成了違禁品，吃飯的小鐵勺也被換成塑膠勺，小鐵勺成違禁品了！

發生了什麼呢？

消息在食堂、廁所裡悄悄傳遞著：

「出大事了！一所跑人了！」

5

緊接著，八大隊發生了比跑人更嚴重的事。

又一輪清監中，求救信底稿被發現，是從一位法輪功學員的床板夾層搜出來的。那位學員想留著孫毅的底稿，準備以後再抄，就沒有及時銷毀。

找人翻譯了信的內容，管教大暴跳如雷，召開了全體勞教大會，叫罵道：「簡直反了天！怪不得國家要取締法輪功，法輪功真是太壞了！看來勞教所對法輪功還是太仁慈了，竟然能幹出這種事兒！給我們大隊抹黑呀，還敢說我們八大隊有酷刑！我們什麼時候有過酷刑？簡直顛倒黑白！所有的『四防』，你們這些沒用的飯桶，都給我聽好了，從今以後，對法輪功學員，誰也不許再心慈手軟，一定要從嚴從重，嚴加管束！……」

「勞教所對你們夠好的了！」管教大繼續說，「室內勞動，暖氣上樓，現在多好啊，過去下大地比現在苦多了。真是

不知足！」

讓警察感到委屈的，就是他們不認為讓勞教人員生產「鬼活兒」違法，更不能理解奴工勞動就是迫害。

他們一向自豪：「我們的活兒都是出口賣給外國人的！還給國家創外匯呢！」

因為是英文信，警察認定不可能是這位學員寫的，他文化水準不高，不可能懂英文。誰寫的？被電擊了一個下午，罰站了三天，那位學員硬扛著，最後也沒說出底稿來源。

信的事兒比逃跑的事兒大多了，但八大隊不敢往上報。這事兒如果捅上去，「上面」知道有信被藏在出口產品裡，帶出了國境，吃不了兜著走啊。所有的產品都已裝箱運走，找回來開箱檢查？工作量多大呀，廠家如果知道，可能就找藉口不給結帳了。

絕不能把事兒弄大。對八大隊來說，把這批貨款結了才是大事。此事絕不能再聲張，鬧大了，誰擔得起這個責任！至於以後，那就跟他們沒什麼關係了。

看著八大隊的這些法輪功學員，管教大恨恨地說：「有收拾你們的地方！等著吧！」

幹活兒時，老朴告訴孫毅，因為跑人，所以要嚴管了，聽警察說，馬三家成立了法輪功專管大隊。

「專管隊在一所三大隊，我們早晚要調過去。聽說全是最辣手的隊長。」

於是，在食堂排隊的時候，孫毅靠近六大隊的田貴德，低聲告訴他：

「前面有暴風雪。」

第三章

專管

　　郝三平一大早就起來趕班車。從瀋陽市區坐通勤車，大約一個小時到馬三家勞教所。過去上班得坐火車，現在方便多了。

　　一些急匆匆的面孔，唰唰掠過車窗，穿過了繁華的城區，之後就是越來越荒涼的景色了，已經上了高速，瀋陽西北方向。

　　雖然人抓回來了，郝三平沒有感到輕鬆，所裡成立了法輪功專管隊，他不願意被調過去。

　　「不願意你也得去！專管隊你必須上，你的班上跑了人！怎麼證明你立功贖罪？」他想起高衛東的話：「要不你就接受處理，脫衣服回家！」高衛東是新組建的專管隊大隊長。

　　高衛東實在不理解郝三平，怎麼就不上進呢？「你參加工作時間不長，又是大學生，這機會多好啊，別人想要都輪不上呢。」

郝三平和高原坐一起，都是大學生通過報考公務員當上了勞教警察，有時他倆還能聊聊，但很少談工作。郝三平知道他分到了專管隊，坐在後排的秦偉利和王紅宇也分到了專管隊。秦偉利是大學生考上來的，王紅宇是警校剛畢業的。

　　高原擺弄著手機，從城裡到郊區，坐班車時總有些無聊。

　　班車開始顛簸，下高速了，坑坑窪窪的鄉間路還要走上十五分鐘，才能到教養院，高原打了一個哈欠。

　　唉，勞教們都有解教出去的一天，都是有期的，而他是無期的。似乎要在這裡待一輩子了，一輩子待這裡！

　　越來越土的鄉村景象，連路邊偶爾走過的人都灰頭土臉。

　　看著窗外，高原心裡就堵。這幾年勞教警察大幅擴編，他是報了冷門，才考上警察公務員，高中同學沒有幾個能考上公務員的。哪想到自己給甩到這麼偏僻乏味的地方，和火葬場一樣，沒人願意來。雖然馬三家勞教所是勞教系統的龍頭老大，待遇和地位在司法系統裡卻是很低的。

　　高大隊長說得對，這次是個好機會，法輪功專管工作，是勞教所重中之重。這工作提升得快，其它大隊哪有這麼好的晉升機會，所裡也是想特意培養大學生警察啊。

　　班車駛進教養院大門，經過了院部，院部還是非常氣派的，「確保奧運安保萬無一失」的大紅標語還沒撤下來呢。

　　郝三平是農村孩子。老家人都認為，當公務員端上鐵飯碗才是有保障的。考上公務員警察，郝三平非常知足，只是警察這個工作和他想像的相差有些遠。

班車開到了一所，藍頂的新車間正在施工，快要蓋好了。逃跑的兩個人上個月就是從這裡跳出圍牆的。這回，教養院投了一百多萬，在圍牆裡增設了一道鋼架電網，重新加固了監舍門窗，安裝了全套監控設備。一切都準備就緒了。

　　郝三平下了車，他要去換警察制服，上班了。

馬三家來信

一、專管隊成立

1

「哐當當」，一大堆嶄新的電警棍滾到車間的桌子上。一個勞教抬起頭，看到很多新面孔的年輕警察聚在一起，個個神情嚴肅，他趕緊低下眼睛。

「這回你們法輪功可要倒楣了，全是八十萬伏的高壓電棍，新買的！」

他悄悄對正在黏雞毛的李成君耳語：「聽說跑了一個當兵的法輪功，咱們三大隊要變成法輪功專管隊了。你看，大閘那邊重新裝修呢。」

新配備的辦公桌椅鋥鋥發亮，李成君被叫去搬運辦公設備。

忽然就聽到隔壁辦公室有電擊的聲音「噠噠噠」，「噠噠噠，」聽聲音好像不止一根電棍。過了一會兒，他看見一個人被推出來，滿嘴是血。

那位學員藏了一篇經文，被清監搜出來了。

「怎麼辦呢？」李成君放下正抬著的桌子，把臉伏在桌面上，一股刺鼻嗆人的油漆味⋯⋯

2

2007年被送到三大隊時，李成君才知道為什麼馬三家要到北京去買勞教了，這裡生產設備、資源物產什麼都有，就缺勞力。

「因為勞教少，勞教所都快黃攤兒了。」這是一個老警察和他說的。

七百多畝的旱田，就靠三四十個勞教人員幹，一個人幾壟地，每一壟都非常長。站在這邊向另一頭望去，地那頭的樹木像小草般矮小。

割玉米。手使不上勁，就把鐮刀綁在胳膊上，靠肩膀的力量去割。滴滴答答的汗往下流成了一條線，連擦汗的時間都沒有。所有人都呼吸急促，熱、渴、累，誰也不敢放慢速度，只要一慢下來，後面「四防」的鎬把就拍過來了。

「每個人都想死，不想活。」

一所有三個大隊，一大隊、二大隊和三大隊，都是玉米地裡的活兒。挖溝、挑苗、施肥、打藥、種玉米、收玉米。

但勞教們沒吃過新鮮玉米，新鮮的賣了糧食，他們吃的是發黴玉米麵做的「大發」。「大發」掉地上就散，因為細麵被提出去了。這種玉米麵，在李成君的河北老家被叫做「一簍到底」，整根玉米棒子放到粉碎機裡全部粉碎，不出皮兒也不出渣兒，豬都不願意吃。現在豬泔水都有油水呢。

有油水的菜，上級檢查的時候能吃到，當天還能吃上白麵饅頭。但檢查時腦袋一定要靈活，如果領導提問，必須回答說每天都吃饅頭，如果說吃「大發」，那就要加期了。賞你個「黑旗」，留你在馬三家再多吃幾天「大發」！

年底糧食裝車，一天三車，幹一整天，搬運幾十噸糧食，只給兩頓飯。大年三十還是「大發」和爛菜湯，湯裡撈不出肉來，死菜蟲卻很肥。因為過節，湯裡的菜會多一些，腐爛的菜葉也就多了。

在老家幹農活時，李成君老盼天黑，天黑就歇了。可在馬三家，熬到天黑也沒盼頭，晚上還要加班打蕎麥皮呢，幹到深夜兩點是常事兒。一天下來，腿肚子直抽筋，白天沒時間直腰，晚上想直直腰，腿都伸不直啦。好容易睡下，沒幾個小時就被叫起來，「出工！」

一幹就是幾個月，勞教們盼著來場大雨，好能歇歇，小雨可不行，小雨擋不住出工。

「馬都累散架了，就是『馬散（三）架（家）』。」勞教們都這麼說。

警察有時也說實話：「要把你們都放回家，我們到哪兒開支去？」

警察還講：「我們也不想種地，現在掙不到錢了，勞教所準備把地承包出去，然後聯繫外貿活兒，那才掙錢呢。」

果然不久，一所就把地租給當地農民，勞教們幹起了手工活兒。有一段時間給韓國生產喪葬用品，做小死孩兒的衣服。後來做一種工藝品，給塑膠小鳥黏雞毛，那是出口西方的玩具。

「那可是賣給外國人的，為國增光！」能聯繫上外貿活兒，警察們都很得意，「創匯！」而且，讓警察高興的是，「過一段時間就好了，還會有很多人來，要開奧運會了。」

3

成群的烏鴉李成君見過，那是在老家的墳地上空，拍著黑色的翅膀亂舞，「呱呱」叫著。可教養院怎麼會有這麼多黑傢伙呢？不知牠們從哪裡來，也不知到哪裡去，怎麼一到黃昏就

專在勞教所上空忽忽飛呢?

有一次李成君到大隊打掃衛生,在隊長辦公桌上,他偶然看到了一本教養院的內部刊物,叫《光輝的歷史》。裡面介紹了鄧穎超把勞教制度從蘇聯帶到了中國;還講到馬三家勞教所是幹警和勞教們一代代在墳地上開墾出來的;勞教們開荒時還刨出了一些戒指、耳環、銅錢什麼的;如果勞教死了,就在野地裡挖個大坑,就地掩埋,不立標記;書中還記述了一位母親到勞教所找她兒子,警察很負責,找到埋她兒子的地方,把人刨了出來……這段歷史被稱作「光輝的歷史」。

怪不得烏鴉多,教養院下面都是死人啊。

勞教們說,陰氣重、冤魂多的地方烏鴉就多。

怪不得三大隊的一個警察說:「我們就是地獄裡的小鬼兒。」

李成君還記得他說話的樣子,叼著菸捲,腳翹在桌子上,戴著金戒指金項鍊,他是負責宣傳的幹事。

那天搬完桌子去食堂,李成君又看到烏鴉在天上飛。太多了,黑壓壓連成一片,聽不到叫聲,就那麼忽忽飛,看不到頭。

吃過飯走出食堂,烏鴉還沒飛完呢。李成君望著這成千上萬的烏鴉從頭頂掠過,一排排斜向天際,天都快被遮黑了。

真是秋天了。

4
孫毅在八大隊度過了2008年的中秋節。

孫毅對節日一向沒什麼感覺，2008年的中秋節卻給他留下很深的印象，因為那天吃到了月餅。

　　「鬼活兒」廠家送來的，市面上最便宜的那種，每人四塊，又小又硬，但有甜味。

　　月餅的氣味陌生而熟悉，香甜的滋味，讓孫毅心裡很苦。他想起了母親，兒行千里母擔憂，何況又是身陷囹圄。這些年，年邁的母親為他操碎了心，勞教懲罰的不只是他，更是他的親人啊。

　　也不知前世什麼因緣，母親最牽掛的就是孫毅。

　　從小為了培養他，母親費盡心機。也不知從哪兒搞來北京海淀區的習題庫，她不太懂如何解那些題，也不太懂那些數學符號是什麼意思，但她一個符號一個字母的全照抄下來，給孫毅搞題海戰術。

　　一跟別人說起兒子小時候的天真趣事，母親的心情就特別好，什麼煩惱痛苦都忘記了；孫毅心情要是不好，母親也跟著難過。

　　知道母親無時不刻都惦記他，有機會孫毅就想著給她寫信。信只能寫你好我好身體好，其它的就屬於「內部機密」了。連幹活兒的種類、人數都不能寫，否則就是「洩漏監管機密」，審查後一律扣壓，不給寄送。

　　為了給母親報個平安，孫毅還是寫了封信，他說自己在勞教所裡很好，還在二所八大隊呢。

　　晚上吃飯的時候，老朴告訴孫毅：

　　「咱們很快就要調到專管隊，其它幾個隊的法輪功已經過去好幾批了。」

5

李成君突然發現，和他要好的那個勞教給調走了，留下來的勞教都是凶巴巴的。

幾天後，李成君看到又來了一些法輪功學員，有的認識，有的不認識。六大隊的田貴德和范質彬，一大隊的老鄭，五大隊的老韓頭，都來了。遼寧撫順、朝陽等勞教所的法輪功學員也來了。陸陸續續的，一所三大隊集中了一百多名法輪功學員和幾十名其它勞教。

一個又高又瘦的人，一送過來就被單獨吊銬在廁所。李成君聽說，他就是策劃逃跑的東方昊，三大隊要把他當典型了。

全體警察開會。

2008年9月28日，為加強對男性法輪功學員的管理，法輪功專管隊在馬三家一所三大隊成立。實現高轉化率是專管隊的主要工作目標，這是一項特殊而艱巨的政治任務，要求政治素質高於一切。會上，要求逐個表態。散會出來，警察們都緊繃著臉。

全體「四防」開會。

大隊長高衛東給「四防」講話：「我們是人性化管理，你們不能打勞教學員，但法輪功學員除外。」「法輪功專管隊的主要任務就是轉化法輪功學員，你們的主要職責，就是協助警察給法輪功學員做工作。」

「四防」都被安排了新任務，專管隊對「四防」的要求和以前非常不同。

回到監舍，「四防」們個個都好像藏著什麼祕密，不敢多

說一句話。

全體勞教開會。

剛剛由一名幹事升到管教大的于江講話了：「領導信任我，我相信我也一定能幹好！」一排警察中，他個子最小，底氣最足。

目光敏銳、思維敏捷的于江一直懷才不遇，他認為自己才是合格的警察，這次院領導和大隊長高衛東的重用，讓他躊躇滿志。

大會後，排隊、點名、分人、分監室，每個監室都安排了一名「四防」值班，同時有一名警察負責管理。凡是沒「轉化」的法輪功學員，配一個「四防」貼身管理，嚴管的配兩個「四防」。

郝隊長給老鄭所在的監舍開會。他說起話來，臉上的紅暈就顯得更紅了。他先講了講以後要嚴格遵守紀律及行為規範，接下來，突然他就感嘆起來，他說，在當今社會，不變壞是沒有前途的，還是變得壞一些吧。

聽了郝隊長的話，老鄭感覺有些詫異。

晚上，郝隊長值班，老鄭被單獨叫進辦公室。郝隊長神情非常嚴肅：「你必須蹲著和我說話。」

過去在一大隊，老鄭與郝隊長說話是可以站著的，他和郝隊長已經成了無話不談的朋友。現在這種變化讓老鄭感到了氣氛的異常。

郝隊長始終在辦公桌後面站著。他對老鄭說：「對不起，

非常時期，你理解也好，不理解也好，必須蹲著和我說話。」

「三大隊新安裝了監控設備，每個房間都有，」他提醒老鄭，「三大隊和其它大隊不同。」

最後郝三平給老鄭透了風：

「現在和過去不一樣了，你要做好準備。」

6

負責轉化「法輪功」的警察全來了。

又高又胖的高衛東走在最前面，緊跟著的是矮胖的于江，然後呼呼啦啦跟著的是老警察王維民、瘦瘦的李勇、圓臉的王紅宇，再後面是大個子高原和小眼睛秦偉利，郝三平在最後。都喝了酒，滿身的酒氣。

他們剛剛一起會餐，因為是10月1日，國慶日。

「把所有門都打開！」

于江的公鴨嗓兒穿過空蕩蕩的筒道，非常刺耳：

「都給我把人看好了！屋裡的人都不許動！」

隨著于江的聲音傳過，監舍裡每張臉上都掠過一絲緊張。「四防」們繃緊了弦。在他們看來，于江是個鬼都怕的人，永遠陰沉著一張黑臉，從沒看見他對勞教笑過。

不知電的是誰，電棍聲剛才就從辦公室傳出來了，聽得見喝斥的聲音。

然後一個人被拖到了大廳。

「我自己就夠了，我先來！」

說話的是于江，紅著臉，粗著脖子，他攔住李勇和王紅宇，搶先一步伸出電棍，岔著雙腿，開始電擊地上的人。

其它警察擁上，電警棍都伸出來，圍成了一個圈兒。於是，地上的人被電得像魚一樣蹦起來。

一邊電，于江一邊吆喝：「服不服？你服不服？！」

地上的人被電棍逼得在大廳裡爬了好幾圈。

監舍裡的人都屏住呼吸，聽著大廳裡的動靜，一動不敢動。

絕望的喊叫傳進每個監舍，屋裡的人聽出被電的是誰了。

是東方昊。

「往前爬！」一聲比一聲高的叫嚷：「你給我爬！你給我往前爬！」

地面瓷磚留下了道道血痕。順著四十多米的筒道，東方昊被逼著從一個一個的監舍門口爬過，一直爬到筒道盡頭的廁所。

最後，聽見于江叫值班「四防」：

「來個人！拿個棉襖給他！」

7

第二天，一個勞教去庫房拿打掃衛生的工具。

一條藍色床單擋在前面，他挑開床單拿掃把，看到了被藏在後面的東方昊。

穿一件破棉襖、骨瘦如柴的東方昊腳尖兒點地，銬子把他雙手懸掛在雙層床的上鋪欄杆上，包著紗布的頭垂在胸前。

東方昊在床單後面被掛了很長時間。

二、宣誓與「三書」

1

大廳裡，在馬克思和毛澤東的掛像中間，一塊寫有「宣誓欄」和「誓詞」的白板掛出來。

這是專管大隊的新發明：在宣誓欄前宣誓。

每個法輪功學員都被要求在宣誓欄上簽名，然後宣誓，誓詞是：

我自願與法輪功X教組織決裂，與大騙子□□□決裂，堅決擁護中國共產黨。

宣誓人：XXX

宣誓後要在「三書」上簽字：《決裂書》要求表明徹底與法輪功決裂；《揭批書》要求揭發批判法輪功自殺殺人、危害健康、反人類、反科學、反社會的罪行，深挖法輪功對家庭、社會造成危害的根源；《保證書》要求表明自己對違反國家法律、擾亂社會秩序的悔過，並保證以後不再修煉法輪功。

簽了「三書」的人，就標誌著已經初步「轉化」了。

「我不會擁護共產黨的。」范質彬告訴高衛東。

高衛東沒有任何表情，不想好了他通常不會有新表情。

電人　言午寺／繪

　　八個警察很快圍上來。其中四個把范質彬大字形壓在地上，分別站在他兩手兩腳上，另外四個拿電棍電他的頭、脖子等地方。

　　在一個值班「四防」的印象中，范質彬是當時被連續電擊時間最長的。

　　接下來，三大隊進入了整整一個月的電刑時期。

　　整個四層樓，天天聽到的都是劈劈啪啪的電擊聲，混合著不成人聲的慘叫，筒道裡瀰漫著燒焦皮膚的味道，連「四防」們都感到恐懼。

十月底的北方，白天就壓下層層陰雲，天黑得非常早。

夜深人靜，勞教們經常被劈里啪啦的聲音驚醒，翻個身，然後又睡過去。

2

2008年11月，東北的第一場大雪已經下過，天氣寒冷。

孫毅等幾個人戴著手銬，被押送到一所三大隊，他們是最後一批被送進專管隊的。

進入一所大門，孫毅注意到這裡與二所的不同：圍牆內側六米處多了一道和圍牆一樣高的電網，形成了雙層防線，乍看上去，真有一種森嚴壁壘的感覺，沒長翅膀的休想逃出去了。

上了四層樓，行李往大廳地上一扔，更多警察和「四防」撲過來，幾個人被分別推搡到牆邊，「雙手併攏！中指緊貼褲縫！」

掙扎中李明龍被「四防」用力摁頭、壓向牆面：「腳尖頂牆！鼻尖貼牆！」

「都給我轉過來！」

一聲公鴨嗓兒，于江站在了後面。

他們被「四防」拽著轉過身，聽于江訓話：

「你們都給我聽好了！這兒是法輪功專管大隊，到這兒的人，除了轉化，沒有第二條路可走！都給我放聰明點兒！」

于江用手指著大廳南牆的一個白板，上面有「宣誓欄」三個紅色大字，下面有幾行字，再下面塗滿了手寫的簽名。宣誓欄上方是一行標語：崇尚科學，反對邪教，重塑自我，走向新

生。

「前面來的全部轉化了，誰還看不清形勢，一條道走到黑，我們這兒有的是辦法，有的是時間！」

然後于江昂頭背手，在這幾個人面前走了個來回，「我呢，不妨給你們透個底兒，為了成立這個專管大隊，政法委給我們特批了兩個死亡名額。」

「死一個呢，邊兒上擺著，死兩個呢，一堆兒擺著。你還別想多佔我勞教所的地方！」

他挨個盯著這幾個人的臉，繼續說：「兩個名額，誰要呢，我就給他一個！」

旁邊的王維民咳嗽了一聲，清了清嗓子，開始發言。他是一個老警察。

「好日子還在後頭呢，三大隊可有遭不完的罪，于大（勞教所裡，把「管教大」簡稱「某大」）的話你們聽明白了吧，別敬酒不吃吃罰酒。」

王維民叉起腰，聲音高起來：

「國家不讓煉你非要煉，拿政府不當回事兒，你們以為共產黨吃素的？告訴你們，誰不老實就讓他嘗嘗無產階級專政的厲害！」

據說是腰有毛病，王維民說話時總是用手扶著腰。

大隊長高衛東，在大廳角落裡一言不發。

第一個被帶走的是李明龍。很快，辦公室那邊傳出了帶哭腔的喊叫。

當李明龍被兩個「四防」架回大廳，他的腿拖在地上就立

不住了。

「老大」想，什麼刑？這麼厲害？

「當大家面兒能不能宣（誓）？」于江問李明龍。

李明龍看看宣誓欄，抽泣著，痛苦地搖頭。

「看來火候還沒到，有點生，繼續來，拉過去！」

李明龍又被架走了。

于江仔細看每個人的臉，一個個看，最後眼睛停在最瘦弱最矮小的「老大」身上。

「就你這身子骨，上去就散架！想想吧，要麼宣誓寫『三書』，要麼上去。」

「老大」不言語，上什麼呢？

于江看他沒反應，往他腿上踹一腳：「現在不寫，一會兒我讓你寫六遍！」

李明龍又被架出來，拖到宣誓欄前，雙腿已經像馬失前蹄一樣頻頻下跪了。他氣喘吁吁，舉起了發抖的手：

「……我自願……與法輪功……決裂，……堅決擁護……中國共產黨。……宣誓人……李明龍。」

「老大」注意到李明龍宣誓之後用左手使勁揉著右手，右手有一道深深的勒痕，到底是什麼刑具？

接著，「老大」被推搡到大隊長辦公室，高衛東、于江的辦公室。

沒有刑具。一張拆掉床板的空床對著「老大」，普普通通的上下鋪鐵架子床，幾根布帶子垂在床欄杆上。

警察們圍上來……

3

孫毅最後一個被帶到辦公室。

辦公室裡有兩張辦公桌，一張沙發。等待孫毅的，是一張空架子床。

「來吧，別客氣了。」小警察王紅宇看了看孫毅，拿出了一副棉布護腕，「看看，大隊多照顧你們，什麼都考慮到了。」然後他把護腕套在孫毅的兩個手腕上。

護腕兒可以避免手腕兒被銬子硌傷。

仔細套好後，王紅宇給孫毅一手戴上一副手銬。孫毅注意到，王紅宇睫毛很長，圓圓臉，一副學生模樣。

床腿前早已固定了一塊橫木板，離地面有三十公分高。幾個警察把孫毅推到床頭，把他的腿用床單固定在木板上。

「你不用看那麼清楚了。」秦偉利摘下了孫毅的眼鏡，然後，孫毅被摁倒在上下鋪中間，兩臂被拉抻到極限，銬住。見孫毅不肯彎腰，王紅宇用肘部使勁搗孫毅的肋骨，動作準確，一下就把孫毅的腰壓到最低。他已經非常有經驗了。

最後孫毅被攔腰剎緊，捆綁在下鋪的床梁上。

躬身俯面，全身緊繃，一點活動餘地都沒有，身體像被撕裂了一樣。

幾分鐘後，孫毅大汗淋漓。

俯衝的孫毅，聞到了菸味，眼睛能看到的，是十幾條警察的腿和皮鞋，他們在一邊兒抽菸。

沒人說話，于江罵罵咧咧的嗓音能辨別出來：

「少給我裝好人，都得上手！成績大家都有份兒，出了事兒，誰也別想跑！」

隔一會兒秦偉利就過來一下，用手使勁捏孫毅的手，觀察孫毅的反應。

半個小時左右，孫毅開始耳鳴，四肢僵硬麻木，心臟幾乎衰竭。

秦偉利又過來，又捏捏孫毅的手，已經完全涼透了。

他看看錶，朝于江點點頭。

於是孫毅被迅速卸下來。因為手涼透了，痛感就會減輕甚至麻木，上抻床就不起作用了。必須把握好火候，有知覺有痛感的時候，抻刑才有效果。

「快給他鬆鬆骨。」于江叫進了幾個「四防」。

「四防」使勁給孫毅抖摟胳膊、踩腿，目的是讓他儘快恢復知覺，否則胳膊、腿可能就殘廢了，那可不是抻刑的目的。

折騰好一會兒，孫毅緩過來。

剛緩過來，孫毅就又被抻上：他已經恢復知覺，能感覺到疼痛，可以繼續上刑了。

又一輪抻拉。

始終沒聽到孫毅的喊叫，于江感覺有點意外。

三、抻床、大掛、開口器、灌食

1

再一次抻拉，一次比一次時間長……

「四防」又被叫進來，手忙腳亂，給昏死過去的孫毅掐人中。

等胥大夫從所部被叫上來的時候，孫毅已經緩過來。

打開老式鐵盒血壓計，量血壓、測脈搏，然後胥大夫眼皮都不抬，慢吞吞地說：「血壓有些高，休息一下吧。」

收起聽診器，他下樓了。

抻床，是于江到外地學回來的新式「轉化」方法。這種方法有三大好處，一是簡單易行，一張床、兩副手銬、幾個破床單就行了；二是效果顯著，在極短時間內就能使人痛不欲生；三是不會有生命危險，可以避免很多「後患」。

三大隊剛成立時買了很多高壓電棍，但經驗證明，電擊身體留下的疤痕短時間內很難褪去，而抻床，既能使人極端痛苦，又不容易留下明顯外傷。

上抻床要避免意外，把握好分寸，所以胥大夫從所部被調過來。他的職責是提供被轉化者的真實身體狀況，協助警察做出相應判斷和決定，保障三大隊轉化工作的順利進行。

2

孫毅被于江從辦公室帶到庫房，「掛」上，這時已經是半夜了。加班了一個晚上，警察們累了，也需要想想其它的辦

法。

臨走時，于江把手銬鑰匙交給「四防」楊英，「給我好好照顧照顧他，這是咱們大隊的重點」。

「那是，那是，錯不了，我您還不放心嗎。」高個子的楊英對矮胖的于江頻頻點頭。

楊英因為打人被判勞教，現在被指派看管孫毅。

孫毅被「掛」中間的架子床上，上「大掛」。上「大掛」就是兩手被手銬懸掛在床兩側欄杆上，身體呈十字形站立。為了防止被「掛」的人在極度痛苦中用後腦勺磕撞欄杆，上鋪護欄上，還搭下來一條棉被，護住頭部。三大隊事先把每個細節都考慮到了。

庫房靠近大閘，房間很大。一側擺放著三張空架子床，對面牆下鋪著一溜壓平的紙殼箱，中間空地上，有兩張立起來的綠色乒乓球案。

後半夜，庫房裡就只有孫毅和楊英了。

「你就是孫毅？」楊英掰過他的臉，「沒看出來呵，三大隊還出了你這一號。有一陣子沒值夜班了，你給我找事兒是吧？給我找事兒你知道什麼後果嗎？」

「弄不死你我也得讓你脫三層皮，你信不信！」他用手指點著孫毅的臉。

然後他檢查孫毅的手銬，「隊長給你上得也太鬆了。」順手他把手銬使勁捏了捏，讓它更緊。

一陣刺痛，孫毅咧了咧嘴，銬子卡得太緊。楊英笑了：「這才哪兒到哪兒啊！好戲還在後面呢。」

伸伸腰，他打個呵欠，「今天給你鬆骨，可把我累夠嗆，我也得歇歇了。」一邊找個凳子坐下，他一邊嘟囔著：「還敢跟共產黨對著幹，不是找死嗎！」

整個大樓都靜下來的時候，全身筋骨的疼痛就開始騷動起來。手銬齧咬著手腕。孫毅發現，自己的腿竟然不自覺地發抖；一直沒有吃飯，肚子叫起來；皮膚發燒，頭發暈，全身發軟。他感到力量似乎被抽空了。

這一天實在太長，突如其來的磨難，遠遠超過孫毅的心理準備。憑著修煉的直覺和忍耐力，他勉強堅持過來。下一步會面臨什麼？如何應對？他還真有點發虛，心裡沒底。

上大掛　孫毅／繪

深深吸了一口氣，孫毅定了定神，開始一遍一遍默念：「生無所求，死不惜留；蕩盡妄念，佛不難修。」這是他師父寫的詩。

慢慢地，像有一束電流，簌簌從頭頂往他身體裡注入，他感到力量在回補了，痛苦的騷動和心神的不安被一點點降伏。

漸漸平靜下來，孫毅剛有點迷糊，外面一聲高喊：「起床！」筒道開始有動靜了。

由遠及近的報數聲，一個屋一個屋傳過來，「四防」的叫罵和催促越來越喧囂了。

報完數，一陣輪子「軲轆轆」的聲音，乒乓球案被楊英熟練地推過來。早上勞教們到庫房送行李，立起的球案正好可以遮住孫毅。球案是幹警娛樂用的，現在楊英把它派上了用場，這是楊英非常得意、也讓于江非常欣賞的一個主意。

隔著球案，孫毅聽見一個屋一個屋的人進來，放行李，四防叫罵著：「快！都跟上！快點！放好了趕快出去！」

等球案撤掉，對面空著的一堵牆就堆滿了行李卷。

3

「到這兒了還想睡覺！」

楊英一個巴掌就搧過來，「知道不知道這是嚴管！」

孫毅睜開眼，他已經暈暈乎乎，昏天黑地分不清晝夜。

他記不清自己被「掛」多少天了。

雙腿好像沒長在自己身上，更像一截床腿，因為早就沒了知覺。小腿比大腿還粗，腫得嚇人，腳胖得比鞋都大，穿不進鞋裡，只能踩在鞋上面。汗一樣的液體從腳底滲出來，非常

黏。

腰像斷了一樣，身上所有的器官都往下墜，整個身體呈負壓狀態，眼前的物體好像都散了，聚不到一起，看什麼都模糊。

孫毅的頭慢慢垂下來。

耷拉的腦袋被楊英一把推起，他搧了孫毅幾個耳光，「你也知道睏啊？我來給你醒醒神兒！」

孫毅被打得眼冒金星，頭脹熱無比。

胥大夫來了。

「血壓有些高。」

又量體溫。一般胥人夫不抬眼皮，這次他抬起眼睛：

「怎麼今天體溫也高了？臉怎麼紅了？」

「楊英打的。」孫毅說。

胥大夫一走，楊英含了一口水就噴過來：「我給你降降溫！」

4

「男怕穿靴，女怕戴帽。他這身體不行啊。」胥大夫在門口和值班警察叨咕。

聽了這話，楊英在屋裡就嘲笑起來：「這赤腳醫生！」

原來胥大夫過去確實是赤腳醫生，現在還沒轉正。專管隊的特殊需要，使他成了三大隊的隊醫，其它大隊是沒有這崗位的。後來，胥大夫幾乎成了孫毅的專職醫生。

「男怕穿靴，女怕戴帽」，是民間的一句諺語，「穿靴」

就是腳腫，「戴帽」就是頭腫。如果「男人腳腫」或「女人頭腫」，就表明這人離死不遠了。

連續上「大掛」八天八夜，沒有達到目的，又可能有生命危險，于江只好允許孫毅睡覺了。

一輛醫用小車被推進庫房。

和「鐵椅子」一樣，教養院給每個所都配備了這樣一輛小車，是救護危重病人用的，哪個大隊需要就搬哪個大隊用。但勞教們叫它「死人床」。

孫毅剛要被放下來銬到小車上，馬忠良給抬進來，高原跟在後面。上了一天抻床，馬忠良已經站不起來了。

只有一個小車。楊英轉了轉眼珠，看著孫毅：「你倆商量商量吧，誰睡呢？」

氣力衰微的孫毅抬起頭，看看癱地上的馬忠良，「讓他睡吧，我站習慣了」。

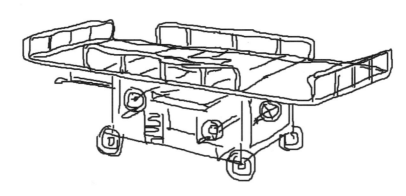

「死人」床　孫毅／繪

馬三家來信

馬忠良被銬在了小車上，耳朵被塞上耳機，大隊強制他反覆「學習」，聽批判法輪功的錄音。

這次上級來檢查，馬忠良沒有按照標準答案回答問題，被認為出現了「反彈」（指已被「轉化」的人開始出現了抵觸「轉化」的言行或情緒）。他被重新上抻床，夜裡還要讓他繼續鞏固「學習」。

把耳機的音量調到最大，高原就回筒道值班去了。

一陣輕柔的音樂，緩緩在筒道響起來，是高原在彈吉他。週末值班時，這個大學生警察經常彈練習曲解悶兒。

極度睏倦中，最痛苦的是睡過去。一睡著，身體就會「掉」下來，手腕猛一向下，銬子就切進肉，巨痛把孫毅一下疼醒。

半夜，高原進庫房巡查。看著被銬在小車上的馬忠良和「掛」著的孫毅，他个耐煩地嘆了一口氣：

「你們這是圖什麼呢？遭這個罪！又沒人給錢！」

地面的瓷磚上，演起了小電影，有人有景，活動著，孫毅出現幻覺了。

流水一樣的吉他聲傳過來，縹縹緲緲，像是來自另外空間。孫毅感覺自己的手從銬子裡脫出來，他順著音樂傳來的方向走去……身體輕飄飄的……走出了筒道……

這是在哪兒？發生了什麼？記憶不連貫了，感覺自己的意識成了斷斷續續的碎片。他盡力用微弱的意識控制著散亂的思緒……

突然，他又「掉」下來，疼醒。再強打精神，站直。

不一會兒，又「掉」下來……

看著孫毅「掉」下來的間隔越來越短，楊英笑了：「快沒魂了吧，有本事你再挺啊，看你能挺多久！」

不知怎麼熬過了這一夜。

第二天馬忠良被抬走，孫毅被允許到小車上睡覺。

從掛他的地方到小車只有兩三米的距離，孫毅卻感到很遠，房間大得像是一個空曠的禮堂，腳下軟綿綿的，像踩了一片雲，似乎還有縹緲的煙霧……

晃來晃去，他走到小車旁，麻袋一樣重重栽到了車上，身體還沒有完全進到車裡，他就睡死過去了。一條腿還搭在床梁外面，手腫得像黑紫色的饅頭，多日沒刮的胡茬，使孫毅顯得更加憔悴蒼老了。

他已經站了九天九夜。

5

頭部的一陣敲擊使孫毅驚醒，他睜開眼：一張尖臉上的一雙三角眼，正對著自己。

「起來！你還睡沒完了！」尖臉發出的聲音也是尖的。

楊英有責任把他叫醒，按照于江的指示，只允許孫毅睡幾個小時。

他剛才用木頭馬扎擊打孫毅的迎面骨，沒有反應，孫毅的腿已經麻木，感受不到疼痛了。楊英又用馬扎打孫毅的頭，孫毅這才醒過來。

緩了好一會兒，孫毅才把思維接上自己的大腦，勉強把自己的四肢和軀幹連上了。

然後孫毅被拽起來，繼續「掛」上。

6

于江陪高衛東進了庫房。

高衛東上下打量著孫毅，乾笑幾聲，點點頭，「嗯，看來還有點剛兒。」然後他轉身對于江說：「這小子身體還可以啊，那就接著來唄。」

從此，一天沒有三頓飯，但要上三次刑。

給孫毅上刑，是三大隊最主要的一項工作，是每天例行的公事。警察被分成三組，在不同時段給孫毅上刑。

剛開始是增加次數和強度，後來各種花樣被發明出來。

王紅宇發明了「金雞獨立」：兩條腿劈開，一條腿在床下鋪捆緊，抬高另一條腿，捆在上鋪，兩臂拉抻開，一高一低，分別銬在床腿和床立柱上。頭衝下，像一隻俯衝的燕子。因為是一隻腳著地，所以王紅宇把這叫「金雞獨立」。

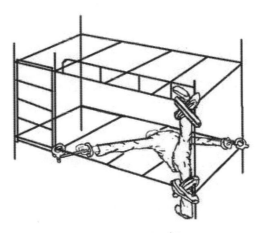

金雞獨立　孫毅／繪

抻床　孫毅／繪

　　秦偉利發明了「劈大叉」：雙臂後仰，掛銬在床後面的橫樑上，兩條腿被劈開，抻平至極限。

　　還有許多叫不上名字的上刑方法，被一個個發明出來。孫毅在各種角度下的耐受力，被反復測試著。

7

　　「把銬子給他打開，我帶他出去活動活動。」秦偉利進門吩咐楊英。

　　於是孫毅被帶到辦公室，上刑。

　　今天于江值班。

快過年了，于江和幾個小警察燒電磁爐，吃火鍋，熱火朝天。

屋裡感覺像是桑拿間，蒸氣撲在窗玻璃上，一道道流下水痕。

他們涮肉，喝酒，抽菸，講笑話，偶爾瞟一眼旁邊被「押」著的孫毅。上刑次數太多，警察已經不把給他上刑當作一個正事兒了。

熱了，于江敞開制服，打著飽嗝。仰在沙發上，順手擺弄著桌上的幾個象棋子兒。他看著孫毅。

「沒想到這辦法還真好使，叫你活活不起，死死不了。」

王紅宇點上一支菸，走到孫毅身邊。他把菸放到孫毅的鼻子下面，嗆得孫毅肺都要炸開了。

俯身看著孫毅的臉，王紅宇說：「何苦呢，你要不要簽字啊？」

「不用問，他苦還沒吃夠呢」，于江似乎漫不經心，「來來來，繼續喝。」

王紅宇還想和孫毅聊天：「你也是人，別以為煉功就怎麼著了，這腿不照樣腫嗎？這腦子都學什麼了，大學白上了。」

「別跟他廢話！」于江打斷他，「這要在過去，一槍就崩了。共產黨現在是進步了，還搞人性化管理、說服教育，慣得這幫人還講起人權了。」

「走，都走，讓他一個人好好想想！」于江吆喝著。

於是，所有警察都離開了辦公室。

只剩下孫毅，辦公室只有他一個人。但似乎有很多手，

把捆綁的繩子剎得越來越緊了。胳膊、腿像被撕裂一樣脫開身體，就像五馬分屍。

好容易熬過一分鐘，下一分鐘似乎更長，無限期延長下去，一分鐘就像一年，似乎永遠這樣下去。絕望的窒息中，無數的觀念在腦子裡翻騰、斷裂，然後又銜接起來，互相爭鬥、互相排擠，一團一團的，形狀各異，飄飄渺渺地飛。

胸口憋悶，喘不上氣，虛脫到幾乎休克。孫毅感到，萬斤的閘門從頭頂壓下來，真是滅頂巨難啊。他知道，意志必須像一根擎天立柱，決不能有一絲一毫偏移，否則就會立即被巨難壓垮，只有最正、最直的角度，才能刺穿這萬斤閘門！最後的關頭決不能退縮！一定要戰勝自己！

「難忍能忍，難行能行」，他一遍一遍背法……

于江進來的時候，孫毅已經失去知覺。

胥大夫給叫上來。

8

為了抗議持續不斷的抻刑，孫毅開始絕食絕水。

五天後，孫毅被卸下「大掛」，銬到小車上。

這個被勞教們叫做「死人床」的小車，其實就是普通的醫用護理床。

床體由鐵管、人造革面和多道搭扣、布索組合而成。人造革面分成四塊，連為一體而又相互獨立；床板的高低位置均可以調整，頭部和腿部的床板還可以用搖把搖起、放下；床中間的方孔是便溺口，下面有個盒子專接屎尿；四周都有護欄，床下是可以移動的四個軲轆。護理床設計合理，功能完備，能解

馬三家來信

決病人基本的吃喝拉撒等護理需求。

　　按于江的指示，王紅宇拿來一個開口器。開口器是醫療器
具，牙醫檢查口腔、拔牙做手術用的。
　　楊英湊上來，王紅宇教他使用方法。
　　技術上的操作並不難：用力掐住兩側面頰，嘴就會不自覺
張開，然後把開口器卡在上下牙齒之間，再用力旋轉開口器一
側的旋鈕，就可以把上、下頜撐開到最大位置，最後用自鎖裝
置一鎖，刑具就算上到位了。

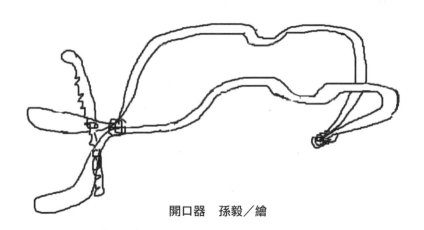

開口器　孫毅／繪

幾分鐘後，口水流出，眼淚也淌出來。太陽穴的脹痛，從面部蔓延到頭部，然後蔓延到全身，好像燃燒一樣，燒得心裡狂躁難忍。

幾個小時後，開口器被拿下來，孫毅的下巴就合攏不回去了，口腔肌肉被撐得無力收縮，嘴巴也閉不上了。

胥大夫說過，「開口器最多只能上兩個小時，然後必須撤下來」。

所以只要筒道裡傳來胥大夫的聲音，楊英就趕緊鬆開卡簧，撤下開口器，然後把孫毅脫臼的下巴推回去，把合不攏的嘴巴捏上。

胥大夫一走，楊英馬上重新撐開孫毅的嘴。他很得意：一下他就能把開口器上到位。

除了管理手銬鑰匙，于江也讓楊英管理開口器。

9

從黑暗的夜空裡，颳進一股寒風，穿著軍大衣的楊英故意把窗戶打開了。

「這麼冷，怎麼還開窗啊？」孫隊長發現窗戶大開著，一進門就問楊英。

「剛拖的地，得晾晾」，楊英回答，「再說，屋裡有這麼個人，味兒大，通通風。」

孫隊長看了看楊英，走了。

連續上開口器已經一天一夜，頭痛，睏得睜不開眼。孫毅已經感覺不到冷了，昏昏沉沉地，他睡過去。

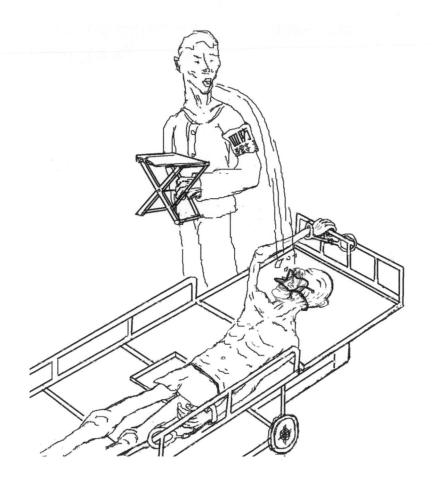

「死人床」與「開口器」　孫毅繪

　　半夜被凍醒，冷得打顫，全身冰冰的，只有剛流下的眼淚是溫熱的，窗外寒風一吹，瞬間就變涼了。開口器的刺激下，除了眼淚，口水也越來越多地從嘴裡流出來，濕濕地流進了脖頸，冰涼。

「秦隊長，借個火。」

楊英在門口叫小警察秦偉利，他想抽菸。楊英是于江的紅人，秦偉利當然要照顧。

「長點眼啊！」他在門口提醒楊英。

抽菸違反勞教所規定，筒道和房間裡的監控，所部是能查到的。秦偉利眼睛小，心眼特別多。

楊英把菸攏在手裡，躲著監控器抽菸，抽了一會兒，他轉過來看看孫毅，「想不想抽菸呀，給你點菸灰，你也過過癮吧。」順手他就把菸灰磕在孫毅戴著開口器的嘴裡。

孫毅一陣咳嗽，眼淚又嗆出來。

「你咳嗽什麼？」楊英罵道，「開窗害得我都感冒了！」

緊了緊軍大衣，他朝孫毅嘴裡吐了一口痰，「再不吃飯，大隊就請專家來治你了。」

10

樓下一陣救護車的聲音，窗前的楊英回過身，對孫毅說：「看看，來了吧，院領導帶專家來了。看樣子，這回要給你動大手術了，救護車都來了。」

教養院的管教科科長馬鎮山給孫毅請來了護士。請馬三醫院的護士來，主要是給三大隊演示如何灌食。

「四防」都被攆出去，三大隊負責轉化的警察全部到場，觀摩。

高原擺了一張桌子，拿個本子，在桌前做記錄；于江沒進屋，在筒道裡走來走去；胥大夫弄了個凳子坐在門口。

護理床的上半部被搖起一個角度，固定住，孫毅被銬牢。

兩個警服外面套著白大褂的女護士，戴著口罩和手套，給孫毅上了開口器。

然後馬鎮山對到場的警察們說：

「鼻飼對這些人沒有用。在女所那邊，我們只要用這種特殊灌食方法，多頑固的都能給扳過來，絕食半年的都乖乖自己吃飯了！」

他示意護士開始工作。

玉米麵粥裡放了很多鹽，被端了過來。

一切準備妥當之後，護士問孫毅：

「你到底能不能自己吃飯？」

孫毅不理她。

護士有點猶豫。

馬鎮山不耐煩了：「跟他廢什麼話！他是畜牲，能聽懂人話嗎？給他灌！」

於是一個護士舀了幾勺濃鹽粥，倒進了開口器。

粥停在孫毅嘴裡，他不往下吞咽。

護士馬上捏住了孫毅的鼻子。這種情況她們見多了，她們有經驗。

鼻子被捏住不能呼吸，嘴裡又有粥堵著，正常反應下，人會不得已把粥吞下，騰出嘴呼吸，否則就會窒息了。這就是她們的「絕招」：逼著你自己下嚥。

孫毅一邊憋氣不吞咽，一邊想著如何應對。看來沒什麼好辦法，不豁出這條命是過不了這一關的。他下了決心：寧可嗆死也不屈服。

憋了很長一段時間，護士沉不住氣了，湊上來：「怎麼沒

反應？」

　　憋到極限，孫毅的身體才出現了本能反應，突然他就猛烈地從口腔往肺裡吸氣了。這一吸，濃鹽粥進入氣管，強烈的條件反射，使孫毅不由自主掙扎了。他渾身抽搐，臉憋成青紫。

　　護士嚇得趕緊撤下開口器。孫毅劇烈地咳嗽，濃鹽粥咳出來，噴濺到護士身上，觀摩的警察都往後退。

　　猛咳一段時間後，孫毅漸漸平息了。

　　護士上來，摁住他，再次戴上開口器。

　　馬鎮山給警察們介紹：「咳完了再戴上，接著讓他咳，沒關係，每天就這樣給他灌，一天三頓飯都這樣灌。讓他把所有的粥都咳出去，然後再灌，再讓他咳。一天不吃，就這樣灌他一天，不怕他不吃飯。女所那邊多少人都治過來了，沒有不靈驗的。」

　　護士接著捏他的鼻子，不讓他呼吸。又一次窒息，又一次掙扎，劇烈地咳……

　　接著來。

　　第三次。

　　第四次。

　　第五次。

　　……

　　孫毅被折磨得死去活來。

　　最後一次，紅色的液體混著黃色的粥噴出來，一直噴到馬鎮山身上。馬鎮山退後了半米，繼續指揮：「上廢功二號！」

　　「吃了這藥，就可以將法輪功廢掉，」馬鎮山說，「有幾個女法輪兒，灌下這藥功就廢了。」

黑色的藥麵，惡苦惡苦的，又噴出來。

于江偶爾從觀察窗往裡看看，始終沒有進屋。胥大夫遠遠地坐在門口。高原一本正經在本子上記錄著。

已經連續工作了三個多小時，護士要下班了，也快到中午了，三大隊準備請馬鎮山和護士吃午飯。

孫毅的磨難終於暫時告一段落，護士說下午過來，繼續灌。

尚有一息之力的孫毅，滿身滿臉都是噴濺的玉米粥，他緊握虛弱的雙拳，積蓄著力量，準備抵禦新一輪灌食。

11

午飯後，護士與警察們在會議室研究方案。

護士表示，方法已經完整地演示給三大隊了，操作起來不難，大隊完全可以掌握，她們很忙，還有別的地方請她們做演示呢。

所以開完會，她們就上車走人了。

灌食任務交給了胥大夫。

第二天，胥大夫推託：「這方法可不好掌握，我還沒學會呢。」

大隊沒辦法，只好按照胥大夫的方法進行鼻飼灌食。

鼻飼灌食是一種將鼻飼導管經鼻腔插入胃內，用針管注輸食物、藥物和水，用以維持病人營養的治療技術。

四肢被銬，孫毅只能晃動著頭，拼命拒絕鼻飼管的插入。鼻子都掙扎出血了，也沒捅進鼻飼管。

余曉航被叫進了庫房，他剛剛調到三大隊沒幾天。一個叫小崽兒的也被叫進來。

　　看到胥大夫穿著白大褂，戴著大口罩，手裡還拿著醫用托盤，余曉航開始還以為是搶救病人呢。

　　「把他的頭給我摁住！」

　　于江讓余曉航和小崽兒協助楊英壓住孫毅。

　　反復多次，鼻飼管還是插不進去，拉出來的管上已經有了血跡。胥大夫用棉花從小瓶裡蘸出一點油，擦抹在管上潤滑，然後再一次把管子捅進去。

　　硬硬的塑膠管在鼻腔和咽喉裡擦來蹭去，孫毅噁心得直往外嘔。

　　手按著孫毅的頭，余曉航閉上了眼睛，他不忍心看。

　　于江撇了他一眼：「你出去吧。」

　　余曉航不是這塊料，下車間幹活兒去了。

12

　　反抗似乎是沒有用的，孫毅的胃最後接受了這個強插進來的異物。

　　胥大夫用注射器朝鼻飼管裡注射了豆奶。

　　豆奶剛剛涼了，胥大夫又在電磁爐上熱了一下，注射的時候溫度適中。

　　冰涼的銬子，堅硬的鼻飼管，溫熱的流食，裸露的身體，床中間排泄便溺的大洞，在眾多眼睛的注視下，孫毅感覺自己作為「物」被蹂躪，他有一種深深的被侮辱感，他感覺自己的精神被玷汙了。

但同時，孫毅也很奇怪自己胃的反應：自己的胃和自己的思想竟然不能有相同的意志和思維方式。

他拒絕主動進食，胃卻接受了這個被強插進來的異物。它歡呼似的，等待著順管而下的流食，它狂喜地吸收著，一股甜絲絲的溫熱，然後是一陣滿足後的蠕動。孫毅一陣眩暈。

灌進去的豆奶，隨著噁心嘔出來，一絲兒腥甜漾在嗓子眼兒，還有一點鹹，那是嗆咳時流出的眼淚，順著嘴角流進去了。

「好好消化消化」，楊英用手拍了拍孫毅的肚子，笑道：「如果你被強姦而又無力反抗，那就不妨享受一下吧。」

13

半夜的寒風又把孫毅凍醒。

楊英又把窗子打開了，他觀察著孫毅的反應。

「戴著開口器都能睡著？！」楊英罵起來，他明天一定要彙報給十江，「開門器不管用了」。

唉，睡過去永遠不醒來就好了，剛才孫毅做夢出了勞教所，都快回到老家了。

冷颼颼的房間裡，一股帶著香味的熱氣散開，楊英的速食麵泡好了。

孫毅的嘴裡很辣，有時是蒜末，有時是辣椒麵，都是楊英想出的招兒。他把蒜或辣椒麵灌進孫毅的嘴裡，也塗在孫毅的眼皮上、鼻孔裡。最後楊英給自己留了一些，拌在鹹菜裡。

食堂的鹹菜非常鹹，上面有一層大鹽粒。「四防」們把鹹菜泡過晾乾，再用速食麵調料拌一下，就是美味了。楊英拌

的鹹菜味道最好，因為有辣椒和蒜，這是他特意向食堂要的，「做轉化工作需要」。

為配合轉化工作，李勇從勞教所外買來了辣根，一種綠色膏狀調料，比辣椒麵更刺激，用水稀釋了還是辛辣無比。楊英從牙膏一樣的塑膠管裡擠出辣根，把它塗在孫毅的嘴唇、鼻孔和眼皮上，最後留一些放進泡好的速食麵。

太辣了，非常嗆，冬天吃治感冒。

孫毅被辣得眼淚和鼻涕都流出來。

這是孫毅在馬三家的第一個冬天，對他來說漫長無比，因為夜裡開窗，也冷得刺骨。

半夜凍醒，孫毅看著天花板，想著萬聖節已經過去，想著那二十多封求救信，一封都沒被收到嗎？大超市裡，倉庫一層層壓著的貨品，誰會把帶信的裝飾品買走呢？什麼時候能把信打開呢？會不會有人已經看到了信，然後隨著包裝紙把它扔掉了？……

想著想著，辣根的刺激終究抵不住睏倦，孫毅戴著開口器又睡過去。

求救信　孫毅／繪

馬三家來信

四、「我想活著出去！」

1

「救救我吧，我想活著出去！」

聽到魯大慶說出這麼一句話，井向榮很是詫異。

此時，由於轉化工作有了成效，一所三大隊已被評為省級先進單位，大隊長高衛東破格提升為一所所長，井向榮接替他，成為三大隊大隊長。

因為當眾說了「法輪大法好」，2009年7月，遼寧黑山的魯大慶被判一年勞教。

早在1999年政府不許煉法輪功時，魯大慶就放棄了修煉。當地派出所讓他交出《轉法輪》，他上交了。之後他娶了媳婦，開了涼棚飯店，掙了一點兒錢，過上了安穩日子。

派出所一年找他簽一次名，讓他保證不再煉功。直到2009年，魯大慶偶然看到一張傳單，才知道很多人還在堅持修煉，相比之下，他很慚愧。自己也在大法中受過益，因為害怕就不認師父，忘恩負義啊！他太想看書了，十年沒看過書了，到哪兒能找到書和同修呢？

那天，站在唱卡拉OK的檯子上，他一激動，就拿起話筒，說了句「法輪大法好」，結果很快被舉報了。當地派出所抓他的時候，他很奇怪，誰舉報的？自己開的飯店，來吃飯的人他都認識，除了親友就是本村的熟人啊。

剛開始他想，到勞教所也挺好，還能見到同修。可一被送到馬三家，魯大慶就害怕了：馬三家離蘇家屯太近！才二十多

公里。他聽說過，蘇家屯活摘法輪功學員器官，器官摘除後還把人活著送入焚屍爐裡燒！魯大慶非常害怕，認為一到馬三家他就死定了。他嚇得不知怎麼辦才好。

腿一軟，魯大慶就跪下來。

看著給自己磕頭的魯大慶，井向榮冷冷地說：「你簽了字就沒事兒了。」

2

站在宣誓欄前，看著上面的誓詞，魯大慶痛苦猶豫著。

李勇看出了他的恐懼，哄騙他：「簽了字就什麼事兒都沒有了。」

拿起記號筆，魯大慶顫抖著手，在宣誓欄的右下角簽上了自己的名字。

簽完字還沒完。

「舉起手，宣誓，把上面的字念一遍。」李勇命令他。

魯大慶舉起右拳，斷斷續續念宣誓欄上的字：

「我自願……與法輪功……組織決裂，與大騙子……決裂，堅決擁護中國共產黨。宣誓人，宣誓人……」

幾次張嘴，魯大慶都唸不出自己的名字。

「唸！唸你的名字！」

魯大慶只希望這一切快快結束，唸了，聲音非常小。

「大點聲！」李勇吼道。

「再大點聲！」

「再來一遍！」

「宣誓人……宣誓人……魯大慶。」

然而這還是沒有完。

李勇逼魯大慶在已經抄好的「三書」上簽字。

剛簽一張紙，魯大慶的身體就哆嗦起來，體內像巨大的山體坍塌一樣，山崩地裂。接著，他真真切切地感到，法輪旋出了他的身體，法輪沒有了！

「我不是人啊！師父給我調整身體，病都好了，師父讓我知道宇宙真理，我卻背叛了師父！」

放下筆，他嚎啕大哭。

李勇急了，他要找電棍。

井向榮手一攔，陰白著臉，他問魯大慶：「你心臟咋樣？」

魯大慶說不好。

井向榮示意不用電棍，於是魯大慶被帶到大隊長辦公室。他看到一個拆掉床板的架子床，床上掛著大隊長的警服和毛巾。

他沒想到，警服和毛巾從床上拿下來之後，這個床就成了刑具。

魯大慶的頭被壓下去，塞進床裡。

一個「丁」字形鐵棍被拿過來，綁在床頭。李勇把魯大慶拽過去，雙腿綁在鐵棍上，身子緊挨鐵床，腳就站在橫撐前面。

雙手被套上棉護腕後，秦偉利才給他戴上手銬。接下來兩隻胳膊被使勁押直，扣在床的橫梁上。衣服一下就押崩了線，雙腿大筋被押斷了一樣。呼吸困難，魯大慶張開嘴喘著氣。

「寫不寫？」李勇咆哮著，後背又給他勒上一道繩子。

時不時李勇就狠勁拉動繩子。他拉一下，魯大慶就不由自主呻吟一下，臉上的汗和淚一粒粒往下淌，鼻涕流出很長。

魯大慶弓著身，眼睛正好對著李勇胸前的牌子。看著上面的名字，魯大慶一個字一個字地說：

「好個李勇，你真勇啊，我記住你了！我沒做壞事，你這麼整我，你要遭報應的！」

李勇愣了一下，扶了扶眼鏡，氣急敗壞地踹他……

李勇累得都出汗了，終於他還是拿到了魯大慶的「三書」。寶貝似的，他拿著那幾張紙走了。這就夠了，可以上報了，只要在「三書」上簽了字，就可以說此人被「教育轉化」了。

李勇後來對魯大慶說：「那一次，就是因為你簽了『三書』，我的工作才報上成績。」

3

育人成才的熔爐

淨化心靈的課堂

昨天愚昧步入歧途

今朝醒悟不再彷徨

學員們　學員們

努力學習奮發圖強

闊步走在新生的大路上

……

歌聲響起來，大廳充滿回音，連庫房裡的孫毅都聽到了。此時孫毅已經放棄絕食，被長期銬在庫房的小床上，嚴管，不

參加大隊的任何活動。

大廳裡，高原指揮勞教們反復練唱這首《馬三家教養學校校歌》。上級要來檢查，三大隊必須全體學唱。

王維民來回巡視著，突然掄起手，他過去就搧了「老大」一個嘴巴：「唱歌不張嘴！」王維民一直注意著每個人的嘴型呢，「誰要不老實，我就讓他嘗嘗無產階級專政的鐵拳！」

「我看誰還不張嘴！接著唱！」

展開理想的翅膀
追求美好的嚮往
「六字」方針如同春雨
枯枝發芽苗壯成長
……

（「六字」方針指教育、感化、挽救）

上級檢查那天，孫毅被關進隊長休息室，其它人被帶離監舍，關進了二三公里外一個裝農具的工棚。雖然學唱了校歌，三大隊還是不放心這些法輪功學員。

庫房裡的兩個乒乓球案被抬到了大廳。

4

檢查團來了。

他們看到：大廳中央，擺著給勞教人員文體活動用的綠色乒乓球案；大廳有電視；心理矯正室裡有電腦；教室明亮，設施齊全，有投影儀、螢幕、攝像機；圖書室有書架，上面擺滿各種文化書籍、雜誌；牆上懸掛著名人格言、語錄。整個監舍

大樓，「就像一個教學樓」。

「監室內像學生宿舍一樣」，內務整潔。監舍裡的暖壺、臉盆、毛巾、牙缸、香皂盒都擺放得整整齊齊，連牙刷毛都朝向一個方向。床位上的行李，鋪在嶄新的淡藍色床單上，像豆腐塊一樣，疊得見稜見角。

檢查的人不會知道，這個「行李包」是個擺設，勞教們叫「假相被」，它不是蓋的，晚上蓋的被子，都送到庫房去了；嶄新的床單，是前一天特意發的，檢查完要收回，下次還要用；「四防」的暖壺是裝熱水的，其它人的暖壺是裝尿的，因為夜裡不許上廁所，暖壺就成了尿壺。

「這是一所特殊的學校」，警察向參觀的人介紹，「這裡沒有犯人，都是學員。」

這次參觀的除了上級領導，還有記者和社會上的人，他們對勞教所裡的生活非常好奇。

三大隊向上級呈報的工作總結中這樣寫道：

「在同法輪功X教組織鬥爭的過程中，三大隊的幹警們認真貫徹執行黨的勞教工作方針、愛崗敬業、無私奉獻，創造和積累了教育轉化法輪功人員行之有效的經驗和方法。」

「法輪功人員來到馬三家勞教所法輪功專管大隊後，絕大多數都先後轉變了，其中很重要的一個原因就在於幹警們對他們無微不至的關心、幫助和教育，使他們感受到了黨的真情和溫暖，認清了法輪功殘害生命、破壞家庭、危害社會的罪惡本質，使他們最終擺脫了法輪功X教組織的精神控制。」

為體現出人性化關懷，于江花了一番心思。最後經大隊研

究決定，臨時把熱水從暖氣包接出來，讓勞教們洗熱水澡！平時連熱水都喝不上的勞教們，終於在專管隊享受了唯一的一次熱水澡。

每一個端盆去洗澡的勞教都要經過于江，他歪靠在水房門口的椅子上，接受著勞教們的問候和感謝：

「謝于大！」

「謝于大！」

于江志得意滿，抬起手給旁邊的李勇：「看我這錶，花了一萬多呢。知道嗎，這叫點子！點子走得正，路就順！」

5

大廳裡，所有「轉化」的人都坐在小凳上，學習「23號令」。

粗壯的魯大慶坐在沒有膝蓋高的塑膠小凳上，上身筆直，雙膝併攏。

「不許閉眼睛！」

只要低下視線或稍微閉下眼睛，「四防」就吼起來，然後就是叫罵和踢打。

「不許動！」

小凳子上有很多小突起，坐時間長了，屁股不過血就會出血泡、結痂、刺癢。

「誰在那兒想事兒呢？不許愣神兒！」

愣神兒會被懷疑是默背經文。

「四防」從遠處掃一眼，就能看到誰在愣神兒，誰在思考，誰光動嘴不出聲兒。

一個學員被踹一腳，「坐姿不正！」他的一條腿有傷殘，沒辦法坐端正。

　　薛文在領讀「23號令」。
　　這天早上，連續讀幾個小時之後，薛文突然站起來，撕碎了手裡的「23號令」，扔掉後痛苦大喊道：
　　「我不讀了！我再也不讀了！」
　　這一舉動出乎所有人的意料，因為他轉化很好，大隊一直對他很放心才讓他領讀的。
　　薛文神經錯亂了。「四防」很快把他拖走，過了一會兒，大閘那邊傳出慘叫，他被上「抻床」了。
　　沒多長時間，薛文就被架回來。于江讓他站在宣誓欄前，重新宣誓，讓他當眾做檢查，保證以後決不犯同樣的錯誤。最後，于江又給了他一份「23號令」，讓他繼續領讀。
　　接著大家又跟著他的聲音朗讀了：
　　「勞教人員守則，一、擁護共產黨和社會主義制度，不准散佈敵對言論和煽動敵對情緒……」

6
　　上課。法制課、心理衛生課、科普課、歷史課等等，每次在教室上課，警察都要錄影，存檔備案，這是給上級彙報工作成績的證據。
　　有一次，一個外來警察來上課，講世界幾大邪教及其特點。
　　臺下沒有反應，在後面聽課的于江火了：「以後上課必須

鼓掌！必須積極回答問題！必須發言！」

從此以後，上課就有警察在後面監督了，拿著電棍，「誰不鼓掌？聽課必須鼓掌！」

觀看「崇尚科學，破除迷信」的科教片。

積極發言的是一位七十多歲的老軍人，他參加過抗美援朝，因修煉法輪功被勞教一年。他細聲慢語講到，自己煉功時曾經騰空飛起，還進入過另外空間……

「停、停、停！」坐在後排的于江急了，「不要再講了，成了你們的修煉交流會了！都給我下課！」

看中央電視臺的《焦點訪談》，主要是播放「法輪功自殺殺人自焚」等節目，滾動式播放。

每次課後都必須寫心得體會，所有心得必須涉及對法輪功的態度，必須認識到：「法輪功是誤國誤民、反科學、反人類、反社會的X教。」

內容一定要結合自己的實際情況，表明自己得到了改造，感謝政府和警察的教育感化挽救，使自己懸崖勒馬、迷途知返，最後，要讚頌「三大隊是新生之地，幹警是改造靈魂的工程師」。

所有的教育就是訓練人如何不打折扣地按照標準答案說話。

7

有時也看新聞，只允許看《新聞聯播》。

有一天，《新聞聯播》裡播放中國政府抗議美國總統接見達賴，大家睜大了眼睛。正在值班的李勇趕緊衝過來，迅速關

掉了電視。對大隊來說，社會上的任何「負面消息」，都會影響改造，李勇的政治嗅覺非常高。以後《新聞聯播》也不常看了。

作為培養對象，李勇經常被送到外地培訓，他拿回很多結業證，也帶回了先進的轉化教育經驗。和其它警察相比，他工作認真，善於學習。

「坐小凳」是從北京調遣處學來的經驗，三大隊警察中，李勇對此要求最嚴格。

「我也不打他，我也不罵他，我就讓他天天坐小凳兒。一坐兩小時，放茅回來接著坐。一個禮拜，都老實了！讓幹啥幹啥。」李勇對「坐小凳」的作用深信不疑。

三大隊規定，走路必須走直角，據說這也是從北京調遣處學來的。

車間到食堂之間的路線是斜的，有時「四防」習慣性的就帶隊伍直接走過去了，結果那天趕上李勇值班。

「都給我回來！」李勇一點都不馬虎，「重新走！」

走了幾個來回仍不滿意，李勇想了個辦法。他讓一個「四防」站在車間與食堂連線的直角拐點上，要求必須繞過這個「四防」，這樣就保證行列不走斜線，只能走直角了。於是，全體勞教都縮著脖子，從車間繞過這個直角走到食堂門口。反復練習，直到李勇滿意了，才被允許進食堂吃飯。

李勇也沒吃飯呢，訓練了整整一中午。

從此以後，李勇規定：無論一個人還是集體列隊行走，無論去哪裡，都必須走直角。

8

學習結束就要考試。

法輪功學員被集中到教室，進行「轉化」成果考試。一張問卷，十幾道選擇題，標準答案就一套，只需「打勾」就可以了。

每半個月考試一次，用來鑑定有沒有人出現思想反彈，是否轉化徹底。考試也是為上級驗收做準備的，平時的考卷和驗收時的完全一樣。

所有考試都是為了檢測這些法輪功學員：是否說真話，是否還想說真話。

田貴德被拖走，答卷不合格；大老李被拉出來，答卷不合格。

不合格就單練。在三十多度的高溫下走行列，一遍一遍唱紅歌，一遍一遍高喊侮辱自己的口號，反復練。

從動作到言語，生活就是馴服和自我侮辱。不斷說假話，不斷背叛，成為唯一安全的生存方式。所有指令都必須服從，沒有為什麼，不要問為什麼。

9

魯大慶沒有想到，還有比活摘器官更讓他痛苦的。

「轉化」以後，魯大慶覺得自己像個活死人遊蕩在三大隊，沒有魂兒一樣。

「四防」經常對勞教們說：「千萬別把自己當人！」魯大慶確實感覺自己不再是人了，周圍的人也不是人，行屍走肉。三大隊就是個「鬼城」。

有一段時間，收工後必須在宣誓欄前宣誓，這是三大隊每天都重複的一個「儀式」。

先排隊在大廳集合，然後每個法輪功學員都被要求挨個宣誓，聲音小就一直「宣」下去，直到警察滿意才可以回監舍。

在監舍裡，一舉一動都被監視。不准閉眼，不准愣神，不准盤腿，這些姿勢都意味著轉化不到位，違規！拉出去電！

休息二十分鐘後，全體集合到大廳裡坐小凳，背「23號令」，直到睡覺。

一天三頓飯，魯大慶每頓都吃很多。一躺上床，他就感到自己往下墜落，但很快也就睡著了，睡著也就啥都不想了。

早上一醒，魯大慶就開始難受。這一天裡，他要跪著疊「假相被」，蹲著和警察說話，夾著胳膊走著直角去食堂吃飯，高喊誣衊師父的口號出工，收工後還要舉拳頭宣誓……

魯大慶看著自己：

往前一步跨出人群，立正，舉起右手，握緊拳頭，放在右耳旁，然後對著宣誓欄，按上面的文字念宣誓詞：

「我自願與法輪功……決裂，……堅決擁護中國共產黨……」

每次宣誓都是一次自毀自辱。這種比死還要殘酷的精神閹割，使魯大慶痛苦至極。他沒想到，被迫放棄信仰、被迫侮辱自己的師父，竟然比活摘器官更可怕。

他暗暗下了決心：我一定要把它擦掉！

10

「把手裡的活兒放下！站起來！集合上樓！」

車間裡氣氛恐怖，「像要殺人一樣」。正在幹活兒的魯大慶和其它法輪功學員都被叫到樓上教室，填寫答卷，這是遼寧省勞教局的突擊驗收。

「你們一定要如實回答問題」，一個女警察對大家說，「心裡怎麼想就怎麼寫，不用寫名字。」然後她把卷子一張張發下去。

魯大慶接過卷子，又是老一套，勾畫選擇題，在認為正確的答案下面打勾。

法輪功是邪教還是正法？魯大慶回答：是正法。

法輪功好不好？魯大慶回答：好。

出去後還練不練？魯大慶回答：練。

政府對法輪功的政策是英明的還是鎮壓？魯大慶回答：是鎮壓。

……

十幾道題，只有一套標準答案。

于江走過來了，魯大慶趕緊交了卷，心怦怦跳。

收卷後，魯大慶被叫到辦公室，蹲在于江腳旁。

于江盯著他，慢慢摘下了手錶。魯大慶眼前一閃，很亮的一塊手錶。

于江把手錶放到了辦公桌上，把它擺好。

接著，魯大慶還沒明白咋回事兒，于江的大巴掌就搧過來：

「說！怎麼答卷的？」

于江站著，抽打蹲在地上的魯大慶。左手打累了，又換成

右手，最後左右開弓一起打。

躲閃著于江的眼睛，魯大慶好容易蹲穩，又一巴掌掄過來。

他低下頭，說按照標準答案答的。他害怕了，沒敢說真話。

于江見他嘴軟了，就沒心思整治他了，「給我滾回去！」

這次答卷，很多人都沒有按「標準答案」回答，于江顧不上他了。

回來坐上小凳，魯大慶就聽見了筒道那邊的慘叫。有人被拖過去上抻床了，是梁凱。這次考試，他沒有按照標準答案答卷。梁凱是因為三張小紙片被勞教的，在北京西站轉車時，他被搜身，搜出的卡片上寫著：「法輪大法好」。

11

所有人都躺下了，已經過了十二點，沒人睡得著。空蕩蕩的筒道裡，呻吟聲一陣陣從大閘那邊傳過來。

梁凱的答卷激起了警察們的憤怒。誰在答卷中寫了真話，誰就影響了三大隊的成績。平時一次次摸底考試，都是為了保證勞教局正式驗收的轉化率，轉化率直接和警察的附加工資、獎金、晉升掛鉤。

警察認為不按要求答卷的人侵犯了他們的利益，「太自私了這些人！還修真善忍呢！只想自己！」

于江說：「乾脆申請個死亡名額，幹死他算了。」

王紅宇氣急了，為了增加梁凱的痛苦，他發狠地勒緊抻他的帶子。他嫌梁凱喊的聲音不夠大，希望他喊聲再大些。

為了讓大家聽清楚，王紅宇敞開了辦公室的門，這樣，全筒道的勞教都聽得更真切了，聽到受刑者的慘叫，聽到王紅宇的叫罵：

　　「喊啊，你使勁喊啊，大牆外面聽不到！」

　　「告啊！你去告啊，勞教所就在這兒，不怕你告，你能告倒共產黨嗎？」

　　聲音只能在一所三大隊的樓層裡回蕩。一所四周是高高的圍牆，圍牆外，是茫茫黑暗的曠野。

　　過了一會兒，王紅宇結結巴巴發表演講了。他站在辦公室門口，講給受刑的人，也講給筒道裡所有的勞教：

　　「不按照要求答卷的人，以後拿筆前想想這張床，你就知道怎麼回答問題了。要形成條件反射，以後你們答卷時就想想這張床！」

　　「怎麼樣，我讓你一想起這張床就哆嗦！讓你一輩子忘不了！永遠記住，這就是我們要達到的目的！這樣你的卷子就能答好了。」

　　「我再和你們說一遍，你們要記住：中國有兩個地方還沒解放，一個是臺灣，一個就是馬三家！」

　　馬三家的這句名言又被王紅宇結結巴巴重複了一遍。

　　每個人都豎著耳朵聽。魯大慶躺在床上，在被了裡蜷成一團，還是冷，被于江搧腫的臉卻疼得火辣辣的。

五、六十年大慶

1

聰聰病了，其實過年時聰聰就病了。

樓上有東西掉地上的響動，樓下小孩的尖叫，窗外摩托車的嘟嘟聲，所有稍大一點的聲音，聰聰都害怕，閃電雷鳴它也害怕，但牠最怕的是鞭炮禮炮。

「當！當！當！」外面響起了禮炮。

聳起背上的棕色毛，聰聰呆立著，渾身顫個不停。嗷嗷叫了一會兒，然後蹭到李梅腳下，嚶嚶起來。

禮炮聲停了，聰聰圓睜著眼。

牠看著窗子：共振的衝擊波使玻璃窗又開始了嗡嗡震響。突然牠夾著尾巴跑進廁所，把頭扎進抽水馬桶的後面，那裡的狹小與黑暗終於讓牠感到安全啦。

今年趕上建國六十年大慶，節日氣氛已經提前到來。每天都能看到民工在換便道上的方磚，佈置綠地。社區裡經常聽到國慶演練的禮炮聲。前幾天李梅下班時發現戒嚴了，外面好像搭了個主席臺，還低低地飛過兩架飛機。聽說是準備軍事演練，慶祝國慶。

演練開始了，一次連續的炮聲過後，聰聰滿地打滾，然後四肢像游泳一樣攤開，口吐白沫，瞳孔散大。李梅趕緊抱著聰聰去了附近的狗醫院。

醫生說，癲癇，必須吃藥。

馬三家來信

李梅給聰聰餵了藥。

快到「十一」了，李梅想，演練應該快結束了吧，過了「十一」就好了。

「當！當！當！當！」外面突然又一陣爆響。

剛剛餵過藥的聰聰又抽筋了。

2

關叔家的客廳棚頂有個燈池，當初是想把拆遷房裝修漂亮點兒，沒想到，一伸手就能夠到棚頂的彩燈。沒有窗戶，低矮的客廳就更顯昏暗。但李梅願意待在那裡，有時一下班，她就到關叔家坐一會兒。

關叔家熱鬧，有關嬸，還有孩子，有貓，還有很多鳥。

一邊擺弄著鳥籠上的鎖，關叔一邊和李梅聊天。

「大夫說狗得了癲癇，我買了藥給牠吃，但好像不管用啊。」

「可能是被嚇著了，養一養，慢慢就好了。不要再讓它受驚嚇。」

「這些天外面放炮還沒完沒了了。」

「聽說是六十年大慶的消防演習。前幾天江澤民還來了呢。」

「噢，我說怎麼都戒嚴了呢。」

「那是！」

「電視上說這幾天天安門搞國慶演練，咱這兒也要交通管制了。」

「是啊，社區裡好多戴紅袖標的，馬路邊修鞋的、擺攤的

都戴上了。」

「那叫『治安員』。」

「給錢嗎？」

「不給，發東西。五斤一袋的米、三斤一桶的油。」

「那沒找您哪？」

「嗨，人家都找黨員。」

關叔把鳥食撮成小球，穿過一根鐵絲，做捕鳥的餌料，「這幾天看見街上的警犬了嗎？」

「沒注意啊。」

「嘿，好品種啊！那威風！滿大街巡視。」

「幹啥呢？」

「也是治安員哪！國外進口的！德國獵犬！」

關叔剝了一個栗子，他的大白貓安靜地等在一邊，牠最愛吃栗子了。

3

李梅就喜歡狗，與狗相處更容易，也更安全。

聰聰高興就搖尾巴，從來不撒謊，也從不隱瞞自己的意見。李梅不用費心琢磨牠腦子裡想什麼，如果牠想玩，就撲到膝蓋上，如果沒心思，牠就會跑掉。

有個什麼風吹草動，聰聰會提醒李梅，當然了，它也害怕警察。

李梅不高興的時候，聰聰就可憐巴巴坐在李梅面前，望著她。兩隻黑眼睛含情脈脈，濕濕的，像要滴出水來。

如果李梅不理牠，牠就撒嬌。自己把身子轉過去，背部朝

下，讓李梅注意到牠，好讓李梅把牠抱住。一看見牠這樣，李梅的煩惱暫時也就忘了。

她打開電視。

一首歌曲隨著旋轉的紅色飄出來，「……今天都是好日子，明天又是好日子，趕上了盛世咱享太平，今天明天都是好日子……」

換臺。

花團錦簇的國慶廣場，花朵擠滿了螢幕，紅色，紅色，還是紅色。

又換一個台。

播音員聲情並茂：「禮炮聲聲震天下，五星紅旗似彩霞，光輝歷程世囑目，神州大地遍地花……」

關掉電視，李梅把遙控器扔到了一邊。

躺在床上，窗外焰火紛飛，黑暗的臥室被映得一閃一閃。

這個「十一」，不用再擔心孫毅的安全了，他已經在裡面了。

4

奧運之後就是六十年大慶，院部圍牆上，紅色條幅又換上了國慶的安保標語。和奧運會一樣，國慶安保在馬三家勞教所同樣是大事。

剛到九月中旬，一所三大隊就大清監了。

脫光衣服，勞教們等待搜身。衣服內襯上的暗兜被扯下來，那是勞教們自己縫上去的；鞋墊要掏出來，鞋要在地上磕一磕，看有沒有藏東西；內衣和襪子要翻個過兒查看。

一些藏來藏去的「寶貝兒」都被繳獲：一根破布條，幾個曲別針，棉被心裡藏著的一根鉛筆頭，幾張硬紙卡，纏著細線的一卷手紙，一個速食麵袋兒，一枚小扣子，寫有電話的一小片布或紙條⋯⋯它們被攏起來堆成一小撮兒，成了清監的戰利品。

勞教們赤條條站在地磚上，檢查完的人迅速撿起衣服穿好，站到一邊，然後是下一排。

于江抱著膀子，看著田貴德。他盯他有好一會兒了。

戴著眼鏡的田貴德，脫衣服不緊不慢。

于江突然徑直過去一耳光，田貴德沒站穩，一個趔趄摔倒在地。

看到田貴德慢悠悠站起來，于江上去又朝他肚子猛踹了幾腳，然後踏著黑皮鞋，揚長而去。

魯大慶離田貴德有幾米遠，他看著田貴德的眼鏡一下子就飛了出去，摔到地上，滑出很遠。魯大慶穿著內衣，垂著手，只能在心裡暗暗給田貴德發正念。

田貴德看見有個警察把眼鏡給他撿了起來，是王維民。但說什麼田貴德就聽不清了，耳朵可能穿孔了，嗡嗡響，熱呼呼的，嘴裡很鹹。

王維民清了清嗓子，兩手叉腰，他開始做總結。洪亮的聲音有時拉著「嗯」「啊」的長音，抑揚頓挫。

「在這兒一天，就得聽隊長的話一天。這裡，隊長就是你的爹、就是你的媽，不聽爹媽的話就有權管教你！什麼是法律？這就是法律，讓你幹啥就幹啥，這就是無產階級專政！」

5

一大早大廳裡就放紅歌，快「十一」了。

六十年「大慶」的紅歌比賽，是隊裡的大事兒，排練就有好幾個星期了。「十一」前幾天甚至不幹活兒，天天排練。紅歌比賽由大個子高原負責，他是負責文藝宣傳、生活後勤的幹事。

排練隊伍裡，東方昊不張嘴。高原瞄了他幾眼，可能是怕東方昊影響其它學員吧，高原叫他下去了。

接著，高原揮動雙手：「精力集中啊，注意了，預備，唱！」

沒有共產黨就沒有新中國
沒有共產黨就沒有新中國
共產黨辛勞為民族
共產黨他一心救中國
......

終於在「十一」的上午，教養院來人錄影了。高原指揮大家站了幾排，為了錄影好看一些，他多次調整了隊形。

高衛東等所領導都來了，黑壓壓一排。

雙手揮舞著，高原很是得意。一個人站在幾十名勞教和領導面前，他個子最高，有一米九零。

領導們搖頭晃腦，跟著節奏打拍子，有的還跟著拍手，神情嚴肅。

......

他改善了人民的生活

他實行了民主好處多

沒有共產黨就沒有新中國

沒有共產黨就沒有新中國

……

「十一」「改善」伙食。果然，中午吃到了油膩膩的雞架湯，「一股雞屎味，不敢睜眼吃」，裡面全是雞屁股。

能否積極參加勞教所的六十年「大慶」，是一個明確的改造態度，對勞教們也是一個減期的好機會。如果能寫國慶頌揚稿，沒准就能獲一個「院報投稿獎」，那減期可就多了。

幹活兒慢，不可能有減期，余曉航就寫了一篇兩千字的頌揚稿。

余曉航的稿子使三大隊很有臉面，這是勞教所思想教育改造的成果。余曉航因此獲了一個「標兵獎」，減期半個月。

因為曝光政府的腐敗被勞教，現在又歌頌起它來了，余曉航很慚愧。但是，誰不想趕緊回家呢？

馬三家來信

六、世博會和上海來的

1

李萬年一到三大隊，就當上了「四防」，一分錢沒花就戴上了紅袖標。

于江瞭解到，李萬年1999年曾在馬三家被勞教過，那時就是「四防」，他估計李萬年有管人的經驗，於是親自把他從一大隊挖過來。

為了加強對法輪功的管理，專管隊需要更多「四防」，不得不讓有「管理經驗」的勞教不花錢就當「四防」。這樣一來，花錢買「四防」的就少了，財源明顯減少。過去管教大一年能掙小二十萬，現在做法輪功轉化只能得個名，落不著實惠，于江著急了。

他把「四防」們叫到辦公室，開會。那天晚上于江值夜班，其它幹警都不在。

「你們心裡要清楚，是誰給你們減期，是誰給你們安排俏活兒！」

「四防」們不吭聲，心裡明白，這是「擠牙膏」呢，又該給「鱷魚」上貢了。私下裡，于江被「四防」叫做「鱷魚」（諧音「惡于」）。

最後于江吹鬍子瞪眼，敲了桌子：

「你們有幾個人心裡裝著我的？告訴你們，既然我能給你們減期，我就能給你們拿掉！就看你們什麼表現了。」

真是急了，「鱷魚」餵不飽會咬人的，李萬年在心裡罵

著：這「鱷魚」晚上睡覺都張著嘴呢！

2

當「四防」沒幾天，李萬年被于江單獨談話。

于江暗示李萬年：在三大隊要想多減期，過得舒服，就要主動靠近他，「其它隊長你都甭搭理」。

李萬年明白，這要還不懂事兒，後果會很嚴重。

擠出一副笑臉，李萬年趕緊表態：「于大您就放心吧，怎麼能不報答您呢？這點事兒我還不明白？我也是在馬三家混過的。您放心，等家裡接見，我讓我家人直接找您。」

「好，你可得對得起我」，于江拍了拍他的肩膀，又拍拍自己胸脯，「什麼時候想打電話就找我，隨時可以打！」

李萬年沒想到，家人沒能按期探視，也沒給他寄錢，不知出了什麼事兒。答應于江的事無法兌現，他明顯感到于江生了氣，李萬年的心吊起來。

唉，這鬼地方，想想就憋氣。這次為了不上這倒楣地方，他在拘留所吞了一大把牙籤，當時拘留所幹的活兒就是包牙籤。結果他算計錯了，滿腸子牙籤，扎得他直打滾，照相卻沒照出來！因為牙籤是木質的，白受罪了，也沒「撞」出去。送到馬三家時，他還直拉黑水呢。不過，聽說有個吞鐵勺子的，馬三家做手術給他取出勺子，腰上纏著繃帶也給送進來了，醫藥費還得自己掏！還有個跳樓的，腳筋斷了，馬三家讓他自己出錢，接上腳筋也送進來了。跟他們比起來，自己就算走運了，沒花錢就當上「四防」，也該知足了。

不久，李萬年知道，家裡確實出了大事兒，他閨女被狗咬

馬三家來信

了，嚇出了精神病。治病就要花幾萬塊，家裡正籌款呢，哪能顧上給他寄錢。李萬年心疼閨女，又著急自己，心裡叫苦，真是禍不單行啊。

3

上海開世博會，倒計時六百天就開始了「嚴打」。和奧運一樣，主要清理外地人。2009年上海抓了很多人，平時算不上什麼的小事兒，上綱上線都給判了勞教。本地關不下，上海只好到處送。

馬三家缺勞教，但不願意要上海人。過去因為伙食不好，上海來的勞教集體絕食抗議，後來還發生過上海勞教控告馬三家警察收賄賂、賣減期，所以馬三家認為南方人維權意識比較強，不願意要他們。

但這次上海白送勞教，每人還倒貼八百塊錢，馬三家當然願意接收了。於是于江很快從上海接回一批南方勞教。

吃過早飯，大廳裡一片嗡嗡嗡，李萬年監督上海來的勞教背誦「23號令」。

九點多，有人舉手報告，要解手。

「憋著吧。」沒找到隊長，李萬年不敢私自做主。

又過了半小時，有人再次報告，實在憋不住了要解手，李萬年只好帶他們去廁所。

剛回來坐下，于江就趿拉著拖鞋，從大閘那頭橫晃著進了大廳。他光著膀子，只穿了條大褲衩。

「于大好！」哈著腰的李萬年馬上跑過去，立正，問好。

于江沉著臉：「誰讓你帶他們去廁所的？」

李萬年支吾著，說沒人讓去。

不由分說，于江上去就是一頓耳光，之後連踢帶踹，李萬年被打翻了。

他邊打邊罵：

「你這個小氣鬼！捨命不捨財，像你這樣不懂事兒的，我會讓你死在三大隊的！」

腳踩著李萬年的腦袋，于江說：「我能整死你，你信不信？」

「信，于大，咋能不信呢，我信。」被于江的拖鞋踩在地上的李萬年趕緊答話。

于江點點頭：「你信就行。」

見李萬年在地上抱頭不動，于江大吼：「起來！去給我面壁反省！」

李萬年趕緊爬起來，瘸著腿找自己的鞋。

接著，于江抱著膀子，對著新來的上海勞教，開始了第一次訓話：

「跟你們講好聽一點，你們現在唯一需要考慮的，就是怎麼樣一天一天從這裡熬出去；講不好聽點，那就是你們要自己核計核計，怎麼樣活著從這裡走出去。」

說完，甩著膀子，于江趿拉著拖鞋回去了。

過了好一會兒，大家才緩過神兒。接著大廳又響起朗讀「23號令」的聲音了。哪還敢說話，誰都不敢抬頭，已經不需要監督了。

趙俊生在小凳子上繃直腰板，不敢扭頭。但是眼珠向右一

轉，就看見了李萬年：站著反省呢，鼻尖頂著牆，躬著的腰努力向上，挺得很直。

4

第二天，李萬年胖腫著耳朵，下車間幹活兒去了。趙俊生看見他的紅袖標給摘掉了。

是呀，需要考慮的是怎樣一天一天從這裡熬出去，還有一年多，怎麼熬呢？趙俊生看得明白，與管教大的關係決定了在三大隊的生存品質，也決定了在馬三家多待一段時間或少待一段時間。

上海來的這些南方人很快就摸清了三大隊的情況。

食堂裡，趙俊生和老汪、老福等幾個南方人在一起嘀咕：

「知道嗎，李萬年才當了一個月的『四防』就被撤了，不花錢的『四防』，袖標不好戴！」

「聽說以前花兩千就能戴上袖標，現在漲價了。」

「錢不能隨便送，一定要送到于大手裡才管用。」

「怎麼給錢呀？」

「不能直接給，先把錢寄到秦隊長那兒，再由秦隊長轉給于大。或者，通過吳貴送上去也行。」

「沒錢上貢，也能混得開，就看表現了。」

「想立功，可以當『點子』呀！」

「聽說吳貴就是『點子』，剛一來就『積極靠攏政府』當了321，小心著點吧！于江總叫他去辦公室下棋。」

「積極靠攏政府」當321，趙俊生是做不來的。他盤算著自己的處境，沒有多少錢，無法用錢來買俏活兒買減期，能做

的也就是別惹麻煩，低調做事兒，少得罪人。

食堂另一頭，有特權的勞教在買「小灶」。所謂「小灶」，就是警察食堂的剩菜，折籮在一個大盆裡，端過來賣給勞教，十五塊錢一份。

「鬼地方，吃點剩菜都得走後門！」

5

趙俊生一到三大隊，就奇怪，法輪功專管隊怎麼這麼多殘疾人？上食堂吃飯時，有一瘸一拐的，有拖著腿一點點往前挪的，還有被架著去的。

他一直以為李明龍就是個殘疾人。

李明龍看起來好像中風的樣子，站不住，哆嗦。老汪架著他進了食堂。

吃飯時，老汪、趙俊生、老福和劉二喜幾個上海來的又嘀咕起來。

老汪說，自己給于江送了七千元，才當上了「四防」，剛剛從車間調進特管室，看管李明龍。

劉二喜說，下月老婆接見，也會讓她帶些錢過來。

「知道嗎？聽說吳貴是走了『水路』（利用男女關係進行賄賂），讓他姐姐找于大……」

「快看！楊英又屁顛顛跟隊長去小賣部了，這傢伙從來不吃食堂的飯，月月拿『紅旗』，這回的『標兵』肯定又是他了。」

旁邊的桌子上，李明龍木木呆呆，他看著自己的飯盆。

老汪看看周圍，指了指李明龍，低聲說，于江「很不人

道」，「給他上抻床，抻了好幾個小時，腿筋都拉傷了，現在讓我們天天幫他鍛煉呢！」

趙俊生很驚訝，原來李明龍不是殘疾人？

「那個抬不起胳膊的『小法輪兒』，也不是殘疾，也是抻床抻的，聽說他是和他媽一起去天安門打橫幅了，他媽關在女所……」

「梁凱也不是殘疾，也是上抻床抻的……」

「抻床是什麼呀？」

「就是你睡覺的那個架子床，床板一卸，就是抻床！」

「啊！？……」

6

第二天，趙俊生和老福被叫到于江的辦公室。

一進辦公室，他倆就看見了老汪，耷拉著腦袋，單膝跪地。

于江瞪圓了眼睛，劈頭就問：「你倆昨天在食堂聽見他說什麼啦？」

壞了，一定是有人打小報告了。趙俊生心裡連喊倒楣，怪不得早上右眼眉跳個不停，果然沒好事兒。

接著，于江把老汪一頓暴打。

看著哭天喊地的老汪，蹲在一旁的趙俊生低下了眼睛。

「你倆都給我睜大眼！好好看著！」于江吼道。

趕緊抬眼，他倆繼續觀看，一動不敢動。

一定是劉二喜告的密，這個唯利是圖的小人！他居然把一起從上海來的給告了，趙俊生心想。

最後，于江打累了，停下來，對他們說：「你們三個都給我滾回去！」

趙俊生腿都蹲麻了。

自從老汪被告密以後，比較抱團的上海幫，互相之間就很戒備了，湊在一起說話，不僅要避著吳貴，也總是小心著劉二喜。

「誰會想到劉二喜是321？不一定還有誰是321呢，動一下舌頭可能被人聽去，撇個嘴可能有人看著，以後說話可要留神！」

表面上不露聲色，趙俊生每天都叮囑自己：千萬別出什麼麻煩，一定要好好活著，早點從馬三家出去。

一天，老福在廁所興奮地告訴趙俊生，「楊英回家了，樓上缺『四防』了，沒准調你上去呢。」

不久，趙俊生從車間被調到了樓上，于江讓他到庫房看管孫毅。於是，趙俊生當了「四防」。

7

過去都想當「四防」，現在李萬年可就不這麼想了。

花錢、獻殷勤、看警察的臉色，這還不算，在三大隊還必須打人。這種生活就像太監一樣，也沒啥意思。

當「四防」就得上貢，至少給當班警察一天一盒菸。自從北京、上海的（勞教）來了之後，警察胃口越吊越高，上貢的菸都是十幾塊的，十塊錢以下的警察根本看不上眼。李勇就說，別人給的我一般都不要，看我的菸！李勇掏出來的，都是好菸。

一盒玉溪，再加上一根香腸、一瓶飲料，班班都這樣，得花多少錢！再說，上貢也不一定能減期。

吳貴經常給想送禮的牽線兒搭橋。他常說，在三大隊光給錢也不一定能減期，還得配合警察轉化法輪功。

「這樣的『四防』，是叫人捉了土鱉（東北方言，指「花錢買罪受」），還不如下車間幹活呢。」

自從下了車間，李萬年也樂得幹活兒。可是，最近為了加快生產進度，車間裡的凳子都給收起來，只能站著幹活。一天站十多個小時，五十多歲的李萬年還真吃不消。

而且于江的眼神兒讓他感到不安。

朝不保夕啊，頭頂像懸了一把劍，隨時都可能掉下來，天天這樣熬著太受罪啦。李萬年盼著家裡寄錢過來，有了錢，心裡就踏實點。

錢終於到了。在一個接見日，家裡來人給李萬年存了兩千塊錢，由高原代管。李萬年琢磨著，趕快把錢取出來，買幾條玉溪菸，趕緊上貢。

8

一天，李萬年正在檢驗縫紉活兒，一個矮胖的黑影在他旁邊停住了，是于江。

玉溪菸還沒送到「鱷魚」嘴裡，是不是要找麻煩了？李萬年心裡打鼓。上次被于江打得耳骨骨折，傷疤現在還癢癢呢。

在外面偷東西都很少慌張，可在三大隊，一看見于江，李萬年心裡就撲騰。這個「三大隊的爺」（指老大的意思），不聲不響就能決定一個人的命運。

沒想到，于江是調他回去當「四防」，樓上缺人，讓他上樓看管孫毅。

李萬年不想去：「于大，還是讓我在下面幹活兒吧。」

于江一瞪眼：「什麼？你想幹啥就幹啥？這是什麼地方？由了你了？！」

在別的大隊可以不當「四防」，在三大隊不想當都不行。

于江帶李萬年上樓，路上對他說：

「他就是你的敵人，也就是你的仇人，如果讓他舒服了，你就該倒楣了，你懂我意思嗎？」

進了庫房，李萬年看見了掛在床鋪前的孫毅，樣子就像耶穌掛在十字架上一樣。

9

他已經觀察好幾天了：水磨石的水槽邊上有一個稜，非常鋒利，把手腕壓在上面，使勁一劃，准能把脈割破！早上洗漱的時候，對著水龍頭漱口，余曉航就這麼想。一了百了，他真想死啊。

水從管子流下，落到盆裡，又一點點漾出來，水盆滿了。最後，余曉航還是撐起手臂，把臉浸到水盆裡，他沒有勇氣。

從此，他特別佩服那些敢自殺的人，「想自殺也得有膽兒啊」。

每隔兩三天，他就挨一頓暴打。

在外面挨打，在新收六大隊挨打，在一所三大隊余曉航還是挨打。小小年紀，他總是皺著眉，耷拉著嘴，聳起窄窄的肩膀。災難隨時會降臨，他躲不開，也抗不住。

大閘那邊有響動，他全身繃緊，耳朵仔細辨別著筒道裡的聲音：是警察交接班了。

又是李勇的班，余曉航的心突突起來。每次李勇上班，都是先上樓收拾他一頓，然後再下樓去吃早飯。有時余曉航就想，一次打死就算了，但每次打完之後，過幾天李勇還過來，總能找到打他的理由，沒完啊。

李勇愛穿板鞋，脫下鞋，用板鞋的立面砍人，打完再穿上。

如果他穿皮鞋，皮鞋總是最亮的。走路輕得很，不知什麼時候，他就站在了你的身後。

「像鬼一樣，穿皮鞋走路怎麼會沒聲兒呢？嚇人啊！」

李勇乾巴瘦，但有一個小肚子可以腆起來。

他走過來了，腆著小肚子，沒有笑容。李勇觀察人非常仔細，眼睛在眼鏡片後面變的有一點點大。有次一個學員腳上的板鞋被他發現多了一道白邊，他上去就搧人巴掌，因為他看出來了：這鞋是家裡送進來的，不是從小賣部買的。小賣部的鞋比外面的貴，隊裡就靠小賣部掙錢呢。

車間裡，只要李勇值班，「四防」們都多長個眼睛，一點兒小事李勇就來硬的。誰都怕李勇。有一次他打一個普教，叫那人用膝蓋跪著走，那人就在車間過道跪著走了一圈兒，最後頭都磕地上了。

還有一次，余曉航撞見李勇打一個法輪功學員。他聽見李勇惡惡地說：

「你死了我也能把你換成錢。」

嚇得余曉航心驚肉跳，人死了咋還能換成錢啊？

10

剛到三大隊，李勇就找余曉航「談心」，因為他是負責思想教育的幹事。定期「談心」，就是警察給勞教們做例行的思想教育。

李勇關心他，問他家庭情況。「家裡有人管嗎？」沒人管是榨不出油水的，「父母做什麼的？收入多嗎？」

最後，李勇讓余曉航放心：

「小夥兒，以後呢，看看，缺啥，你找我，有什麼事兒呢，只要我能做的，有減期我一定想著你。」

「好的，謝謝李幹事。」

余曉航明白，這是暗示他上貢，可他知道家人在外面正給他找關係呢，再等等吧。

沒想到家人找的是高原的娘家人，拐彎抹角送了禮。託了高原的關係，余曉航當上了「四防」，管監舍衛生。

錢沒送到于江手裡，麻煩可就大了。于江找茬兒打過他兩回，已經很少了，李勇打他也是替于江出氣。余曉航家人月月都來看他，上次哥哥還給他送進一條中華菸，於是李勇認為余曉航家裡是有錢的，怎麼就打不出錢，榨不出油水呢？李勇當然生氣。後來那條「中華」就給扣下了，余曉航哪裡還敢要。

一天早上，李勇檢查衛生，專門對余曉航分管的監舍抽查。

一個個疊好的「假相被」被李勇拽到地上，不合格！

余曉航跟在後面，跪在地上，一個一個的整理。噴上水，反覆捏拽被子的邊角，都快捏熟了。他覺得差不多了，就回去睡覺了，因為他前一天晚上值的是夜班。

李勇發現余曉航回去睡覺了，進屋，一把從上鋪把他拽下來，打了他半小時，然後叫他到辦公室寫「檢查」。在辦公室，李勇又抄起辦公桌下的板鞋，抽打余曉航的後腰和脖梗子，肉都打爛了。後來于江來了，他倆又一起用電棍電他。余曉航不停地哀嚎，最後連求饒的力氣都沒有了。

晚上收工後，看到血肉模糊的余曉航，同監舍的人都哭了。有個法輪功學員掏出藏在被窩裡的餅乾：「吃點吧。」

很大的鐵片餅乾，雖然沒有什麼味兒，但那可是好東西。只是余曉航吃不下，他抽嗒著，話都說不出來了。

11

直到家裡終於把錢送到于江手裡，余曉航才安穩地坐在了廁所門口，從此他就在三大隊看廁所了。

廁所裡有舉報箱，那根本用不著看，沒人往裡投舉報信。

白天的廁所裡，不許互相說話，因為于江怕法輪功學員交流。但大家還是趁上廁所的機會悄悄說話，余曉航就睜一隻眼閉一隻眼。

晚上工作清閒，原因是夜裡十點鐘至次日淩晨五點之間，三大隊禁止法輪功學員上廁所。這是于江規定的，防範法輪功學員逃跑。

清早就忙了，憋了一夜，勞教們一大早就急著上廁所。還有拎著暖水瓶或礦泉水瓶倒尿的，那也是要排隊的。

12

十七歲的小崽兒也當上了「四防」，接替老汪管李明龍。

老汪嘴不嚴,「四防」最終還是給撤掉了。

小崽兒沒上貢,但機靈得很。手腳勤快,眉眼都會說話。過去經常拿車間的膠條給隊長警服沾毛毛,隊長一下班,他就端著一大盆警服,吭哧吭哧地洗。現在,他喝上了隊長涮火鍋的剩湯,腰桿也硬了。因為給隊長擦皮鞋,他把自己的鞋也搞得很乾淨,在筒道走起來洋洋得意。他是于江的寵兒。

李明龍上廁所來了,走路的樣子像腦血栓後遺症。

進了廁所,小崽兒一般先不讓李明龍解手。

「先練練蹲起」,小崽兒命令他,李明龍蹲下去很困難。

「別裝,蹲!」

警察認為李明龍的腿是「裝的」,讓小崽兒幫他「鍛煉」。

於是,為了解個手,李明龍一會兒蹲下,一會兒站起來。

最後李明龍在廁所裡小便失禁,褲襠濕了。

一天,李明龍瘸著腿從特管室跑出來,余曉航聽見他嘟囔:

「他打我!他打我!」

李明龍跑到值班室求助,嗚咽著,值班的是秦偉利。余曉航看見瘦瘦的秦偉利劈頭蓋臉就打了李明龍,然後慢悠悠地說:

「誰打你了?我打你了嗎?誰看見我打你了?有人證明嗎?」

余曉航趕緊扭過頭,裝作沒看見。他聽見李明龍嗚咽得更厲害了。

隨後，追出來的小崽兒把李明龍拖回特管室。

門被關嚴了，聲音還是傳出來。他聽見小崽兒逼李明龍罵法輪功師父，罵他自己的父母。怎麼能逼人罵父母呢，余曉航可做不到。

再進廁所時，李明龍拉屎就蹲不下了。

「蹲下！」小崽兒踩他一腳，李明龍就慘叫一聲，小崽兒又踩一腳，就又一聲慘叫，最後李明龍蹲下去了。

「噁心死人！」小崽兒對著解完手的李明龍嚷嚷起來，李明龍用廁坑裡的水洗下身。

他沒有手紙，小崽兒不許任何人給他手紙。余曉航也不敢給。

13

吳貴哼著小曲兒，樂顛顛從大閘那邊回來上廁所，一股濃烈的菸味。

他又被于江叫去下棋了，余曉航想，準有人又倒楣了，他每次去下棋都打「小報告」。

果然，一個叫老郭的法輪功學員被吳貴「彙報」了。老郭「私自串換物品」，給了李明龍一包手紙，違反了《勞教人員生活規範》。

第二天，就聽見于江在筒道裡訓斥老郭：

「你是在支持反改造分子，和政府對著幹！你假裝同情、偽裝善良，你的行為是要嚴懲的！」

接下來，老郭被罰坐小凳了一個多月。

這個老郭經常違反規範，上一次他在筒道遇見李勇，就

被李勇打了兩個耳光，因為「沒有向警察大聲問好」。「23號令」明確規定：第二條、遵守社會公德，講究文明禮貌……

不挨打，不受罰就是幸福了，余曉航安慰自己，過一天少一天吧。

「透露感情，暴露思想」是危險的，親近、同情法輪功就更危險。所以不能和法輪功學員太靠近，不一定哪個321就給打了小報告！劉二喜這個321現在也在筒道值班了，嘰嘰喳喳蹦蹦噠噠的，必須長心眼！

一天，余曉航去庫房送行李，看到乒乓球案下，露出兩隻踩在鞋子上的腳，胖胖腫腫的。他知道球案後面是孫毅。上次他見過孫毅被灌食，這次看來又因為什麼給掛上了。

動不動就給人掛幾個月，誰不害怕呢？如果是正常人，一天都受不了啊，何況是幾個月，嚇人啊！余曉航認為孫毅有點較真兒，但心裡還是佩服。

他想把自己的一雙大號毛襪子送給孫毅，他掏出了襪子。

餘光中，他發現劉二喜好像在門外盯著他呢。猶豫了一下，余曉航最後還是把襪子塞回了行李。

馬三家來信

七、魯大慶擦了宣誓欄

1

「不好了！出大事兒了！」劉二喜在大廳喊起來。

坐在廁所門口值班的余曉航一探出頭，一看，魯大慶端著臉盆，用毛巾把宣誓欄的簽名給擦去了一大半。

擦宣誓欄是魯大慶蓄謀已久的。

過完「十一」不久的一天早上，洗漱的時候，魯大慶拿著事先準備好的濕毛巾，一聲不響徑直走到宣誓欄前，擦掉了上面連自己在內的很多法輪功學員的名字，還沒擦完，就被劉二喜發現了。

「出大事兒了！」劉二喜一邊叫警察，一邊拽住魯大慶，踹了他一腳。

魯大慶瞪劉二喜：

「狗！」

劉二喜有些害怕了，小聲說：「如果我不打你，我就要挨打了。」

當班警察都來了。

「我寫的『三書』作廢！我的宣誓作廢！」魯大慶有些激動，「愛怎麼樣怎麼樣！」

「你不就想死嗎？」高原搧了他幾個電炮，「看我不整死你！在我班上給我折騰！」

鼻子和嘴一下就出血了，魯大慶被打趴在地。

黑色的皮鞋都踩在他身上。郝隊長也動手了，他很結實，

據他自己說會散打，但魯大慶感覺他的腿腳軟綿綿的，沒什麼力氣。

「大不了一死，隨便打吧」，魯大慶閉上眼睛，心裡想著，「打死算了，活著更痛苦，我要做李洪志師父的弟子。」

但是于江不會讓魯大慶死。

2

剛從外地學習回來的于江，已經是馬三家「優秀幹警」、做轉化工作的「專家」了。「過去，馬三家女所的轉化工作比男所做得好，男所轉化不了的都往女所送」，現在，三大隊也趕上來，積累了很多經驗。通過與兄弟單位的交流，于江對自己的「轉化工作」信心十足。

他叫來了李勇和秦偉利，給魯大慶上抻床。

二十分鐘後，從抻床上下來的魯大慶一動不動。幾個「四防」都弄不動他，魯大慶長得膀大腰圓。

「趕緊！」于江對「四防」嚷起來：「趕緊給他活動活動！不然就廢了！」

幾個「四防」上來。踩胳膊、踩腿，把他的腿抬起來九十度，來回來去的彎，挨排兒捏他的每根手指。

魯大慶閉眼睛，不動。

胥大夫過來了。

量血壓。「沒事兒。」闔上鐵盒胥大夫就走了。

魯大慶的身體可以繼續承受抻床，于江放心了。

上大掛　言午寺／繪

　　接著來。

　　這次抻的時間長，直到魯大慶不動了，李勇小聲說，好像
昏過去了。

　　于江看看秦偉利，秦偉利就上去扒拉魯大慶。沒有反應，
手冰涼，秦偉利又翻翻眼皮，碰碰鼻子，把把脈，最後他對于
江搖了搖頭。于江這才示意放下魯大慶。

「四防」蹲在魯大慶身邊。招人中，扶他坐起來，給他灌水，給他活動腿，活動胳膊，魯大慶任其擺佈。「四防」們把他胳膊搭在他們肩頭，讓他走路，他還是不動。他們就拉著魯大慶蹲、起立，幾個人都出汗了，也沒辦法。最後魯大慶被拖回特管室，扔到床上。

工業氧氣瓶被推進特管室，胥大夫又來了。

檢查。這次，慢騰騰的胥大夫終於說：

「心臟不是太好，不適合上抻床。」

那天睡覺很早，從那以後不再上抻床了。

到能站起來的時候，魯大慶就給掛上了。

站在床邊，胳膊伸直，雙手戴銬掛起來。除了吃飯、大小便，直到睡覺，就這樣一直站著。

從此，魯大慶開始了他長達八個月的「大掛」生活。

3

「還上什麼廁所！有屎尿憋著！」

及時解手，吃上一頓飽飯，這都是奢望了。

「就你這體格，得有一百六七十斤」，于江說，「餓些日子沒問題，又不幹活兒，吃那麼多幹啥！」

早晨的一塊「大發」和一勺粥，頂一天，中午沒有飯，已經幾個月了，晚上也開始斷頓。

深夜睡覺以前，魯大慶餓得頭昏眼花，肚子剛開始還咕咕叫，後來不叫了，叫也沒有吃的。

渴了不敢喝水，越喝越餓，除非實在口渴，魯大慶才要水喝。

馬三家來信

「四防」也不願意給他水，一是不願靠近他，太髒、太臭，二是喝水後又要撒尿，給他們找麻煩。

為了增加「掛」的時間，于江規定，除非大便，不許放他下來。

以前每次小便還能趁機下來活動活動，現在小便也讓「四防」接了。兩個「四防」經常互相推諉，誰也不願意接尿。

一次給他解褲子，那個接尿的當時就吐了，「太臭了！」幾個月不洗臉刷牙、不洗澡不換內衣，被汙泥和汗水浸透的褲子都變得硬邦邦的，氣味難聞極了。

胥大夫經常對魯大慶說：「就你這體格，沒事兒。」但輪到于江不當班，胥大夫就叫「四防」：「今天星期天，給他打份飯啊。」

魯人慶感覺自己「真像是要飯的」。他向「四防」討要他們吃剩的東西，他們喝剩的湯底他也想喝，他不嫌。「只要能對付肚子少挨餓就行，只要有勁兒站著就行，不能屈服。」

看他可憐，「四防」有時也給他多打一塊「大發」。

想起一位給過他餅乾的「四防」，魯大慶總是很內疚。

那是福建的一個小偷兒，動作飛快，他把餅乾塞進魯大慶的衣服，囑咐他：「一會兒到廁所吃去！」

不知被誰告發了。調出監控後，給魯大慶餅乾的事兒就被發現了，那小偷兒被電棍電了很長時間。

從那兒以後，沒人再敢給他東西吃了。

魯大慶看見「四防」把吃不了的「饅頭」塞進速食麵袋，帶出去扔了（勞教所隨意扔饅頭，是違規的）。

4

2009年，馬三家的冬天。

特管室門上的小窗貼著半透明花紋紙，不許勞教往裡看。屋裡氣味渾濁，不許開門。「四防」只好開窗放空氣，寒風颳進來，冷得很。

魯大慶的手凍傷了，碰到銬子就疼到骨頭裡。

站在背陰處，魯大慶想，籠養的牲畜在籠子裡還能轉兩圈呢，自己被掛著，一步都動不了！

白天，他看著溫溫的陽光從窗戶斜進來，照在看管他的「四防」身上。

等到下午，陽光慢慢挪到魯大慶的肩膀上，雖然只有一小會兒，還是有些暖意。挪到房門的時候，陽光就變得稀薄，然後很快黯淡下去。

冬天外面黑得早，慘白的日光燈亮起來。

魯大慶每天都是最後一個睡覺。

「于大說了，不到點不能放你下來。」李勇總是這樣說，輪到他值班，魯大慶就更難受一些。好不容易熬到睡覺躺下，感覺好像還沒睡呢，又被第一個弄醒。凌晨不到四點，魯大慶又給拉起來，掛上了。

5

一直不認錯，于江不讓魯大慶睡覺了。過了半夜也不放他下來。第二天又是一宿。

每隔一小時，大閘門就嘩啦啦響一次。這是筒道夜裡有規律的聲音。警察查崗，簽到，偶爾還有警察罵罵咧咧打「四

防」的聲音，夜班「四防」經常偷著打盹兒。

　　白天亂亂哄哄還好過點，夜裡就難了。最難熬的是天快亮那段時間，分分秒秒好像都膠住了。值班警察沒了聲響，「四防」耷拉著腦袋，只有慘澹的日光燈照著魯大慶，死一般寂靜。

　　又冷又餓，魯大慶渾身哆嗦起來。

　　這樣掛著身體真苦啊，可是，一想到在宣誓欄前宣誓，魯大慶就覺得那比殺了他還痛苦。

　　身體雖然苦，挨餓，但不用宣誓，不用看誹謗大法和師父的電視，不用喊汙辱大法的口號，不用寫「三書」，不用蹲著和警察說話，不用跪著疊「假相被」，不用因為床單的一個褶沒鋪平就挨打，不用沒完沒了坐小凳背「23號令」……這樣想想，魯大慶寧可天天上「大掛」。

　　于江吩咐「四防」，繼續不讓他睡覺。又是一夜。于江的話就像聖旨，沒人敢放他下來。

　　這天值班的警察是老安頭，他年齡最大、工齡最長，一輩子也沒混上個小官兒，雖然無權，卻沒人敢惹他。

　　「睡覺！」老安頭喊「四防」：「幾點了還不睡覺，睡覺！」

　　「于大不讓他睡。」「四防」說。

　　「把人放下來！」

　　「于大不讓放。」

　　「給我放下，聽見沒有！」

　　老安頭罵起來：「我都快退休了，別在我班上出事兒！死

我班上咋辦！」

「聽見沒有？過來拿（手銬）鑰匙！要不我自己過去了！」

縣官不如現管，「四防」不敢不聽。

這樣，魯大慶終於睡上了四個小時，他已經幾十個小時沒睡覺了。

第二天，于江踢門進來，對著魯大慶就踹：「算你小子便宜，這次沒整死你，以後別想有這好事！你不是有剛兒嗎？這就成全你！我看誰再敢放你下來睡覺！……」

6

腳面一按一個坑，變成了紫色，魯大慶的小腿和腳全腫了。

「需要躺一躺。」胥大夫說。

於是魯大慶平躺下來。

頭剛挨上枕頭，于江來了。

他翻開魯大慶的褲子，按了按他的腿，用雙手把魯大慶的枕頭撤下來，然後給他墊在腳下，「墊高才能消腫呢，這樣好得快」。

高墊雙腳，伸展開四肢，魯大慶仰面躺著，從來還沒有大白天就這麼舒坦呢。

不一會兒，高原來了，拿來了開口器。魯大慶很奇怪，我沒絕食呀，怎麼給我戴開口器？

這是于江的指示。

嘴一下就給撐開了，上顎流出很多液體，堵住了嗓子眼

兒。咳嗽不了，吐不出來，太陽穴疼，腦袋也疼，頭蓋骨像裂開了一樣。魯大慶呼吸困難，身體不由自主亂動，像條離開水的魚。

「四防」看他折騰，趕緊找隊長。

胥大夫來了。

「心臟不好，不適合用開口器。」

於是，魯大慶又被掛上了。

天天閉眼站著，魯大慶默念正法口訣。

所部領導來檢查。突然一個掄拳，狠狠砸向他胸口。魯大慶還是沒睜眼。

領導走後，疼痛難忍的魯大慶問「四防」：

「誰打我？」

「所裡的教導員。」

第二天早上，魯大慶心臟難受，被打過的地方疼。他大口喘著氣。「四防」去請示了兩次，都不讓放他下來。丁江值班，他想試一下魯大慶的極限。

魯大慶感覺心臟疼，疼、疼、疼……後來熱，火燒火燎的熱、熱、熱……血往上衝，呼吸困難。魯大慶感覺連接心臟的線好像快斷了，感覺自己的身體像氣球一樣，慢慢飄起來，飄向一個巨大的黑洞，黑洞漸漸變亮，越來越亮。他愜意地向上飄，越來越高。俯身遙望，日光燈下，有個穿著勞教服的他，銬在架子床上，人已經癱下去了……「四防」慌張跑出門，在喊警察……

「快放下來！」

「快點！」于江親自跑過來，「趕快把他放地上！」

不知過了多久，魯大慶突然感到一沉，瞬間落回自己的身體，又能感受到心臟的絞痛了，他活過來了。

幾天後，于江看魯大慶身體沒事兒，又給他「掛」上了。

7

王維民帶魯大慶去接見室的時候，魯大慶還以為是家人來看他呢。

來的不是家人，是家鄉縣法院的，魯大慶的媳婦提出離婚了。

離婚的理由：一是魯大慶被勞教，不能照顧家，媳婦一人帶著孩子，沒有男人無法生活；二是婆婆去世，媳婦夜裡一個人睡覺害怕。

法院讓魯大慶簽字，魯大慶不簽。

走出接見室，王維民告訴魯大慶，你媳婦和你哥哥上次就來了，還給你帶了餃子，你改造態度不好，也不能讓他們見你呀。

8

只有想到師父，魯大慶才會難受，而且落淚。

他想起師父講法的聲音，慈悲而洪亮，不知不覺又落淚了，眼淚止不住地流。

站立中，有時實在無法堅持，師父就點化他做「金猴分身」（法輪功第一套功法動作）。戴著手銬煉一會兒功，很快他就有了力氣。有時他想「抱輪」（法輪功第二套功法）的動

作，一個動作能想一個多小時，也舒服一些。

忍不住打個盹兒，一覺醒來，他看看自己，膝蓋居然都不彎，整個身體還是直直的。

十年沒看過書了，可惜會背的法太少。他只記得一些經文片段，九字真言（法輪大法好真善忍好），正法口訣（法正乾坤，邪惡全滅。法正天地，現世現報），他才剛剛知道。

但他發現，只要念誦師父的任何一句話，法的威力就無窮無盡。

開始念力微弱，多次默誦後，他就感到，法帶著強大的威力，從生命最深處穿透過來。灰暗陰邪的物質在法光照射下煙消雲散，他的整個空間場越來越純淨。空明中開始轟鳴，那是法輪在旋轉了，神威轉動，通天徹地，震懾蒼宇大穹。強大的能量通透全身，就像過電一樣，一層一層，一層一層快速地從裡向外擴散，他感到自己在宇宙中層層突破。

他被高能量物質充實著，巨大的能量場與宇宙貫通，餓、渴、困、乏、冷等等對他已經沒有任何制約。銬了打開了，滯重的肉身飄在曠宇中，輕得像一片羽毛。漸漸地，內心也越來越空無寧靜，神聖的光輝籠罩著他，美妙殊勝，難以言表……

「魯大慶！魯大慶！」

一個急促的聲音在叫他。

霎那間，他感覺自己飛速穿越了漫漫時空，回到人間，回到了馬三家勞教所的特管室。

原來是李萬年，他找機會進了特管室，迅速把一截火腿腸塞進魯大慶的嘴裡：趕快吃！別讓人看見了。

八、左眼皮跳跳

1

筒道裡的洗漱聲一浪接一浪，勞教們興奮地熙攘著，一隊隊到庫房取行李。每天就盼著這一刻，又熬過了一天，終於熬到這短短幾個小時的睡覺時間了。

一挨枕頭，就可以進入不受打擾的空間，就能暫時逃離馬三家了。

漸漸靜下來的筒道，鼾聲響起來。

然而孫毅的一天沒有結束。

他被擋在乒乓球案後面，銬在床欄杆上站著，已經一百多個小時沒下「大掛」了。

剛剛當上大隊長的井向榮，當然想做出點成績，所以孫毅又被加大了「教育感化」的力度。

這是孫毅在馬三家的第二個冬天，2009年冬天。

大風嗷嗷，窗外漆黑一片。

勞教所的夜晚沒有黑暗。棚上的日光燈亮得刺眼，近距離看著白牆，眼睛一會兒就酸脹了。

窗外的風小一些的時候，頭頂日光燈的聲音就吵起來，「嗞嗞嗡嗡」，單調的頻率顯得時間更漫長了。每一分鐘都難熬難耐，直到隊長的鑰匙突然響起來，孫毅才知道，其實剛剛只過了一個小時，一小時一查崗。

「查崗！」打蔫的李萬年趕緊振作起來，在門和床之間不

到三米的地方，他快速走著，來來回回，就像籠中的困獸。

終於，窗外朦朦發灰，然後一點點泛白。房間裡的燈不那麼刺眼了，颳了一夜的風消停了。

又熬過一夜，五天五夜。隨著筒道裡起床洗漱的聲音，新的一天又以勞教們的抱怨與咒罵開始了。

胥大夫來了，孫毅被放下來，例行身體檢查。

胥大夫示意他露出右胳膊，伸直肘部，然後打開血壓計，給孫毅纏上綠色充氣帶。孫毅的胳膊又乾又瘦，皺得就像老人的皮膚。

一絲不苟看著血壓表，最後胥大夫闔上鐵盒，說了一句，「把床搖上去，躺下控控腿吧。」

孫毅的雙腳已經腫得像巨型麵包了。

2

七天七夜之後，孫毅被允許每天睡幾個小時。于江規定，十二點之後才可以睡覺。

趕上老安頭的班，九點鐘大閘那邊就喊起來：

「李萬年！」

「到！」

「檢查窗欄杆！」

「是！」

每天晚上，于江要求值班警察檢查所有窗欄杆，檢查是否被鋸過，因為上次就是窗欄杆被鋸了才跑的人。

「管什麼用啊，瞎扯！」老安頭嘟囔著，一般他都讓「四防」代查，不親自去。

「報告隊長，沒問題！」李萬年說。

接著老安頭喊道：「取行李！睡覺！」

李萬年樂了：「謝謝安隊長！」

今天可以早點睡了。

3

「你就願意像狗一樣被鏈著？是不是這麼待著舒服啊？」

一進屋看到孫毅掛在床邊，王維民經常就這樣說，「我看就是對你們太仁慈了，我要是江澤民，早把你們拉出去突突了，還費勁兒轉化你們！」

王維民認為自己才是真正的共產黨員，「黨內是有貪官有腐敗分子，我可是為人民服務的！」

他拿來指甲刀、刮鬍刀，讓孫毅坐下，剪指甲，「改造是改造，活得也得像個人樣兒。」

孫毅發現自己一坐下，反而不太習慣了。天天站立，身體對「大掛」這種畸形狀態已經適應，腰變得堅硬有力，不能打彎，見到凳子也不想坐了。

長期不剪指甲，腳趾甲長得拖了地，手指甲一稜一稜，凸凹不平。

留頭髮和鬍子就意味著恢復做人的尊嚴，頭髮和鬍子必須定期剪理，嚴管期間，更不能破壞勞教的規矩。

剃完鬍子，王維民吩咐李萬年：「給他理理髮！」

4

「左眼皮跳跳，

好事要來到，

不是要升官，

就是快要發財了……」

一聽筒道裡傳來的歌聲，就知道是高原值班，這是高原的手機鈴聲。

李萬年小聲罵起來：「這小子一天到晚就想發財，雁過拔毛，吃肉都不吐骨頭！」

高原管現金，勞教家裡寄來郵件，高原都要從個人帳上扣除四十元，「取郵包的路費」。前兩天李萬年想多取些錢，不得不告訴高原，說是準備給于江買菸。

高原說：「你既然這麼懂事兒，應該知道，按規定每月你只能取五十元錢票。取這麼多錢，我是給了你面子的。」

李萬年當然懂事，留了二百元給高原。

終於從高原那裡取到了一千三百元錢票。李萬年想辦法託另一隊長，用一千元從外面買進四條玉溪，然後悄悄放到庫房，等合適的機會交給于江。

不久，李萬年向高原再次申請取錢，高原瞪眼說：「帳上沒錢了。」他一瞪眼，眼白就比眼黑多很多，「像狼眼一樣」。

李萬年只能認帳。

不過，把菸交給于江後，李萬年心裡踏實多了，也敢和孫毅聊天了。

5

李萬年佩服法輪功學員，他對孫毅說：「知道嗎？王維民

其實也佩服你呢，有一次他說你上『大掛』居然熬過了八天九夜，太有剛兒了……」

站在被掛著的孫毅面前，李萬年比比劃劃，說得眉飛色舞。

李萬年講起他在家門口收到過一張「六四」的光碟，聽人說還有個《九評》，想看看，也不知哪裡能找到。他一直想找法輪功學員。到了一大隊，沒有法輪功，沒想到于江就給他調到三大隊了，全是法輪功！可又不讓隨便說話。沒想到，這次又讓他管法輪功了！但還是不許和法輪功聊天，他憋壞了。

他見過女法輪功，那還是1999年他在老六大隊。那時六大隊隔不遠就是女所，女隊和男隊之間沒有圍牆，樓前空場有一個垃圾堆，男勞教和女勞教都在那兒倒垃圾。一個大冷天，他看到帶紅袖標的女「四防」在雪地裡抽打幾個女勞教。那些女勞教很多都戴著眼鏡兒，看起來和一般勞教不一樣，像是教師的樣子。後來知道，那都是法輪功學員，看著面善的。當時他就想，對這樣的人怎麼下得去手呢？哎，那時候女法輪兒真多啊……

說起偷東西，李萬年津津樂道。

「勞教所是個大染缸，警察和勞教人員互相學習。早些年，勞教所出外役，警察看見路邊停著幾輛自行車，就讓勞教給搬上拖拉機，拉回勞教所；警察和勞教們從市場路過，什麼吃的用的就都『拿』回來了，回來一起吃喝……」

「我偷東西，可我不偷好人的東西。有時翻包一看裡面的東西，就知道不是什麼好人，貪官的錢就應該偷……」

「最恨到醫院去盜竊的小偷啦！治病的錢救命的錢怎麼能

偷呢，傷天害理呀。」

「唉，這回閨女知道她爸是小偷了。」

李萬年非常在意他閨女，閨女以前不知道他爸偷錢包，這回知道了。李萬年很難受。想起來他最恨鄧小平了，鄧小平搞「嚴打」，毀了他一生。過去他是鐵路職工，脾氣不好愛打架，八三年「嚴打」，打個架就給判了四年。他在監獄裡學會了盜竊，出來後找不到工作，只好開始偷，判了幾次勞教了。鄧小平害了多少人啊，他一個朋友本來是正常談朋友搞對象，「嚴打」時也給判了，說他耍流氓。

要不是「嚴打」，他不會成為小偷的。弄到裡面人就學壞了，「鄧小平真毀人！」

「你說這小偷，偷誰不行，偏偏偷了瀋陽軍區司令的公事包，裡面有胡錦濤的手諭，結果這回瀋陽被責令『嚴打』，連『順』兩根蔥的都給弄進來了。那個吳貴賭錢輸了，砸了幾塊玻璃，就給勞教進來了。不過吳貴也太愛佔小便宜了，看見礦泉水瓶，擰開就喝，不管誰的他都喝，也不嫌髒，真不講究，什麼便宜都佔……」

搖頭晃腦，李萬年正說得高興，「咣」一下，于江踢門衝進來，上去就一巴掌。

「我讓你幹什麼來了？讓你聊天來了？」

不准和法輪功學員說話是三大隊的紀律，和他們說話意味著界限不清，立場有問題。

「聊得挺好呀，繼續聊，接著聊啊。」又一巴掌。

「于大于大，我錯了，」李萬年苦著臉，「都怪我這張臭嘴不爭氣。」

「我沒管住自己這張臭嘴，該打，該打。」李萬年開始自己抽自己的嘴巴了，胡亂編理由：「我閨女讓狗咬了，心裡著急，把紀律給忘了。」

　　于江看著他：「編，繼續編，繼續！」

　　「這絕對是最後一次，我保證，于大，再給我一次機會吧。」

　　于江知道他編理由撒謊，李萬年也知道于江知道，但他還是編、檢討、發誓、作保證。

　　「于大，我錯了，我發誓，以後再也不違反規定了，我發誓，下次再也不敢了。」

　　就這麼一下下自己搧自己耳光，李萬年手都打疼了。

　　于江不制止，瞪眼看著他，最後摔門走了，李萬年這才住了手。

　　于江再來時，李萬年還是低頭哈腰，似乎很怕他的樣子。其實他最瞧不起的就是于江了，「這條鱷魚！真惡呀，比我見過的最壞的『四防』都壞！」

　　從此以後，李萬年和孫毅講話就非常小心了。

　　背著監控，他壓低聲音，不時用鷹一樣的眼睛瞟著房門。外面稍有響聲，他就霍地直起身，迅速跑向門口，凝神聽一下，很快轉過身，高聲訓斥孫毅：「站好了！」

　　這是為了表現自己「立場堅定，愛恨分明」。

　　門隨時會被突然踢開，于江可能就在外面偷聽，要十分小心。

　　李勇也喜歡在窗戶後面偷聽，「像鬼一樣沒有聲音」，也

要十分小心的。

6

趙俊生就不會犯李萬年這種錯誤，他知道自己當「四防」不容易。

上次王紅宇值班，跟「四防」要礦泉水。「四防」當時沒有存貨，王紅宇就沒要到，氣得在筒道裡結結巴巴地罵：

「這幫窮鬼，都想不想幹了？明天全讓你們下車間幹活兒。誰有錢誰上來！」

趙俊生聽得明白，沒花錢當上的「四防」都不穩當，隨時都能給撸下來。

所以為了避嫌，趙俊生很少和孫毅說話。

觀察窗突然被拉開。

「李幹事好！」趙俊生趕緊站起來，對著小窗口立正高喊。雖然沒有準備，趙俊生反應還是非常快。小窗口後面是李勇。

「嗯，你出來一下。」李勇說。

趙俊生鬆了一口氣，虧得自己剛才什麼都沒幹。

因為字寫得工整，趙俊生經常被李勇叫出去，給警察編寫《幫教日記》、《對法輪功學員進行教育談話的記錄》及《工作彙報》。其實就是照著參考資料抄，抄得多了，趙俊生提筆就會寫：

「『法輪功』習練者來到⋯所二大隊後，絕大多數都先後轉變了。」

「一所三大隊的管教幹部對他們的關心幫助和教育，使他們感受到了黨的關懷和溫暖，認清了『法輪功』殘害生命、破壞家庭、危害社會的本質，使他們最終擺脫了『法輪功』邪教的精神控制，從無視人間常情的癡迷狀態，轉化為感情豐富的正常人。」

他甚至還照抄報紙的文章，給三大隊編寫教育轉化的宣傳稿：

「這裡有一群人，頭頂著國徽，身穿著警服，用青春和熱情譜寫了一曲『教育、感化、挽救』的新篇章。」

趙俊生非常明白，他和孫毅的界線表面上一定要劃清。

7

那天下大雪。

李勇叫孫毅去心理矯正室，簽考核。給孫毅一個「黑旗」，「表現不好，加期五天」。他們讓孫毅簽字表示同意。

真是荒唐的流氓邏輯，孫毅心想，三大隊虐待人，還要讓受害者簽字認可這種虐待！

聽到孫毅說不簽，李勇一下子從座位上蹦起來：

「那就啥也別說了，有日子沒上抻床了，想了吧？我看是得給你活動活動筋骨了。」

教育感化　言午寺／繪

　　他推搡著孫毅出了心理矯正室，走出大閘，向大隊長辦公室走去。經過樓梯間時，冷不丁，孫毅翻身越過樓梯扶手，大頭朝下摔到了三樓。

　　醒來時，屋裡白亮亮的。孫毅發現自己左手被銬在床頭，右手銬在床尾部，腰眼兒硌在了方稜的硬物上。他知道，又上了「死人床」。

李萬年告訴孫毅，他已經昏迷了六天，現在在特管室，他和魯大慶換房了，魯大慶在庫房。

窗外白亮亮的，又下雪了。

「怎麼不打飯？」中午王紅宇進來問李萬年。

「于大不讓他吃。」李萬年回答。

王紅宇愣了一下，然後眨眨眼，很快反應過來，「噢，他想吃飯，也不能給他吃，該辦的事兒還沒辦呢。」

于江不讓孫毅吃飯，對外宣稱孫毅又絕食了。

8

夜裡老做關於水的夢，渴。

夢見自己從天上快速俯衝進一個葡萄園，葡萄撞在臉上擊碎了，葡萄汁迸出來，他用嘴急切地舔舐吸吮著；他還夢見了桃子，肉質肥厚，汁液甜蜜⋯⋯

想咽口唾液，沒有，一點唾液都沒有，嗓子乾得冒煙，舌苔奇厚，起燎泡，嘴裡像吃了白石灰，嘴唇和舌頭碰在一起，就像石頭碰到了石頭。

饑渴真的能改變人認識世界的角度。

孫毅發現自己閃出個念頭，這個念頭把整個世界分成能吃的和不能吃的，基本上都是能吃的。只要能吞進嘴裡，能咬得動的，什麼都想吃，孫毅理解什麼叫饑不擇食了。

孫毅的牙齦出了很多血。胥大夫說：「刷個牙吧。」

一年多沒刷過牙了。看見牙膏，孫毅驚奇地發現，自己竟想把牙膏吞下去！這是可以吃的，而且，那麼甜，那麼清涼。

他發現肉身有自己的思維和邏輯，如果沒有強大的意志，

肉身將按照自己的邏輯行事。

必須分清自己的意識和肉身的意識，必須用自己的意識戰勝肉身的意識，這是孫毅心中不斷提醒自己的，因為于江就是想用饑餓這種辦法使他屈服於肉身的意識，而肉身太脆弱了。

餓了一週後，胥大夫開始給孫毅灌食。每天鼻飼一次流食，這是于江的指示，能維持他的基本體徵正常就可以了。

面對被銬在「死人床」上的孫毅，胥大夫說：「看來你是離不開這張床了。」

接下來，孫毅在這張「死人床」上，被銬了整整四個月。從2009年冬天到2010年春天，又一個漫長寒冷的冬季。

9

在勞教所，余曉航認為最好吃的是速食麵。可以有多種口味，牛肉的、小雞燉蘑菇的、紅燒排骨的，全少不是一個味兒啊，這些人造的香味，讓他回憶起各種好吃的東西。

但對大多數勞教，吃餃子是最大的念想。餃了解饞，而且只要吃上了餃子，就是又過了一年，離家就更近了。這個大年初一，勞教們終於吃上了餃子。每人分到十幾個，雖然不管飽，還是有油水的。白菜肥肉餡兒，豬腸子上的爛肥肉，也是很香了。

但過節的這頓改善，很多人沒福享受，反而比平時更虛弱憔悴了。因為油水大，腸胃不適應，又喝不上熱水，自然就跑肚拉稀了。

廁所忙碌起來。坐在廁所門口，余曉航看著監舍門裡一個個探出頭，喊著報告要上廁所，「拉肚子了！」

李明龍也是幾個餃子下肚就承受不住，跑肚了。

到了廁所，不許他馬上解手，小崽兒故意調理他，「先原地立正踏步走。」「罵罵你師父再上廁所。」

李明龍又拉褲子裡了。

最後小崽兒讓他上了廁所，還是沒有手紙。

10

「今兒可得老實點！」

李勇用黃色膠帶把魯大慶的嘴一圈一圈纏上，然後把他卸下大掛，戴上背銬，推過大閘，關進了隊長休息室。

一會兒，「死人床」上的孫毅也給躺著推進來，嘴上也是纏著膠帶，只留鼻孔呼吸。

把他倆反鎖在休息室，于江就放心了，不用再擔心這倆人向上級領導喊冤了。過年期間，省司法廳、勞教局等上級領導來勞教所檢查，這是三大隊最緊張的時候。

檢查團走後，他們被轉移回來，撕下膠條，臉上的汗毛都給黏下來了。

晚上，三大隊開聯歡會，警察都去了大廳。

李萬年背著監控，迅速把一團東西塞進孫毅嘴裡，一個米飯揉成的糰子，攥在手裡很久了，還溫熱著。

這是過節「改善」的米飯。

大廳那邊傳來歌聲。

在唱完一首首鏗鏘有力的紅歌之後，畫家同修唱了一首蒙古民歌：

美麗的草原我的家

水青草肥我愛她

草原就像綠色的海

氈房就像白蓮花

……

這首歌讓勞教們非常放鬆，大家都跟著唱，大廳裡終於有
了一點過節的氣氛。

「別唱了！」

突然于江在後面吼起來：「以後不許唱這種歌！」

唱這首民歌說明「思想轉化不到位」，于江氣急敗壞地
對著大廳裡的法輪功學員喊道：「你們沒有一個是真心轉化
的！」

從那以後，于江規定，娛樂的時候只能唱三首紅歌：《沒
有共產黨就沒有新中國》、《五星紅旗》、《社會主義好》，
其它歌曲一律不准唱。

11

上廁所的時候，李萬年湊近田貴德，低聲嘀咕了一句：
「功修有路心為徑。」這是孫毅教他背的。

田貴德看了看李萬年，有點吃驚，他和李萬年不熟，剛才
李萬年說的是法輪功師父的詩啊。

李萬年就這樣和田貴德接上了頭。

「孫毅讓我給你帶個好。」李萬年小聲說，然後瞥了瞥廁
所門口值班的余曉航。

余曉航早看見他倆說話了，故意把頭扭向一邊，由著他倆
說。

「他怎麼樣？」田貴德知道他看管孫毅。

「他挨餓呢，于大不給他飯吃。」李萬年說，他知道孫毅和田貴德是好朋友。

幾天後，早上放行李，田貴德故意走在最後，和李萬年打個照面。他摸摸行李，遞個眼色，小聲自語道：「大法無邊苦作舟。」

這是「功修有路心為徑」的下一句，李萬年明白，這是暗語。

隨後李萬年找機會進到庫房，把手伸進田貴德的行李裡揣摸，果然有幾根火腿腸藏在裡面，他迅速取出，塞進了自己的行李。

12

看見勞教們小心翼翼縮著脖子，溜著牆邊來上廁所，余曉航就知道，李勇一定在什麼地方盯著呢。李勇值班時，如果誰在筒道沒走直角，那就是自己找挨打了。一看見李勇，勞教們都下意識趕緊手貼褲線，走碎步。

果然，李勇站在筒道的一個黑暗角落裡。他監督勞教們拿行李回監舍，每個經過他身邊的勞教都停一下，低頭喊：「李幹事好！」

田貴德抱著行李，慢騰騰過來了。

李勇盯著他，上去就把他眼鏡打了下來，田貴德沒有向李勇問好。

夾著行李，田貴德不慌不忙撿起眼鏡，直起腰，戴上，扶

好，然後他看著李勇眼鏡片後面的眼睛。

李勇有點慌，抬起的手又放下了，他對田貴德說：「不許用那種眼神看我！」

第四章 —

回家

「看，野雞！」

李萬年站在窗前，眼睛放了光。

趙俊生過來看了看，「還真是野雞。」

「看，大野雞還帶了幾隻小的，」李萬年激動地說，「這雞真傻，等我出去後到這兒來抓牠幾隻！」

於是他倆對著田野盡頭幾個閃動的小黑點兒，開始聊起了野雞。

孫隊長進來了，李萬年趕快指給他：「看，野雞！」

孫隊長眼神兒好，他端詳了一會兒，「什麼野雞呀，快開春了，一個人拿鎬頭挖土呢，一下一下的，瞧你們什麼眼神兒！」

於是他們就不再談論野雞了。

有時，李萬年在馬路上發現了一個三蹦子：「看，紅色的！」

有時，李萬年興奮地喊：「快來看，一個女的！」

孫毅對窗外已經不再好奇。

近視六百度，被沒收眼鏡的孫毅就是看也看不到什麼。單調的田野，什麼都一片迷茫。冬天白茫茫的，有雪的時候就顯得亮些，白天晚上都會亮一些，夏天綠茫茫的，總之外面永遠茫茫一片。

窗外的田野，正一天天變綠。

霧濛濛的天也有晴朗的時候。

在晴朗的日子，特管室窗戶的一塊玻璃，就把一團太陽光斑反射進來。最先照到的是特管室右邊的一個床頭，慢慢移過來，陽光在地上躓躓爬過，每一步的含義李萬年都能讀出來。

陽光剛到床欄杆，離打飯還得有一會兒呢。

當光斑爬過床腿，一塊有裂紋的地磚就明亮起來，該去打午飯了。儘管菜裡沒有一滴油，大家還是一分一秒盼著快點兒開飯。吃完上一頓就盼下一頓。

打飯時讓趙俊生替班，李萬年就可以出去溜達了，這是他最高興的事兒。去廁所倒尿他也高興，就跟放風一樣。因為不准孫毅出去解手，他只能尿在礦泉水瓶裡。

快打晚飯的時候，光斑就從地磚上消失了。

每天太陽都會偏一點，一天挪一點，特管室裡的影子一天比一天短，越近夏天影子越短，夏天就沒有影子了。

李萬年指著第二張床腳的一個地方說：「太陽到這兒，我就該回家了。」

一、寂寞的日子

1

四個月前，掛在架子床上的孫毅還在庫房。因為是陰面，太陽照不進來，庫房裡有股黴潮味兒。

睡覺時，為了控制腿上的水腫，「死人床」一端的床板被搖起來，孫毅的腿就被抬高了。到了早上，腿消了腫，但因體液倒灌，臉又開始腫了，等站著掛一天之後，臉上的水腫就又返回到腿上了。

孫毅感覺自己像撐了蓋兒的容器，一天天就這樣被倒過來，又倒過去。

框在窗子裡的一小片天空，空茫茫似乎只有明暗的變化。聽見過鳥叫，從沒看見有鳥從窗前飛過。

孤獨和寂寞襲來。

長期不說話，李萬年和趙俊生也不允許和孫毅說話。如果能找到一張警察扔掉的舊報紙，李萬年就要看上很長時間，所有版面都看，連中縫的尋人啟事、失物招領掛失、訃告都細細看。

孫毅感到記憶力都遲鈍了。白天，除了背師父的經文，他站著給自己找些動腦筋的事兒琢磨。

有一段時間，孫毅在腦子裡設計播放機，他喜歡設計小電器。

按照設計圖紙去買配件、焊接，是他小時候經常幹的事兒。孫毅小學畢業時，趕上七八年恢復高考的初期，那時人們

馬三家來信

嚮往大學，崇尚理工科，所以父親特別注重培養他的動手能力。他和父親一起設計航模，他還裝礦石收音機，一管二管，一直到七管的他都裝過。大學時，孫毅也學過一些機械設計。

有了這點基礎，孫毅就在頭腦中編程。如果設計出既能看電子書、又能聽音樂、還能看視頻的播放機，那可太好了，當時還沒有這樣的發明，有點類似於後來的唱戲機。

程式編好後就設計外觀。開關是按鈕還是旋鈕呢？按鈕雖然新潮，但年紀大的人並不習慣，還是旋鈕最好；播放機要有一個小螢幕，要能顯示目錄；而且還要有中斷點續播的功能，電子書一定要有書籤……

1999年以後，法輪功的書籍及音像製品被大量銷毀，私藏的一旦發現就被沒收。有時只因為家裡有書和磁帶，就會被判勞教。書籍奇缺，孫毅經常花七元錢在網吧熬個通宵，幫助同修把經書裝進博朗電子書。那時網吧還沒那麼嚴呢，个需要實名登記。

如果這個播放機能設計出來，沒有書的大陸同修就太方便了。可以看電子書學法，聽音樂煉功，還可以看師父講法錄影。

設計多大合適呢？能放進衣兜就很方便，菸盒那麼大最合適；太薄不行，能立在桌面上最好；再想想起什麼名好呢？想來想去，叫「天音播放機」吧。

他想起家裡放在陽臺上的MP3了，有一百多個呢，可以插SD卡的，本來是一位老學員自己花錢買的，想提供給同修，現在不知道在不在？抄家會給抄走嗎？……

2

值班的康隊長進了屋，他去香港旅遊，買了個新手機，不知怎麼搞的，時間設置不出來。他想問問孫毅，他知道孫毅是個大學生。

康隊長給孫毅撥弄著手機的觸屏按鍵，但孫毅看不清，沒有眼鏡。

「到值班室把眼鏡給他拿來。」康隊長吩咐李萬年。

李萬年非常高興，咧著嘴甩著手就跑去了，拿回來給孫毅擦擦，戴上。

掛銬著的兩手動不了，孫毅只能呶著嘴告訴康隊長怎麼找時間的設置。這個手機設計確實不太合理，但最後還是找到了。

設置好時間，康隊長特別高興。

過了幾天，李萬年神祕地拿進來一盒飯，裡面有紅燒魚塊，警察的小炒。

又過了幾天，李萬年悄悄說，康隊長還擔心呢，那天給我們的魚肉有刺，忘了囑咐我們慢慢吃，卡了嗓子就是事故了。

康隊長年紀不小了，「像他這種警察，爬不上去的」。

3

孫毅上大掛的時候，于江就不願意進屋了，孫毅不瞅他，眼皮都不抬。

孫毅躺在「死人床」上，于江就更不願意進屋了。

「死人床」上的孫毅，雖然四肢被捆綁著，動都動不了，還是讓站著的于江不舒服。他感到沉默不語的孫毅，是在以一

個勝利者的姿勢嘲笑自己。

于江退出房間，從觀察窗看胥大夫給孫毅灌食。

胥大夫端來托盤，上面放了鼻飼管、小瓶碘酒、針管、白膠布、一小瓶油、醫用剪刀、一小盆粥和水。

戴好手套，插好鼻飼管，胥大夫從托盤上拿出針頭，吸入粥水，然後注入孫毅的鼻飼管。

這次灌食後，胥大夫沒有撤出鼻飼管。他撕了一塊膠布，把露在外面的一截管子黏到了孫毅的脖子上。

這是于江剛剛指示的，三大隊的新決定：灌完食不撤出鼻飼管，讓這個塑膠管一直插在孫毅的胃裡。

最後量血壓。胥大夫把袖帶纏到孫毅胳膊上，塞進聽診頭，正要聽，聽診頭又滑出來了。胥大夫解開重新纏緊，嘟囔著：「又瘦了一圈兒。」

4

餓了孫毅兩個多月，每天只灌一次流食。但于江不想讓孫毅身體出現問題，他讓胥大夫帶孫毅到馬三醫院檢查身體。

於是，這一天灌食後，胥大夫把鼻飼管抽出來。拔出來時，鼻飼管下部變成了黑色，這個白色硬塑膠管在他體內已經放了一個多月了。

一下「死人床」，孫毅就摔地上了，走不了。李萬年攙著他，活動了一早上，孫毅才能勉強行走。然後兩個警察扶他慢慢下樓。經過一樓時，樓梯拐角有一面大立鏡，可能是警察整理儀表用的。沒有眼鏡的孫毅看到了鏡中的自己：紅色臃腫的勞教服，光頭，形象模糊，面色蒼白。

戴著手銬坐在車裡，車開在大牆外的柏油路上了，周圍是白雪覆蓋的田野，寂靜而空曠。

單調的林蔭道，一棵大楊樹，又一棵大楊樹。孫毅多次想像過這條可以逃離勞教所的路，一棵樹，又一棵樹，這條路真長啊。

周邊地形的情況，他已不再好奇，逃離的想法已經淡漠。

即使不戴手銬，逃跑都是極其困難的，一點力氣都沒有。長期不活動，腿部肌肉萎縮，胳膊被長期掛銬，筋也拉傷了。

馬三醫院對社會開放，看病的當地人很多。他們先是投來異樣的目光，然後馬上就避之唯恐不及了。孫毅想起來，他們的表情，就像自己小時候看到被押送的罪犯經過時那樣。

「能吃飯愣不讓吃，這怎麼好，出了事兒我可擔不起責任呀。」體檢完畢，孫毅聽見胥大夫對醫院的大夫嘮叨。

醫院大夫說：「長期灌食，最後身體器官都會一點點衰竭的……」

5

其實孫毅從小就怕死。

小時候，也就五歲吧，他還沒上小學。夏天，幾乎每週末的晚上，廣場都放露天電影。白色銀幕掛在廣場和主路界面處的梧桐樹上，主席臺上擺著放映機，毛澤東的大理石像也立在檯子上面，舉著一隻手。

小孩們從家裡揹個椅子，早早來佔位子等著看電影了。從來不搶位子的孫毅，一般坐在最邊上。

電影大多是些《新聞簡報》，接見外賓、阿沛・阿旺晉

美、羅馬尼亞等等，或者是《地道戰》、《渡江偵察記》、《南征北戰》一類打仗的片子。

但有一天，一個叫《宇宙》的科普電影，使坐在最靠邊的小孫毅一夜失眠。

太可怕了，生命最終真的會歸於一堆物質，回歸於宇宙的洪荒嗎？人來世上，真的會由一個有意識的高級生命變成無意識的一堆岩漿嗎？

我是誰？誰又是我？我從哪裡來，到哪裡去？

人太渺小了，竟然不知自己的所來和所終，這太可怕了，一種悲觀絕望的感覺在他胸中瀰漫，孫毅感到一切似乎都失去意義，從此，他變得鬱鬱寡歡。

這種迷茫而無奈的情緒伴隨著他長大，雖然漸漸被青春的萌動和學習的壓力所沖淡，但卻深埋心底，無法排解。

上小學的時候，有一天放學回家，不識字的奶奶讓孫毅看一張醫院診斷書。診斷書上寫著：冠心病。孫毅不敢告訴奶奶，因為父親一直瞞著奶奶。他猜想「冠心病」一定很危險吧，「冠心病」到底是什麼病呢？會死吧？他非常害怕奶奶會死。

「奶奶會死」，這個念頭使他恐懼得無法自拔。父母還沒有下班，奶奶在床邊坐著，窗外下著大雨。孫毅不敢哭出聲來，他一個人對著窗外的雨默默流淚。

人注定要死，奶奶、姥姥、父親、母親，然後是自己，都會死，想到那個所有人都無法逃避的結局，想到自己的親人都會離開自己，孫毅心裡一陣窒息。

特別小的時候，母親經常問孫毅：「姥姥對你那麼好，長

大了你怎麼孝敬姥姥呢？」

「長大了我要給姥姥買衝鋒槍。」

那時候，一支木製的衝鋒槍就是最好的東西，是孫毅最想得到的。姥姥總是把最好的東西留給孫毅，所以孫毅也要拿最好的東西孝敬姥姥。

再大一點的時候，孫毅開始苦惱了：姥姥一天天變老，最後會死，親人都會死，如何讓自己的親人永遠不死呢？這是他的一個願望。那時他已經讀過《西遊記》，他體會自己的痛苦和孫悟空一樣了：住在花果山當了美猴王，一切都很幸福。突然有一天發現，再幸福人都會死呀，他開始悲傷了，怎麼能求得長生不老呢？

6

生命真是蛋白質的存在形式嗎？新陳代謝一旦停止，生命就隨之消失了嗎？

他有個老妗妗在五臺縣，因為母親多病，從小就許願吃素，後來當了居士。老妗妗給他講過佛教中的事兒，講生死輪迴，講無常，還給他看《波羅密多心經》。孫毅看不懂，但他知道修煉是很神聖的，自己也有了一種朦朧的嚮往。但還是有許多疑問：修煉為什麼可以解脫生死輪迴呢？

伴隨著對這些永恆疑問的求索，孫毅更加希望自己見識多一些，他對大千世界充滿強烈的求知慾。父親也特別注重對他的科學啟蒙教育。孫毅喜歡天文，買了很多書，白矮星、紅外紫外什麼的，上大學時還看過英文版的《史前文化》、《世界未解之謎》、《金字塔之謎》、《外星人和百慕大群島》等

馬三家來信

等，這個宇宙的奧祕他都想探究。

「氣功熱」他也趕上了，為了袪病健身，他學習過好幾種功法。但體弱的身體並沒有明顯好轉，各種氣功理論也讓他一頭霧水，還有什麼「三天就出一個大夫」等等，神叨叨的事兒他也弄不明白。最後他認為，大多數氣功不過是江湖騙子騙錢罷了。

結婚後，掙錢成了最重要的事兒。考證、考職稱、第二職業，搞得他身體嚴重透支。在電腦前看十分鐘，頭就劇痛，眼睛就模糊了；經常性的腹脹滯食使他弱不禁風；鼻炎越來越嚴重，必須依賴一種有麻黃素的藥水來緩解鼻塞，否則鼻子堵得喘不上氣，根本無法入睡。

夜裡，在乾渴和窒息中一次次憋醒，摸黑在床頭找藥的孫毅，感到真的有些絕望了：自己剛三十多歲，身體就成了這樣，就是掙再多的錢，又有什麼意義呢？

中西醫都沒有效果，無奈中，孫毅還是採取普通的健身方法，跑步。

那是1997年一個寒冬的早晨，他跑步經過社區附近的一塊空地，突然，一幅景象讓他停住了。

天還很黑，有一群人影，正在盤腿打坐。他們分幾排坐在地上，前面有個小錄音機，播放著安靜的音樂。

小時候他見過老姥姥打坐，覺得打坐很神聖，練氣功時，他也知道修到高境界，是要在密室裡打禪坐的。可天氣這麼冷，他跑步都覺得涼，是什麼力量讓這群人堅持打坐呢？孫毅很驚異。

他們都閉著眼睛。旁邊掛一條橫幅，寫著「義務教功」。

早期各種氣功給孫毅的印象太差了，「開始義務以後就不義務了」，打著義務的名義，其實是很費錢的。有的氣功還講什麼「沒錢不足以養道」，所以孫毅不太相信所謂的「義務教功」，看到功法介紹中有「真善忍，道德回升，祛病健身」等字樣，孫毅也抱著懷疑的態度，「都是說得好聽」。

可是，每天跑步經過這群靜靜坐著的人，總有一種無形的力量讓他不由自主停下來。

最後他決定瞭解一下這個功法。

費盡幾個月的周折，孫毅終於得到了一本《轉法輪》。

書中的法理很快就打消了他的顧慮，許許多多他一直探求不解的問題，竟然都在這本書裡找到了答案。他如饑似渴地讀書，很快加入了集體晨煉。後來他到西單買了一臺電池功效高的錄音機，因為比其它同修的錄音機高級，大夥就請他拿錄音機放煉功音樂，於是孫毅成了輔導員。

孫毅把功法介紹給母親，母親一翻開《轉法輪》，就看到書上的字五顏六色，而且還能連成師父的像，奇跡的顯現讓母親走入了修煉。

和母親不同，孫毅看不到什麼神奇，雖然身體有了很大好轉，鼻炎不知不覺好了，連續看電腦幾個小時也不頭疼了，但他並不是從祛病和功能的體會上開始修煉的，他更注重事物的內在邏輯。他認為自己過去掌握的很多知識，不過像是一堆地圖的殘片，無法拼出整個地圖。學了大法，孫毅終於有了拼接的框架，終於能拼出一張完整的地圖了。他所有對宗教、哲學、科學、道德、社會、歷史的疑問，全部在法中得到了最完滿的解釋。

馬三家來信

經過審慎的思考和比較，孫毅認識到：法輪功確實是修佛修道的真法再傳。

7

早上從睡夢中被喊起，一睜眼就看到白屋頂，記憶瞬間也是屋頂一樣的空白，幾秒鐘後，孫毅才反應到，自己還在馬三家呢。意識清醒後，饑餓的胃甦醒了，身上的傷腫裂口甦醒了，疼痛甦醒了，心裡的苦痛也甦醒了。一天中最痛苦的一刻，就是醒來的這一刻。

他想起剛得法不久的一天，在上班的路上，一位老學員遇到他，提醒他一定要抓緊時間修煉，最後對他說了這樣一句話：

「修煉是有時間限制的，考驗很快就要來了。」

1999年法輪功被鎮壓初期，他曾設想過這個考驗，會是什麼樣的呢？如果面臨被槍殺，自己真的可以做到為大法獻身而坦然不動嗎？基於對大法的深信，他認為是能做到的。

然而他沒有想到，自己而臨的卻是一種無盡的、生不如死的煎熬，相對來講，瞬間的死亡是多麼奢侈的解脫啊！

被長期銬在一塊板上不能動，求生不得，求死不能，那種一定要堅持到底的意志受到每時每刻噬咬神經般的痛苦挑戰時，你能不能忍受？你能不能堅持？你能不能繼續如法修行？這才是更難啊！

他認識到：放下生死不是一時一刻的一念，而是每一時每一刻的每一念。

真正的修煉，是自己一個人的事情，不是隨大流，關鍵時

刻，每個人都必須獨自面對。

假如你周圍的同修都放棄了，全世界的修煉者都不修了，你怎麼辦？你還堅持嗎？假如眾叛親離、妻離子散、家破人亡，你還修嗎？假如你作為人的一切尊嚴都被無情踐踏並蹂躪殆盡，假如未來看起來遙遙無期永無希望，假如神跡永不顯現，你還堅持嗎？你還信嗎？

8

夜裡被凍醒。

手銬及腰下便溺口的鐵稜，都有著浸入骨髓的寒涼，似乎要吸盡身體裡所有熱量。

左手高位銬在床頭欄杆上，右手銬在床尾部，幾乎是不能翻身的。稍一活動，胃酸忽地就從嗓子裡返上來，來不及吞咽，就嘔吐到自己身上了。

冷。孫毅試圖用雙腿把被子蹭上來，腿沒有力氣。濃酸苦澀的胃液，順著食管又漾上來，溢滿了口腔，他一點點咽下去，然後用牙齒，一點點把被子咬著拽上來。

筒道裡非常靜，窗外黑茫茫，偶爾有冬天的風，像受傷的野獸，嗚嗚從窗前跑過。

「死人床」捆綁的扣袢，手銬的鐵環，腰下的便溺口，鼻飼的硬塑膠管，甚至那塊把塑膠管黏在脖子上的膠布，似乎都成了他身體的一部分，孫毅對周圍物質環境的感知已經非常微弱了。

一直沒有換洗過的衣服，早已硬結。除了吐出的胃液，還有灌食時噴出的玉米糊，上「大掛」時，腿上的汗毛孔滲出的

膿血，與秋褲黏在一起，現在也變成了黑色。

　　然而，在髒汙之中，他感到了靈魂的潔淨；在三尺見方的「死人床」上，他意識到心靈的自由；被牢牢捆綁，生存狀態不及囚籠中的動物，在這個屈辱的姿勢中，他卻感受到了真正的尊嚴。正如古人所說：「士可殺，可辱，然志不可奪。」

　　身體愈來愈虛弱，意識反而愈來愈清晰，離靈魂更近了，他感到有一種非常強大的力量，從生命的深層湧出。

　　他內心出奇地平靜。

　　他經常想起他師父的話：「放下生死你就是神，放不下生死你就是人。」

　　人是由皮膚骨頭臟器腸胃等組成，但人不僅僅是由這些身體器官組成。他體悟到：神和人的區別，不只在於表面的超常，更在於思想觀念的根本差異。

　　又過去了一個萬聖節，想起發出去的求救信，好像是很遙遠的事兒了。

　　他曾經寄望那些信能夠被發現，被發現後就會改變什麼，他曾經寄望外在的力量能扭轉什麼。現在他明白了：真正的力量只能來源於內在，來源於自己，一個人的力量就足夠強大。超越一切高牆鐵網的東西，就深藏在自己內心的深處。外部的邪惡其實沒有那麼強大，他們都是利用你自身的弱點逼迫你自己就範。如果一個人能戰勝自己，那就沒有任何外在的東西能夠戰勝你了，「內聖而外王」，才是真正立於不敗之地的法寶。

　　十多個月沒洗過澡，他發現身上的汙垢，慢慢隨著褪皮而褪掉。他居然能觀察到褪皮的過程，褪掉的地方是白的，沒褪

的地方是黑的，全身的皮膚都在緩慢地褪皮，這是他以前從未有過的體驗。

9

睜眼又是頭上的白屋頂，孫毅想起了前一天晚上的夢。

夢裡好像是過年，因為忙自己的事兒沒有去看奶奶，孫毅心裡特別難受，埋怨自己：怎麼都在一個城市，還不知道去看奶奶呢？以前孫毅每年都回老家，陪奶奶一起過年，一起照個相。奶奶是可憐的孤寡老人，父親的去世使她老年喪子，長年一個人生活，經常在街上靠撿破爛攢點錢。她最喜愛孫毅，老說自己是個沒錢的窮奶奶，沒有給孫子留下財產。上大學時，她還給孫毅寄過好不容易攢下的十元錢。工作以後，孫毅像父親生前一樣，月月給她寄生活費。可是老人捨不得花，都攢著，臨死還給孫毅留著⋯⋯

其實奶奶去世很多年了，在夢中，孫毅不知道她已去世。醒來後心裡不好受，想自己盡孝不夠，追悔不已。

想起奶奶，又想起父親，瑣碎平常的記憶，一件件都湧上來。

父親在燈下和他一起研究刁鑽的數學題，那是母親抄的因式分解練習⋯⋯

為了給他湊齊整套的《十萬個為什麼》，每個星期天父親都去逛書店。有時能看到一本農業的，有時能看到一本天文或者地理的，只要是家裡沒有的散冊，父親就毫不猶豫地買下，用省下的菸錢。父親最愛抽菸啦，只抽最便宜的菸⋯⋯

他還記得父親有一次打了他。那是父親望子成龍心切，

每天要求他記錄當地的溫度，製作氣候表格，孫毅沒有持之以恆，父親不高興就打了他。後來母親偏袒，不許父親打……這個被打的記憶，竟讓孫毅感受到小時候家庭的溫馨。

他想起與父親訣別的最後一個場景。

那時他剛上大學，父親出差到大連去學校看他。叮囑他要保證營養和休息，還給他買了在家都捨不得吃的燒雞，還帶他逛了老虎灘公園，最後帶他到了大連秋林商場。

在賣錄音機的櫃檯前，穿著土氣的父親，翻開裡三層外三層的衣服，解開了褲子，從縫在內衣裡面的貼身兜裡，很費勁地掏出了一百多塊錢。為了讓兒子學好英語，父親下決心要給兒子買個錄音機。

孫毅記得，當時因為擔心有人笑話父親，自己還往四周看了看。現在想想，母親怕父親丟錢，把錢縫得太結實了。錢一定是攢了很長時間，那是父親兩個月的工資。

父親是出差順路看他的，沒想到那次見面竟成了永別……

門突然開了，一個人栽栽歪歪走進來，是馬援朝，三大隊把他隔離在特管室了。他得了肺結核，要觀察一段時間，看他的結核是否鈣化。

李萬年和他聊起來。

馬援朝偷錢包，2010年的瀋陽「嚴打」把他送進了馬三家。

馬援朝自己說：「我還不算冤，有個人在路邊掰了幾穗玉米就給勞教了，『嚴打』啊！」

他父母參加過朝鮮戰爭，爸爸是烈士，媽媽是殘廢軍人。

馬援朝生下來就有軟骨病，小時候就被當村支書的繼父遺棄在瀋陽北站了。

五十多歲的馬援朝一想起母親就哭，「繼父強佔了我媽的撫恤金，還背著我媽把我扔在火車站，我媽想兒子，眼睛都哭瞎了……」

「現在我每個月給我媽寄一千塊錢，偷的錢。」

「那你住哪兒啊？」李萬年問他。

「我就住在瀋陽北站，二樓錄影廳。」

10

看著馬援朝，孫毅想起小時候在老家看到的逃荒人。

河南逃荒出來的。他們帶著小孩趕路、要飯，路過他老家時，就在他家附近的毛坯房裡，生火留宿。

頭一天，孫毅和姥姥去給他們送飯。他問姥姥，能不能把家裡的銅勺子賣點錢給他們？他們沒有自己的家，真可憐啊。

晚上他也沒睡好，惦記著第二天給逃荒的再帶些吃的。

第二天起個大早，小孫毅就跑去了，結果毛坯房裡，只剩下一堆灰燼，逃荒人很早就離開了。

小孫毅心裡很悲傷：這些人的命運為什麼這麼可憐？

人的命運為什麼有那麼大的差異？為什麼有人那麼貧苦？連自己的家都沒有？……

很多很多的問題，都是《十萬個為什麼》解答不了的。與同齡的孩子相比，孫毅的知識面已經非常豐富了，從天文到地理，從物理到化學，但他找不到答案。

父親的早逝，又一次翻騰出讓孫毅難以排解的疑問：為什麼好人沒有好報？孫毅對善惡有報的道理產生了懷疑。

聽奶奶說，父親從小上不起學，一邊給人放羊一邊看書認字，特別能吃苦。可憐的父親，吃了一輩子苦，卻只活了五十多歲，是家族中最早離世的。父親死的時候，癌細胞擴散到腦子，打杜冷丁都不能止住劇痛。父親為什麼會遭那麼大的罪？

父親為人忠厚，是廠裡有名的勞模，外號「老黃牛」。真像老黃牛一樣辛辛苦苦地工作，一個人頂四個人，帶頭幹最危險的工作，永遠吃苦在前。父親的徒弟們都喜歡他，母親說：「連廠長去世，都沒有的那麼多人給你爸送行。」可是，為什麼長壽的不是父親？為什麼很多偷奸耍滑的人就比父親活得好？為什麼他們能當官入黨？

在爭取入黨、靠近組織的過程中，父親被一再考查，臨死前考查期還沒過。知道他要死了，黨組織才提前結束考查，滿足了父親臨死前的願望：加入中國共產黨。

11

小時候，戴紅領巾對孫毅來說是一種光榮，只有學習好、各方面都優秀的人才能當上少先隊員。沒戴上紅領巾，只怪自己不優秀吧。孫毅入隊時已經很晚了，是最後一批。

入團孫毅也是最後一批，因為他不寫申請書。

孫毅喜歡古文。語文課中，古代仁人志士「先天下之憂而憂，後天下之樂而樂」的品德，與孔子甘居百川之下而成其大的胸懷，孫毅很是嚮往，他寫的日記得到了班主任的賞識。有一次班主任找孫毅，談入團的事兒。他想讓孫毅當班長，而孫

毅對入團不積極，就要給他做工作。班主任勸他入團後再當班長。

那時候，孫毅已經開始獨立思考了，他第一次問了一個關於信仰的問題。

班主任出身於地主家庭，運動中挨過整，但他一直積極要求加入黨組織，很大年紀才入了黨。

被黨打成「地富反壞右」的人，又積極要求入黨，孫毅不理解。

他問班主任：「您出身不好，一定受了很多委屈，為什麼還要入黨呢？您是信仰共產主義嗎？」

班主任意味深長地說了一句話：「頭戴三尺帽，不怕砍三刀。」

意思是有了黨員這個身份，就算運動來了整到自己頭上，也能起到保護的作用。這是班主任一生坎坷留下的人生經驗，他當作心裡話告訴了孫毅。

這句話對孫毅影響很大。他發現，原來這個共產主義信仰是很功利的，它把人變得不是更高尚，而是變得更世俗，它把君子變成了小人。黨員入黨的動機很值得懷疑，他們不是真的信仰，而是在利用信仰。

後來孫毅雖然勉強入了團，內心卻已懷疑這個信仰了，入團的宣誓，也沒有什麼莊嚴的感覺了。

現在想想，估計父親入黨的動機也是一種現實的考慮吧。父親希望自己上進，是要給這個家的幸福做點什麼。因為在中國社會裡，中上層都是黨員的天下，要想提高社會身份，就必須入黨。回想起來，父親生前從來沒有教育過孫毅在政治方面

要上進，他經常說的是，學好數理化，走遍天下都不怕。誰上臺都離不開搞技術的，搞技術的人在政治風浪中不容易受傷害，人生會比較保險和平安，這是經歷過文革的人們或多或少都有的想法吧。

12

按照父母的願望，孫毅考上了理工科的重點大學。

上大學時，正處在中國改革開放的前期。文化和學術上的自由，使孫毅接觸到了薩特存在主義、佛洛伊德性動力、黑格爾的哲學等等，反傳統的道德觀，漸漸轉變了他從小接受的傳統文化教育。

「人還是要世故一點兒。」父親去世後，母親總是這樣給孫毅說，「要學會保護自己，可不能像你爸那樣老實，做人不能太傻太實在了。」孫毅的人生觀確實變得越來越現實了。

如果人只有一生一世，就只能是現實主義的人生觀了。短暫的人生，不享受就白活了，即時行樂吧。現實主義也必然是唯物的，要比別人過得好，要獲取更大利益，就要拼搏、進取、學習更多的技能，這也是那個時代的普遍心理狀態。

畢業後，憑藉優良的成績，孫毅成功競聘為北京一家公司的工程技術人員，開始了他現實主義的人生。

他曾以為多掌握些技術就可以靠本事吃飯了。幾年打拼下來，他才發現，社會現實遠不像他想像的那麼簡單。在單位裡，處理人際關係的難度遠遠超過技術本身，複雜的幫派紛爭，經常使他左右為難、窮於應對，卻又無法逃避。

他竟然羨慕起一個在街頭修打火機的小夥子了，那是他師

傅的侄子，一個個體手工經營者。這小夥子揹著一個小箱子，全國到處漂遊，給人修打火機、修錶。在一個地方待幾個月，再去另一個地方。竟然有這麼生活的！孫毅很是羨慕：走到哪兒把箱子一蹲，就可以生活了，到哪裡都能生活！他感嘆，自己寒窗苦讀這麼多年，上了大學，學了這麼多技能，竟然還不如一個修打火機的逍遙自在！

小時候，受麥哲倫、達爾文的影響，他對航海探險非常神往，曾一直想當個海員，環遊世界……

突然，李萬年湊近他的耳朵，把他從大海上拽回「死人床」：

「東方昊要解教回家了，你要不要讓他給你家人打個電話？」

二、妹妹來了

1

　　一群黑衣人圍著一個人，暴打，開始看不清打的是誰，漸漸母親認出來了，被圍在中間的不是兒子嗎？雙手被銬的孫毅被一腳腳踢踹著，每一下好像都踢在母親身上，拐帶著她五臟六腑都翻江倒海，母親呻吟起來，但她看見孫毅蜷縮在地上，不吭氣。

　　醒來後，似乎還躺在冰涼的地面上，母親冷到骨子裡，前胸後背還在隱隱作痛。她想，如果能把痛苦轉到我身上也行啊。

　　夢境真切，怎麼回事兒呢？最後一封從八大隊發來的信中，兒子說在勞教所裡一切都好，怎麼會做這麼一個夢？

　　快兩年沒見兒子了，小蘭連續三次去馬三家都沒見到，是不是出了什麼事兒？怎麼一點兒消息都沒有？

　　不久就有了消息。

　　「孫毅正在馬三家遭受虐待，已經被折磨得不行了」，一個陌生人給妹妹打了電話，「快點去救你哥吧，再不救他就沒命了。」

　　妹妹也很奇怪，哥哥在八大隊時打過一個電話，還給母親寫過幾封信，信裡說一切都好，不要她們掛念。

　　陌生人說，那是安慰你們，如果寫真實情況，勞教所就不讓發信了。

妹妹想，2008年8月，不許會見，因為開奧運會；2008年11月，不許會見，沒有理由；12月，還是不許會見，說是「表現不好」。什麼是「表現不好」？表現不好就會被折磨嗎？

陌生人說自己剛從勞教所裡出來，是孫毅讓他報信的。

母親感到陌生人說的是真的，因為和做的夢一樣，她做夢一向準。

她的兒子拗，她非常瞭解。馬三家是邪得不得了的地方，他們會打他的，而且孫毅會不吭氣。小時候兒子就這樣，誰欺負他，他都不吭氣。

怎麼辦呢？連續幾天，她心神不定，坐臥不寧，奇怪的是，母親腦子裡突然就冒出一句話：「王者不死，王者不死。」

這是哪兒來的話呢，這話她從來沒看到過，也沒聽到過，她不知是從哪裡來的，什麼意思呢？但從那以後她就安下心來，心想，兒子是王，不會死的。

算命是沒有用的，就是算出來，能解決問題嗎？陌生人讓她們趕快想辦法。

她的心一下就飛到了馬三家，她想見兒子。

上次母親從馬三家回來，孫毅的繼父就中風了。繼父的兒子惦記他父親的遺產，就到幹休所舉報母親，說她藏有法輪功書籍，還誣告說她虐待繼父。後來家被抄了，幹休所還找母親談話。這個時候母親不能拋下中風的繼父不管，她只好讓小蘭去看孫毅。

在醫院裡，母親一邊給繼父餵飯，一邊想著：幾千里外的馬三家，應該比這邊冷吧，兒子到底出了什麼事兒？

2

高原進了特管室，突然就給孫毅卸了一隻銬子，然後拿出手機。

「來，給你拍個照。能不能高興點啊？」

孫毅活動了一下，勉強抬起手臂，舉起一隻胳膊用手做了一個V字形手勢，他不知高原要幹什麼。

照完相，銬子又給扣上了。

高原一走，李萬年就湊過來，悄聲說：「你家來人了。」

又一次從千里之外，妹妹趕到馬三家，在接見室外要求接見。

隆冬的馬三家下起大雪，妹妹不停跺著腳，站在原地等候。

佇立在雪中，腳都凍木了，小蘭等來的是冷冰冰的一句話：「孫毅表現不好，不能接見。」再問，還是那句話，表現不好，不能見。

孫毅在勞教所兩年了，一直不讓接見，是死是活都不知道，這次我必須見到人，妹妹堅持著。

後來，一個大高個兒警察出來了，他給她看了用手機給孫毅拍的照片：人活著呢。

照片中的孫毅，身穿橘紅色勞教服，舉起一隻胳膊，用手做了一個V字形手勢，人非常非常瘦，看起來精神還好。照片截取了孫毅的側半身，只拍了一隻胳膊。

3

照片上的哥哥怎麼瘦脫相了？出了什麼事兒，妹妹擔憂起來。

連死刑犯都有會見家屬的權利，家屬也有探視的權利，勞教所憑什麼剝奪這些權利？妹妹找了維權律師江天勇。

妹妹和江律師再次趕到馬三家是2010年3月。

快春天了，勞教所裡的積雪還沒有化，積雪上凍了一層冰，上面覆蓋了一冬天的塵土。

院部大樓裡的人態度冰冷，好在有江律師陪著，妹妹沒害怕。

警察還是那句話：「孫毅表現不好，不能見。」

江律師拿出《勞動教養試行辦法》，指著關於會見的條款說，不讓會見是違反法律規定的，作為一名人民警察應該嚴格依法辦事。

「如果按法律辦事，這兒不就成菜市場了？」警察脫口而出。

江律師愕然，氣憤地說道：「不依法辦事，才會成為菜市場！」

連續幾天，妹妹和江律師去相關部門請求、交涉。

教養院領導終於露面了，「你們不就是想看一看人嗎？把孫毅送到操場上你們看一眼就行了。」

這是會見嗎？難道所有被監管人會見都是這種方式嗎？不行，妹妹不同意。

4

終於有了第一次「會見」。

接見室只有妹妹一個人，為了提前看到哥哥，她跑到離門最近的位置向外張望。

遠處，一步一拐走來一個人。在門口的小臺階下，他很費力抬起腿，還是搭不上來，後面一個警察攙扶他上來了。

妹妹的眼淚流下來，是哥哥。

她喊起來：「哥！」

孫毅聽到了喊聲，看到有人在接見室裡向他揮手，看不清是誰。直到進了房間，孫毅才知道確實是妹妹來了。

慢慢挪到能用對講機談話的地方，坐下，隔著玻璃，孫毅比較清楚地看到了妹妹的臉，滿臉的淚水。

不允許用對講機交談，他們只能隔著大玻璃互相看一看。大玻璃下面有個遞東西的小口，他們的聲音從那裡可以傳遞。

愣愣看了好一會兒，他才叫了聲：「小蘭，你來了。」然後就不知道說什麼了。長期不說話，孫毅反應有些遲鈍。

妹妹看哥哥表情呆滯，就趴在小口上一個勁和他說話，說了好多好多。說家鄉變化可大了，新建了高速路什麼的，好像要喚醒他的記憶。

孫毅表情僵硬，像個失憶者，一直聽她說。

憋了半天，孫毅問出一句：

「媽怎麼樣了？」

妹妹有點耳背，她把耳朵湊近小口，著急地問他：

「你說什麼？我聽不清！」

孫毅正要繼續說，卻被強行拽起來。時間到了，警察要帶他回去。

　　孫毅對著小口使勁大聲喊：

　　「請律師！」

　　這句話妹妹聽清了。

　　孫毅站起來，動作吃力，差點摔倒，後面一個警察扶住了他。

　　看著哥哥走出去，步履蹣跚的樣子，像個垂危的老頭。妹妹兩手按在厚厚的玻璃上，眼淚又流下來。

　　隔著玻璃和眼淚，哥哥的背影模糊了。

　　「不知道還會發生什麼？」擦去眼淚，妹妹把暗中記下的警察警號又溫習了一遍。

5

　　心情雖然沉重，抱著能救哥哥的一線希望，加上江律師的配合，妹妹也就多了勇氣。

　　她寫了一個上訪材料，《關於剝奪家屬正常探視權利的申述與控告材料》，就正常會見問題、監管人員態度問題及要求對孫毅進行全面體檢的問題，讓三姨四姨和母親都簽了名，還列出了相關責任警察的警號。

　　信寄給各級人大、政協、政府部門，沒有收到任何回饋。但妹妹還是不斷去各部門反映情況，把下級的態度向上一級彙報，能找的部門都找了。

歷盡艱難，最後妹妹終於找回了正常探視的權利。

　　再一次和孫毅見面，還是隔著玻璃，但允許用對講機通話了。

　　妹妹抓緊時間，趕緊問哥哥：

　　「于江是誰？是不是虐待你了？具體怎麼虐待的？」

　　孫毅不自覺看看周圍，幾十雙眼睛盯著他們，都是警察。他遲疑起來。

　　「不要怕！已經給你請律師了！」妹妹大聲告訴他，「把虐待你的人說出來！」

　　接著，妹妹把自己瞭解到的虐待細節與哥哥一一核實。

　　接見結束後，妹妹走出會見室，一個警察追出來：「孫毅對我印象怎麼樣啊？他說我什麼了？」

　　送孫毅回去的路上，高原也討好孫毅：「我可沒對你動過手啊。」

三、宣誓欄扔到了垃圾堆

1

自從妹妹接見後，孫毅就被允許正常吃飯了，但所有的活動，都在「死人床」上進行。「死人床」就是孫毅的家。

胥大夫戴好聽診器，手握氣囊，向袖帶內打氣，再慢慢放開氣門。看著水銀柱的刻度，最後他說：「身體虛弱，缺鈣，給他曬會兒太陽吧」。

於是李萬年就把「死人床」推到靠窗的地方。

窗外的四月，太陽照不到的地方，還有灰白的殘雪，但已經是春天了。

佛教音樂在筒道裡響起來。

「孫隊長的班。」李萬年咧嘴笑了，這個音樂也說明于江和李勇今天都休息。孫隊長一來就用手機放佛歌，他說放的是「清淨法身佛」。

孫隊長值班的時候，整個一天都是放鬆的，可以聊天，可以隨意看窗外。孫隊長總是笑瞇瞇的，他信佛教，自己說：「信佛之後脾氣才好了，以前也造業呀。」

原來，戴著一串佛珠的手過去也是經常打人的。

孫隊長愛聊天。他說，他一家三代都是警察，父親是警察，開始自己不願意當警察，結果還是當了警察；他兒子也不願意當警察，現在也幹上這行了。沒有更好的出路，警察好歹是國家公務員呢。

孫隊長還願意聊解放前。

馬三家來信

過去長工給地主幹活兒，「大豆包隨便吃。」地主自己可節儉了，「一塊臭豆腐吃一個禮拜，那時候的地主，修橋，補路，辦義學，盡做好事兒。」

有一天，又是孫隊長的班兒，進屋之後，他解下孫毅的一副手銬，然後叫人把「死人床」給推走了。

從此，一隻手單銬在床立柱上，孫毅可以坐在床邊了。每天還有兩次室內放風，晚上也可以在床鋪上睡覺啦。

2

「吳貴把你的尿給喝了！」

李萬年一進房門，就一臉壞笑地對孫毅說。

剛才，他正準備拿孫毅的尿瓶去廁所倒掉，結果一出門，就撞見吳貴拿著尿瓶，正仰脖往嘴裡倒呢。接下來，吳貴呸呸直吐。

李萬年假裝關心：「怎麼了，沒事兒吧？」心裡暗喜：調理吳貴的計畫成功了！

原來，李萬年故意把一瓶尿放在門邊，吳貴上套了，對著尿瓶喝了一嘴尿。

吳貴愛貪小便宜，上次他拎起門口的半瓶冰紅茶，擰開就喝，李萬年當時就想著調理他了。

這下李萬年可解了氣。吳貴現在混成了筒道長，吃上了折籮菜，還有跟班的給他洗碗、泡麵，「像總管太監一樣」，但還改不了愛貪小便宜的毛病！

幸災樂禍的李萬年把門打開一條縫，想再看看吳貴。

「把門給我關上！」

外面傳來于江的公鴨嗓兒：「以後沒事兒不許開門！」

嚇得李萬年趕緊把門闔上了。

他捂著嘴，小聲對孫毅說：「你和魯大慶在特管室和庫房就這麼一待，就像卡在于江嗓子眼兒的一根刺，咽不下去，又吐不出來，真叫難受，而且他每天上班還必須經過這兩個門！」

3

確實，于江進哪個門都難受，特管室裡的孫毅是睜眼也不看他，對面庫房裡的魯大慶乾脆連眼睛都不睜。

「認個錯，在宣誓欄上簽個名兒就讓你下來。」

魯大慶閉著眼。

于江繼續說：「你還想怎麼樣，我在這兒一手遮天，你把我搞成這樣了，你還想咋的？」

魯大慶還是闔著眼。

「明白不明白？什麼條件都沒有！認個錯，就讓你下來！你要回家了，下來恢復恢復身體！」

最後，于江長長運了一口氣，看著不睜眼的魯大慶說：「你掛在這兒，我比你還難受呢。」

于江怕魯大慶肌肉萎縮，命令兩個「四防」強行攙扶魯大慶走路鍛煉，「解教之前必須恢復身體！」

從此，魯大慶的《幫教日記》上，除了記錄每天幾點上廁所、幾點吃飯、幾點睡覺、血壓多少等情況之外，又多了一項：每天鍛煉多少分鐘。

五月，天氣暖起來，魯大慶凍裂的手痊癒了，他每天還能

曬一會兒太陽了。

日復一日，魯大慶已經「掛」了快八個月了。

4

「于大好，于大坐會兒吧。」

于江進了特管室，李萬年照舊殷勤寒暄著。

坐哪兒呢？坐哪兒都不合適。

孫毅現在是銬著一隻手，在床上挺挺地坐著。如果于江坐下，就和孫毅平起平坐了，這讓于江很沒面子。

于江就站著，但站著面對坐著的孫毅，于江怎麼都覺得身份顛倒了。本來警察是坐著，勞教人員應該是蹲著的。

孫毅照舊還是不看他。

站也不是，坐也不是，于江訕訕走了。他是越來越怕進這個門了。

5

一天，李萬年打飯跑回來，貼著孫毅的耳朵說：「于江辦公室的抻床給抬到樓下了，鎖到一樓庫房了！」

又過了幾天，李萬年回來就興奮：「剛才打飯時，看見幾個人把宣誓欄卸下來，扔到樓下垃圾堆了！」

不久，李萬年回來又告訴孫毅：「大廳正摘標語呢，沒有標語了！」

早上出工時，孫毅聽到樓下行列的口號換了，把污蔑法輪功的口號改成簡單的一二三四了。

很快，「法輪功專管隊」改成普通勞教大隊了。

四、一首叫《牽手》的歌

1

胖胖的楊大智是抱了一大摞兒褥子進的特管室。

他挑了一張靠窗的床，厚厚的褥子鋪得像賓館的席夢思。在勞教所，褥子的厚薄是身份的象徵，筒道裡最有面子的「四防」，褥子都沒有他的厚；而且，楊大智鋪白色的床單，其它人都是統一的淡藍色；楊大智還有一個非常正規的枕頭，而其它人的枕頭不過就是一個塞了衣服的布包。

沒見過這麼胖的勞教，趙俊生有點緊張。自己沒上貢，會不會被替下來呢？但他很快就放了心：表面上是楊大智、趙俊生、李萬年一起在特管室看管孫毅，實際上楊大智這個「四防」，就是個閑差兒，掛個名而已。

楊大智每天都忙自己的事兒。翻看法律書，研究法律條文，寫申訴，指揮外面的妻子向各級政府及監督檢察部門寄送申訴材料。

三年來，為了打官司，為了尋求公正，楊大智已經花了上百萬了。

他相信法律能給他公正。

2

和李萬年不同，楊大智喜歡鄧小平，鄧小平讓他發了財。憑著自己的能力和勤奮，楊大智這個翻過一座山才能上學的農村孩子，也先富了起來。除了比同齡人擁有更多的財富，楊大

馬三家來信

智還有了更多的自信。

他信法、守法、懂法，怎麼就給勞教了呢？而且是妻子作的偽證！妻子簽字畫押的一個筆錄，就使他一個正常的上訪者被判了勞教。

一樁普通的經濟糾紛案，由於瀋河公安分局的插手變得錯綜複雜。長期得不到解決，過程中還發生了楊大智被非法拘禁、親戚被刑訊逼供等行徑，楊大智被迫到北京上訪。

在國家信訪局，上訪者排完一個長隊又排另一個長隊。看著那些缺胳膊缺腿、拿著棉被往地上躺的上訪者，楊大智認為自己和他們不同，他理智、懂法，而那些上訪者只會嗷嗷哭喊、叫罵，有的已經成了精神病。

在北京站的地下通道裡，他與妻子及娘家人被截訪，瀋陽方面已經專程在通道裡等了他們很久。認出他們後，說回去好好解決，楊大智被騙回瀋陽，車直接就開進了看守所「解決」。

名牌衣服的鈕扣被扯掉，包金腰帶被沒收。在瀋河看守所，他與殺人犯、小偷、嫖娼者擠在一個大光板上。和他睡一個被窩的，是殺了一個城管的小販高俊峰。

楊大智記得高俊峰，鬍子刮得非常乾淨，手指頭切掉了一個。高俊峰說，幾個城管根本不讓他說話，用菸灰缸砸他，打急眼了，他不得不用隨身攜帶的小刀自衛。高俊峰對能活著出去不抱希望，他希望楊大智以後能照顧他的老婆孩子。

楊大智認為高俊峰太不懂法了，如果是他，就一定會用法律維護自己的權利。

3

在拘留所，警察問楊大智：「你想要多少錢？」

「不要錢，要個說法。」楊大智的回答乾脆。

林茹被銬在鐵椅子上，已經一整夜了，警察拿皮帶抽她，威脅說要把她送進監獄。林茹不服軟，她和丈夫楊大智是正常上訪，沒有罪錯。

後來哥哥被叫了進來，他給林茹跪下了：「你就按他們說的寫吧，要不然村裡和我們一起上訪的鄉親都得給判刑，都得吃瓜落兒（方言，受牽連的意思）。」

哥哥上次就因為被刑訊逼供，差點兒送了命，還留下了後遺症，這次又牽扯到老家的鄉親們……

林茹感到絕望，她的承受到了極點。

「你愛寫什麼就寫什麼吧。」她對警察說。

警察自己編了個筆錄，強行把著林茹的手，蘸上印泥，在上面按了手印。

過年前一天，警察放了林茹和她娘家人，「快過節了，我們出於人道主義，提前一天放你們回家過年。」

當時林茹還不知道，自己按過手印的筆錄對楊大智意味著什麼。

4

林茹隨時護著兩個保溫桶不要被晃灑了，一個裝著燉了一夜的雞湯，一個裝著餃子。車顛得厲害，快到馬三家鎮的一段路，特別不好走。

第一次接見，楊大智對林茹的第一句話就是：「別哭，哭

是沒有用的。」

眼淚嘩嘩止不住，林茹就是說不出話來。楊大智不停地搓著手，想說點什麼，也沒說出來，那兒不是隨便說話的地方。

她和楊大智的心情都很複雜。如果她不作偽證，警察就找不到勞教楊大智的證據。警察以「糾集多名無關人員上訪，擾亂公共秩序」為由把楊大智勞動教養了，主要證據就是林茹按過手印的筆錄。

她能和楊大智解釋什麼呢？不敢說什麼，多帶些吃的吧。丈母娘凌晨三點就起來包的餃子，吃的時侯還熱乎著呢，雞湯也很燙，保溫筒很好用。

兩歲的兒子興高采烈地給爸爸敬禮，他不知道這個地方與其它地方的差別。

「爸爸住得真遠啊。」

5

為了讓楊大智在勞教所舒服些，林茹把孩子託給父母帶著，自己去拉關係，請勞教所的領導和警察吃飯。

飯桌上，除了她一個女人，全是穿制服的警察。她挨個給他們端茶、點菸、倒酒。

勞教所對外掛出的條例上寫著，表現好的勞教人員節假日可以回家。林茹問高所長：「楊大智放假能回家嗎？」

高所長笑了：「那都是給『上面』看的。」

幾輪酒過後，高所長醉醺醺了。他對大家說：「這是我的人，關照著點。」所有的小警察都恭恭敬敬聽著，于江對高所長也是點頭哈腰。林茹知道于江是三大隊最管事兒的。

林茹一個人回到家，已經後半夜了，一身的菸酒味兒。

第二次去馬三家接見，林茹給于江帶了蘋果電腦和幾條玉溪。

等在辦公室的時候，她看見了王紅宇。王紅宇一邊在電腦上打遊戲，一邊會意地看著她：「我媳婦性格就賊直溜，不愛送禮，老被領導安排活兒。後來送了禮，工作就輕鬆多了。哪兒不澆油哪兒不滑溜啊。」

除了送進很多法律書、很多照片，林茹還給楊大智悄悄弄進來一個手機。吃的東西就更多了，隔一個禮拜就有一個小警察拎一大提包給楊大智，全是各種肉、香腸、水果等。

楊大智非常大方，把吃的都給大家分享。

一張張妻子和孩子的照片，在羨慕的眼光中傳來傳去。照片是在家和院子裡照的，妻子時髦，兒子可愛，房子溫馨，院子也漂亮。每張照片後面都寫有妻子的話：「堅持下去！」「我們會成功的！」「等你！」

看著林茹的照片，孫毅想起妻子掛在家中的藝術照來。

6

幾週前，北京法院的人來了，他們帶來了李梅的離婚起訴書。

起訴離婚的證據有一小摞兒：孫毅的拘留證，李梅給他往看守所送錢、送衣服的收據，抄家時被扣押物品的清單影本等等。這些東西被用來證明孫毅這些年不在家，婚姻處於名存實亡的狀態。

看了這些「證據」，孫毅覺得很可笑，這正是迫害他的證據呀。

孫毅不同意離婚，並陳述了理由：我們倆自由戀愛結婚，婚後感情非常好。十多年的夫妻，就是因為這些年遭受迫害，人身安全得不到保障，承受不住打擊的妻子，才不得已用離婚求得解脫。造成這一切的後果應該由破壞憲法、迫害人權的政府來承擔，「我作為受害者，憑什麼拆散自己的婚姻，自己迫害自己呢？」

是王維民把孫毅帶到接見室的。回來的路上，王維民說，婚確實是不能隨便就離的，這是老理兒了；寧拆十座廟，不破一樁婚，也是老理兒了。

7

那天李萬年從圖書室偷出一個歌本，流行的老歌。

「看吧，郝隊長的班，沒事兒。」

於是特管室這幾個人就唱歌打發時間。趙俊生喜歡唱歌，但老是跑調，他想讓孫毅教他。孫毅翻了翻歌本，找到了《牽手》，這首歌他會唱。

因為愛著你的愛

因為夢著你的夢

所以悲傷著你的悲傷

幸福著你的幸福

……

因為誓言不敢聽

因為承諾不敢信
所以放心著你的沉默
去說服明天的命運
……
也許牽了手的手
前生不一定好走
也許有了伴的路
今生還要更忙碌

所以牽了手的手
來生還要一起走
所以有了伴的路
沒有歲月可回頭

所以有了伴的路
沒有歲月可回頭
……

這首歌讓孫毅想起了妻子。

在北京百盛商場樓上的大排檔裡，有一個投幣點歌的音樂盒。他給妻子點了一首歌，妻子說：「你怎麼知道？這是我最喜歡的一首歌。」

這首歌就是《牽手》。

那時他們剛剛結婚，沒有房子，沒有家產，妻子從外地的單位辭了職，到北京和他住在一個單身宿舍裡。

孫毅教趙俊生和李萬年唱《牽手》。

趙俊生想離婚，他和妻子是在賭桌上認識的，岳父家為了讓他們走正路，幫他們開了一個豆漿店，但兩人打麻將上了癮，不久就把店給賠光了；李萬年呢，嫌妻子脾氣大，也想要離婚。

孫毅勸他們不要離婚。

其實孫毅過去對婚姻也持懷疑態度，因為父母性格不合，吵鬧了一輩子。小時候他就想過，為什麼要有家庭呢？他不喜歡結婚。上大學時，受西方現代觀念的影響，孫毅認為家庭是沒有必要的，如果需要可以同居嘛，各取所需，不必履行婚姻責任。如果有房子和物質條件的話，他想那時他可能會選擇單身吧。

孫毅對婚姻態度的改變還是修煉以後，他認為夫妻之間更重要的是恩義，婚姻是要承擔責任的，緣份是天定的，是要珍惜的。

有一次李萬年說起他閨女被狗咬了，讓孫毅想起了家裡的聰聰。九七年有房子的時候就有了聰聰，他當時不很喜歡狗，現在倒很感謝聰聰了：這麼多年，它陪妻子的時間比自己還要長。

聰聰應該有十二歲了吧，相當於一個人的七十多歲，不知是否還活著，可能已經死了吧？如果聰聰死了，孫毅想，妻子就更孤單了。

8

李梅和關叔說了要與孫毅離婚的事兒。

關叔能說什麼呢？

孫毅進進出出都七八回了。小倆口的日子剛安穩，就出事兒了，剛安穩，又出事兒了，日子怎麼過呀。

關叔不理解，圖什麼呢？因為煉這個功，這些年得少掙多少錢啊。以孫毅的才能、學歷，現在早該讓李梅開上車了。胳膊怎麼能擰過大腿呢？孫毅太傻，不識時務，雞蛋往石頭上磕，什麼都做不了還把自己給搭進去了。

關叔還記得2002年時，是他把孫毅從公安醫院揹回家的。

李梅打電話給關叔說：

「公安來通知了，說人不行了，讓接回來呢。關叔，怎麼辦呀？」

因為幾本書和一箱複印紙，孫毅就被抓了。他絕食絕水抗議，已經五十七天，黃疸擴散，李梅接到病危通知。

「如果人不行了，那咱們也不能往家接了。」關叔回答說。

電話那頭，李梅一聽就哭了。李梅北京沒有親人，她把關叔當自己的親人。

關叔答應和李梅一起去醫院，看看再說。

關叔記得公安醫院在美術館附近，醫院的門是根本進不去的，武警說，不戴胸牌，就是認識你也不能進去。

心裡焦急，也只能在大門外等著。

門上的小窗打開了，他們趕緊湊上去往裡看，一個輪椅被推了出來。

整個人堆在輪椅上，瘦得脫了相，鬍子很長，幾乎認不出

來了。但確實這個人就是孫毅。

他們急切叫著孫毅的名字，孫毅眼睛都不眨一下，沒有任何反應。但他們看見，好像有一點淚水順著他土灰的臉流下來。

親人來了，孫毅是知道的，他沒有力氣抬頭看他們，也沒有力氣說話。

「即使接回去，一開始也什麼都不能給他吃。」醫生說，「胃裡一點水都沒有，吃下東西會有危險，用濕布給他擦擦嘴，用吸管吸水潤潤嘴是可以的，但不能咽。」

李梅哭著說：「關叔，咱們把他接回去吧！」

9

孫毅被接回家，怎麼上樓呢，一步他都邁不動，於是關叔把他揹上四樓的家。

剛回家孫毅什麼都聽不見，把嘴貼在他耳朵上，他才能聽清說什麼。緩了半個月，孫毅活了過來。煉功後孫毅身體恢復得很快。

沒想到三個月後，剛養好身體，孫毅又被抓了，因為要開「十六大」了。

那天是給李梅的弟弟過生日，在外面一起吃火鍋，回到家已經夜裡十一點多了。有人按門鈴，從貓眼看，是樓下的保安。

什麼事兒？保安說是送樓下信箱的鑰匙。孫毅說太晚了，明天去取吧，打發他走了。

三更半夜來送鑰匙，有點怪。孫毅正納悶，又有人按門

鈴，貓眼裡是幾個穿制服的警察。孫毅問他們什麼事兒，有法律手續嗎？他們支吾說一會兒拿來，但現在必須開門，孫毅拒絕開門。他們就找來鐵棍和磚，砸門，貓眼都砸裂了。

到了早晨，李梅和她弟弟要去上班，不得已打開了門。於是他們三個被帶到派出所。李梅和弟弟也被拘留了幾天，罪名是「妨礙公務」，不配合警察開門。

一個月後，李梅接到片警電話：「你過來吧，孫毅絕食了。」

「過去幹什麼，人到底是死是活？」個性柔弱的李梅和過去也不一樣了。

孫毅又一次絕食，又一次生命垂危，又是李梅和關叔接他回家，取保候審。

連李梅都記不清這是第幾次了。

第一次是九九年「七二零」，孫毅在中南海北門上訪被抓。

第二次是在社區公園廣場，孫毅和幾個大叔大媽清晨打坐煉功被抓。

還有一次是因為給人寄勸善信被舉報。

還有一次是因為發翻牆軟體光碟被抓。

⋯⋯

不知多少次了，李梅好容易緩過來，孫毅又出事兒了。

只要孫毅不放棄修煉，不肯說假話，李梅知道，在中國就隨時隨地會被抓。家已經是最不安全的地方了，門隨時都能被堵住、砸開，進門就能抓人，跑都跑不掉。

作為取保候審的擔保人，李梅不得不同意孫毅離家出走，
「你走吧，你不在家我就省心了。」

　　「不要讓我知道你幹什麼」，擔驚受怕的李梅對孫毅說，
「知道你的情況我反而害怕，我太累了，我受不了了。」

　　孫毅離開家，流離失所去了廣州。

10

　　李梅一個人在家，恐懼和不安並沒有隨著孫毅的出走而消
失。

　　警車的警笛聲、電話鈴聲、門鈴聲和敲門聲，都讓她驚
慌；穿制服的警察、保安，甚至街上戴紅袖標的大媽，都讓她
不安。

　　但她不得不和警察打交道，她必須回答警察：孫毅去哪兒
了？幹什麼去了？他和誰有接觸？

　　她不得不到派出所辦暫住證，警察經常拿暫住證為難她：
到你家檢查檢查房子，再給你辦證。

　　她不得不去居委會辦各種物業，不得不和愛打聽事兒的居
委會老太太打交道。每次去辦事兒，她們總是怪怪地看著她。
客客氣氣辦完事兒，李梅立刻就衝出門。

　　過去，她在單位受了氣，還可以賭氣說不幹，現在她必須
要忍氣吞聲，不能一走了之甩手不幹。單位已經把孫毅開除，
他們沒有其它生活來源了。

　　而且，她必須迎著孫毅同事的目光，在狹窄的樓道裡走過
去。

11

單位要收回孫毅的房子，說如果不搬家，就要「把傢具扔到大街上。」

李梅等著孫毅給她打電話。因為怕被監聽跟蹤，流離失所的孫毅沒有手機，只能用公用電話和妻子聯繫。有時，為了防止妻子電話被監聽，孫毅就把電話打到她辦公室。

終於，在辦公室裡等到了丈夫的電話，李梅捂住話筒，小心不讓其它人聽到：

「怎麼辦呢？他們惦記上咱家房子了！」

她忍不住哭起來：「他們會不會把我趕出去啊？我上哪兒住呀？」

遠方的丈夫安慰她：「別怕，他們不敢，單位福利分房，咱們是有購房收據的。」

「購房收據在什麼地方啊？」

「上次你不是藏起來了嗎？」

對了，想起來了，李梅曾經藏過購房收據。知道那是非常重要的憑證，所以她藏來掖去的，總想藏到一個最安全的地方。結果自己都找不到了，藏到哪兒了呢？

回家連夜找收據。一晚上也沒找到。

累得一點勁兒都沒有了，一個人坐在翻騰出來的雜物上，李梅抽泣起來。多想給孫毅通個電話呀，不會說話的聰聰在她身邊繞來繞去。

外面的風嗷嗷颳著，因為被擋在窗外，風像野獸一樣，使勁拱著窗玻璃。

12

「警察來了不能隨便給開門。」遠方的孫毅告訴妻子。

「不開門他們會砸門，上次他們不就一直堵在門口嗎？」電話這頭，妻子已經有了哭腔。

「如果沒有手續就不能讓他們進門，他們是違法的……」

妻子哭起來，「他們說了，不查房子，以後不給我辦暫住證。」

孫毅無語了。

再想和妻子講道理，妻子已經不想聽了。

有時孫毅也想，自己怎麼這麼倒楣，生在這麼一個國家！從找對象娶媳婦到住房，從出生一直到死亡，都要有單位介紹信、戶口本、暫住證、收據，所有的個人生活都需要政府的允許、批准。

剛工作時沒有房子，不結婚不給房子，這是單位的政策，同宿舍的老大哥因為單身，根本就沒有分房的希望。孫毅認識到，要想有自己單獨的房子，就必須找對象結婚。要找對象結婚就要有單位介紹信。當年介紹信都不好開，正好有個熟人負責這事兒，孫毅就請他提前開了張介紹信。抬頭寫誰呢，他也不知道會和誰結婚啊，乾脆寫「王一」吧。

生活的現實是沒有浪漫的，結婚才能有房子。於是不想結婚的孫毅只好和李梅說了這事兒，「我們結婚好嗎？」

當時李梅對他一往情深，他也喜歡她。

就這樣，他把「王一」改成了「李梅」，用一張提前開好的介紹信，他和李梅結了婚。

結了婚還要等房子。孫毅不得不請同宿舍的單身老大哥去找地方住，他和妻子住單身宿舍等著分房子。終於熬上了單位的福利房，又有戶口的問題了。妻子是從外地過來和他結婚的，沒有北京戶口，幹了幾個臨時工，最後都賭氣辭職了。外地人掙得少，受歧視。

有了房子，沒有戶口，又必須辦暫住證。房本、戶口本、暫住證，這些小小的證件竟成了妻子最大的煩惱。

13

上次孫毅被放回來，和李梅一起回娘家。

還沒坐穩，妻子的妹夫就被單位的保衛科叫去了，「你們家來了什麼人？」

岳父岳母十分恐慌，以為北京警察跟蹤孫毅過來了。妻子馬上讓孫毅離開：「又有什麼事兒讓人盯上了？你趕緊先躲一躲吧。」

後來才知道，為了表明與法輪功家屬劃清界限，孫毅的繼父向所在部隊的上級彙報了孫毅的行蹤，他也擔心孫毅回家會影響母親。在黨委生活會上做過檢討的繼父，曾保證對家人要從嚴教育。

從那時起，除了房本、暫住證，妻子就開始想要一個離婚證了，似乎有了離婚證，生活就可以與孫毅帶來的麻煩一刀兩斷了。她對孫毅說：「我們離婚吧，離婚了警察就不會再找我，就再不會問我你去哪了。」

……

想著妻子的痛苦，靜靜看著那個痛苦的裂痕，孫毅不想撥

動它。

　　他忽然想起來，他的私人物品在看守所全被沒收了，兩個月之後，他就解教了，回家還沒家門鑰匙呢。

五、「我要回家！」

1

正在筒道排隊的李明龍突然跑出來，一直衝到大閘，小崽兒追上去就鑿他：「上哪兒去？」

李明龍大聲嚷嚷：

「我要回家！」

余曉航早就知道李明龍精神不正常了。

上廁所時，他經常看到李明龍自言自語，看見他光動嘴皮子，卻聽不清他說的是什麼，走路就像夢遊，還無緣無故傻笑。

田貴德記得最後一次見李明龍是在廁所。他很吃驚：以前健壯得像頭小牛，現在怎麼瘦成了一把骨頭？勞教服掛在李明龍身上晃晃蕩蕩的。

李明龍傻笑，向田貴德借錢。

田貴德給了他五十元錢票。令他吃驚的是，李明龍拿到錢後，張著嘴，仍然目光呆滯地盯著田貴德的手。突然，他一把將田貴德手裡剩餘的錢票全搶了過去，然後瘸著腿跑了。

以前李明龍不是這樣啊，在六大隊時他倆關係很好，放風時還一起背過師父的詩呢。

後來，警察發現李明龍有錢，就問他從哪裡來的，李明龍說向別人借的。

「你借錢幹什麼呢？」警察問。

「我要回家。」

「怎麼回家？」

「坐飛機。」

李明龍向田貴德借錢是要買飛機票回家。

解教的時候，沒有家人接，李明龍徒步走出了馬三家勞教所。走了一上午，又自己走回來了，走回了三大隊，因為警察沒給他身份證。

小崽兒減了很多期，解教回家後，據說他把女朋友給殺了，後來判了死刑。

2

檢察院第一次找孫毅調查的時候，孫毅已經結束了四個月的「死人床」生活，每天都可以在床鋪上睡覺了。

李勇把孫毅帶進心理矯正室。他一邊跟檢察人員說些低三下四的話，一邊倒茶端水，遲遲不肯走開。直到檢察人員冷冷地說，你先出去吧，李勇這才悻悻走了。

驗明身份後，檢察人員問孫毅有什麼要申訴的。孫毅就開始講他被三大隊酷刑折磨的過程；三大隊強制轉化學員的真實情況；上刑已經造成他胳膊拉傷，腿部肌肉萎縮，膝蓋裡面長了東西等。

一個檢察人員做了記錄，另一個人認真的地聽著。

最後，兩個檢察人員對看了一下，問孫毅：「所長高衛東對你上過刑嗎？有過虐待你的行為嗎？」

「當然有。」

孫毅把過程講了。檢察人員對高衛東很感興趣，又追問了

一些細節，全部記錄下來。

「在什麼地方虐待你？」

「在『小號』。」

「馬三家勞教所沒有『小號』」，檢察人員糾正說，「不是『小號』，是『特管室』，是為了你的健康，保證你的生命安全，特殊管理你、護理你。」

3

正在廁所門口值班的余曉航，發現除了自己，所有的「四防」都被叫到辦公室那邊去了。幹什麼呢？怎麼不叫自己呢？

劉二喜回來後，憋不住地興奮：「檢察院來人了，寫證明去了，有減期！」

「寫什麼證明啊？」

「證明沒有『小號』，證明孫毅在特管室沒受過虐待。」

余曉航想，我也是「四防」啊，我也想減期啊，怎麼不找我作證呢？

他去問高原：「所有「四防」都去給檢察院作證，怎麼不讓我去？」

高原說：「因為你的案子和政治有關係，大隊不讓你這種人作證。」

因舉報警察違規而被勞教，怎麼敢再讓余曉航給警察作證呢？

一個月後，瀋陽于洪區檢察院第二次來調查。這次趙俊生、李萬年是被調查的主要證人。

李勇把他倆叫到辦公室，交待說：「一定儘量少說話，檢察院如果問到大隊有沒有虐待孫毅，就回答說沒有。」

趙俊生第一個接受調查，去之前被李勇叫去，李勇再次叮囑他：「如果問為什麼給孫毅戴銬子，就回答，防止他自傷自殘。」

當天下午趙俊生被調查過之後，李勇把趙俊生和李萬年一起叫到辦公室。他讓趙俊生把檢察人員的問話及趙俊生如何回答的全部複述下來，讓李萬年記住趙俊生回答的原話，並且要求李萬年以同樣的口徑去回答檢察院。

部署完畢，李勇帶李萬年去見檢察人員。路上，他對李萬年說：「于大給你報了一個標兵獎，快回家了，好好幹！」

「上面真來查這事兒了！」

李萬年認為不可思議，回來後，背著監控，他激動地對孫毅說：「你妹妹真厲害！」

趙俊生很少說話，生怕哪句話被人聽到了打小報告，但房間裡只有他和孫毅的時候，趙俊生微笑著，低聲跟孫毅說了一句：

「現在你是三大隊最有面子的人了。」

4

李萬年已經有了好幾個「紅旗」，于江說又給他報了一個「標兵獎」。不過還是拿不準，什麼時候能回家啊？花更多的錢才能提前知道解教時間呢，磨人啊，但畢竟有盼頭了。

趙俊生是用一個硬紙卡片畫算刑期，每天都自己一個人在上面塗來塗去，算計著。

和李萬年不能比，人家畢竟花了錢，自己是一分錢都沒花啊。不過他也盤算，他為三大隊做了很多貢獻，李勇許諾過，不會虧待他的。

哪天能回家呢？

「現在還不知道什麼時候能回家呢」，趙俊生借楊大智的手機，避著監控，悄悄給妻子打電話：「應該快了吧。我剛學會一首歌，你聽聽。」

趙俊生就對著手機唱了幾句《牽手》。

妻子在電話那邊說：「你唱歌怎麼還跑調啊？」

5

李萬年先解教回家了。

解教前一天夜裡，李萬年把劉二喜叫進了廁所，「乒乓」一陣打。

「打人了！打人了！」

劉二喜大叫。

門口的余曉航裝作沒聽見，其它人也裝作沒聽見。

從廁所出來的時候，劉二喜的臉上就有了好幾種顏色，腿也好像一長一短了。

余曉航假裝關心：「咋整的？摔了？」

「不是，李萬年打的。你沒看見嗎？」

沒看見，沒人看見。

也沒人彙報，劉二喜自己也不敢彙報。還有十幾個小時李萬年就回家走人了，能把他怎麼樣呢，李萬年早就設計好了。

李萬年暴打321劉二喜，是讓三大隊所有勞教都很解氣的

事兒，「活該，讓他誰都『點』！老婆孩子他都能『點』！」

6

「我快回家了！」

趙俊生提前很多天就告訴老鄉，那神情好像已經自由了一樣。

老鄉送他一件特步T恤衫，趙俊生時不時拿出來穿一穿，有了這件T恤，走的時候也算有面兒了，趙俊生身板特好。

他天天在小卡片上畫著勾，「黃旗」一個月減三天，按「黃旗」算，日子也該到了，怎麼還沒消息啊？何況李勇說過于江要給他多報一個獎的。

早該回家了，怎麼回事兒呢？他不敢問于江，瞅機會問李勇，李勇含含糊糊。最後趙俊生才知道，人家一個「黃旗」減三天，給他只減兩天，這麼多月下來，可差不少天呢。

趙俊生想，我給你們編了那麼多《幫教日誌》、《談話記錄》，連幹警的《開會記錄》、《呈報材料》都幫你們編造，還幫你們給檢察院作假證、說假話，不就是為了能減期早回家嗎？結果三大隊竟然說話不算數！他心裡罵起來。

唉，誰讓自己沒上貢呢。

儘管如此，畢竟也是熬到頭了，深藏不露的他還是憋不住高興。他和孫毅說，回家後一定和妻子好好過日子，借筆錢再開個豆漿店。

「還有三天啊！」趙俊生興奮地告訴大家。

終於要回家了，一向謹慎小心的趙俊生，放鬆了警惕。臨走前三天的晚上，他在廁所與一個老鄉提起了大隊少給他減期

的事兒，隨口罵了于江。

他哪裡想到吳貴就在廁所最靠裡邊的位置上蹲坑呢。

當晚吳貴就把這事兒彙報給了于江。

7

「你小子吃了熊心豹子膽！」

于江大發雷霆。

「你小子一分錢沒花，就給你個俏活兒，就算是一天不減期，你都應該懂得感激我，結果你還敢罵我！」

一個耳光又一個耳光，于江打趙俊生，最後打累了。

「滾到大廳去！」他命令趙俊生，「貼牆面壁！反省！」反省「不服從管教」、「抗拒改造」。

趙俊生在大廳「反省」了一個通宵。他想不明白，自己平時小心又小心，是誰打的小報告？真是防不勝防啊。右眼皮這幾天就沒完沒了地跳，果然又倒楣了。

第二天，李勇把他叫到辦公室。

「于大對你非常氣憤，所以我對你也非常氣憤，」李勇從鼻子裡哼道，一邊說一邊把四本考核卷宗捲起來，然後用膠布捆住。他問趙俊生：「你知道我捆這個幹什麼？」

「不知道。」趙俊生確實不知道。

李勇說：「用這東西打，我的手就不會疼了。」

接著，李勇就連續用它抽趙俊生的頭。

之後鼻青臉腫的趙俊生又回大廳「反省」了。

趙俊生把「反省」後的《檢查》交給于江，然後蹲下。

「怎麼和我說話呢？」于江臉上的橫肉一楞一楞的。

于江的意思是讓他跪下，這個趙俊生明白。但他裝糊塗，站了起來，于江更生氣了。

　　又一陣暴打，「蹲著不行還站著！」

　　趙俊生被打跪在地，于江滿意了：「不要用別的姿勢，就用這姿勢和我說話！」

　　看到趙俊生仍不服軟，他叫李勇去拿電棍，準備電擊趙俊生。

　　電擊了一陣兒，于江突然問李勇：「沒人上樓吧？」他怕院部的領導來。

　　「今天是星期六，不會有人來的。」李勇說。

　　確定領導不會來，他們把趙俊生的雙臂朝後背銬上，然後開始瘋狂電擊，一直電到沒電，再繼續拳打腳踢。

　　于江用腳在他身上使勁踩，邊踩邊說：「你不服？我就不信制不服你！」

　　然後他倆又拿出第二根電棍，繼續電，直到沒電。

　　趙俊生一直不叫喊，也不哭。

　　于江說：「你小子還挺能抗，今天你不哭得淚流滿面，我不會放過你！」他叫李勇給電棍充電。

　　「今天不把你制服，于大是不會下班的。」李勇在旁邊說。

　　電棍沒充好，于江就繼續用腳踩趙俊生的後背，李勇則用捆好的卷宗抽打他的頭。

　　最後，他們終於打累了，就命令趙俊生自己爬到大廳，「去哭！如果你不哭還打你！」

　　趙俊生蹲著，一步一步走，于江在後面踢：「你的前爪放

不下是不是？！」

趙俊生被逼著爬到大廳，跪下，給其它人看。

解教那天，趙俊生穿上了那件特步T恤衫，露在外面的身體都有傷。

他沒忘記于江對他的最後警告：

「解教之後，你馬上給我滾回老家！如果讓我在馬三家看到你，當心我給你弄個就地教養！」

8

趙俊生沒有馬上回老家。

出了教養院後，他就到瀋陽公安醫院檢查身體，公安醫院出具了驗傷報告：

1. 左胸部外傷；

2. 雙手臂皮膚劃傷。

趙俊生問，明明是電擊傷，為什麼寫劃傷？

公安醫院的醫生說：「司法鑒定和公安是一家，我們怎麼能給你寫電擊傷讓你去告警察呢？結果不滿意，可以到別的醫院鑒定。」

趙俊生在瀋陽聯繫上李萬年，一起找了律師，把于江、李勇告了。

從地方到中央，幾百封控告信被寄到各級人大、政法、檢察院、紀委等部門，只要能知道的政府部門，他們都投了控告信。信中控告了于江、李勇等警察在馬三家一所三大隊的種種惡行，包括對趙俊生、李萬年、孫毅等勞教人員施行的打罵、體罰和酷刑虐待，包括威逼利誘勞教人員給孫毅作偽證、蒙騙

馬三家來信

檢察院，以及利用職權敲詐勒索勞教人員財物的具體情節。

9

「我缺一輛車，還缺一臺五十吋的電視。」于江把楊大智單獨找去，瞪著眼睛對他說。

楊大智心裡明白，要過年了，于江又要「擠牙膏」了。

躺在床上，楊大智的眼神茫然若失。

一方面是在外面與公安抗爭，申請勞教覆議；另一方面，還要靠送禮來求得勞教所裡的安逸。這個體制給楊大智帶來的屈辱，並沒有什麼本質的改變。他看著妻子的照片，照片被他貼在了上鋪的床板下，一睜開眼就能看見。照片上妻子寫著：我們會成功的！

楊大智琢磨著，要給妻子打個電話，讓她繼續向法院進行行政訴訟。

法院回覆得很快：根據遼寧省相關內部文件規定，凡因上訪被勞教的人，行政訴訟一律不予受理。

法院不立案，楊大智也沒有氣餒，他指揮妻子到各級人大上訪，請律師重新調查，找證人作證。

10

于江拿著《解教書》進了庫房，解教前必須讓魯大慶填寫表格。

魯大慶閉著眼睛，默背經文呢。

「你還想咋的，讓你回家你都不填！這是解教的手續！讓你回家！」于江吼起來。

魯大慶不睜眼，于江看了他一會兒，摔門走了。

加期三十五天後，2010年7月，魯大慶解教回家了。穿著他被抓時穿的衣服，一件在庫房裡捂了一年、已經發黴的皮夾克。

走在瀋陽城裡，剛出來的魯大慶耳朵總是聽到警笛聲，感覺好像到處都有警車。

回到家，家裡沒有了媳婦。

哥哥說，媳婦抱孩子走了，她託了法院的人，在魯大慶不簽字的情況下拿到了《離婚證》。

當天晚上，魯大慶去了街邊，自己要了一碗餃子。

11

勞教所的最後一夜，孫毅沒感到有什麼不同。

孫毅的床鋪是監控器看得最清楚的，在警察值班室的監視屏裡，他側著身，一隻手臂被銬在床側的腳蹬踏上，和平常一樣，睡得很安穩。

沒人通知孫毅回家的時間。直到第二天早上，警察讓「四防」給他辦手續，孫毅才知道是要回家了。

他被加期二十天，總共關押了兩年六個月二十天。

辦手續的時候，警察檢查了孫毅要帶出的衣服，一件舊的白色T恤，一條灰色秋褲。邊邊角角都捏了個遍，確保沒有夾帶任何東西。

我妻子的信呢？警察說弄丟了，找不到了。孫毅沒有要回塑封的家信。

孫毅的錢款，被扣除了絕食的醫療費、灌食費，只剩下幾

十元，孫毅沒有簽字認可，也就沒得到一分錢。

　　穿過空曠的操場，走出了一所的大門，陽光非常好，但孫毅對自由的渴望已經不那麼強烈了。

　　拿回了自己的眼鏡，孫毅也沒仔細看周圍的環境，大牆裡面與外面的差異，他已經感受不大了。

六、回家

1

回到北京，孫毅先在一個朋友家落了腳。

夜裡他給妻子打了電話。

突然間聽到丈夫的聲音，妻子很關切：

「你在哪兒？」語氣中有些不安。

「我離家不遠。你在家嗎？」

「在。」

「那我一會兒就回家。」

妻子開了門，沒有說話。

一進屋，依舊還是畫有一截竹子的屏風先映入眼簾，碧綠的竹葉，在暖黃色燈光下非常溫潤。屋裡有一股香味，很久沒有聞過了，衣服柔順劑的氣味。

聰聰出來了，比以前瘦小了許多，傻傻地看著孫毅。

「哎呀，咱們的狗還活著呢，真不容易啊。」孫毅開口說。

聰聰也不叫，好像眼睛看不見了，或者不認識他了？以前，牠總是使勁擺著尾巴，跳躍喊叫著撲向他。

他蹲下來，摸了摸牠，叫了牠的名字，牠沒有什麼反應。

妻子站在一邊：「你回來有沒有人跟蹤？」

「聰聰的牙都掉了」，孫毅摸到了聰聰的下頷，只剩牙床子了，「牠怎麼不叫？」

「癡呆了，特別疼的時候才叫呢。」

接著妻子又問：「你回來真的沒人跟蹤嗎？」

聰聰還是沒有什麼表情，搖了搖尾巴，回到李梅的床底下，趴著去了。

書房的門關著。

推開之後，打開燈，一個蜘蛛被驚擾了，匆匆跑下燈罩。燈罩上掛滿了蜘蛛網。

屋內的景象讓孫毅有些吃驚：好像剛剛經過一場打砸搶，被厚厚的灰土塵封了，白色的窗紗已經成了黑色，被翻出的東西這幾年一直就堆放在那裡，很顯然，抄家之後就沒再動過。

下不去腳。孫毅一邊簡單整理著，一邊和妻子說話。

「你明天還上个上班呀？」

「上班，又不是星期天。」

「爸媽身體還好吧？」

「還行。」

「關叔怎麼樣啊？」

「挺好的。」

洗澡。

搓背時，孫毅試了幾次，拉傷的左胳膊還是不能夠到後背。

孫毅看到妻子的臥室有一盤香，放在電視旁邊的一個盤子裡，盤子裡有些香灰，旁邊還有個打火機。他還注意到，臥室雙人床對面的梳妝鏡給卸下來，擱在晾臺上，被抓之前陽臺上的MP3都沒有了。

妻子找出了孫毅的睡衣，又找出被罩，她和孫毅一起套上

被罩。

燈都關掉後，孫毅反而睡不著了，勞教所晚上總是亮著燈，他還不太習慣在黑暗中睡覺。

手臂可以隨意活動了，沒有手銬，沒有攝像頭的監控，也沒有「四防」的看管了。躺在黑暗中的孫毅感到十分舒坦，他沒想到，黑暗也能成為家的一部分，也是溫暖與自由的一部分。

黑暗中，隱約能看到牆上的照片，那是妻子放大的藝術照，好多年前在商場買東西得了個優惠券，妻子去影樓拍的。照片這些年就一直掛著，妻子在牆上望著他。

2

第二天早上，孫毅繼續收拾書房。書房是從客廳隔出來的，是家裡光線最好的房間了。陽光潑灑進來，透過廢棄多年的一個大魚缸，照在一盆龜背竹上，龜背竹放在客廳地板中央，那裡有充足的陽光。

上班前妻子把家門鑰匙遞給他，「這次你出來有沒有跟蹤呀？」

「沒有吧。」孫毅回答。

「嗯，那你要在家住嗎？」

孫毅沒吱聲，以前就是因為家裡不安全，他離家出走過很長時間。

雖然解教前孫毅一直在養身體，回家後，上臺階還是有些困難，膝蓋傷了，一扎一扎疼。妻子不想問他在勞教所裡的

事兒，難受，從來不問。也不和孫毅講這幾年她自己的事兒，她被關進轉化班的經歷更是諱莫如深，孫毅一提她就急，然後說：「我們離婚吧。」

發生過什麼呢？

後來孫毅才知道，在轉化班，妻子被逼寫了「三書」才給放出來的。而且，妻子被迫說出一位阿姨的住址，警察按照住址，找到了那位阿姨，後來就把阿姨給勞教了。以前孫毅帶妻子一起給阿姨送過法輪功的書。

3

孫毅在北京的家裡，每天學法煉功，他想身體恢復好一些再回老家吧，免得母親心疼。

半個月後他回到老家，結果母親一眼就看了出來：兒子的腿落下毛病了。

母親給孫毅講自己做過的夢，很多都記混了；給他講自己實在不知怎麼辦，就被三姨拉去算命，算命的招算說孫毅沒有生命危險，但會受大刑、遭罪；說五十歲以後就好了，要啥有啥。

母親還擔心兒子會離婚，也找人招算，算命人說，離不了，媳婦不反對他。

母親提醒孫毅注意安全，幹休所前一陣子還讓她寫不煉功的《保證書》；過去被孫毅稱為唐伯伯的一位退休老幹部，現在正監視母親呢。唐伯伯是繼父的老戰友。

繼父三八年參加革命，文革時被打成右派，差點被打死，後來給平反了。受黨教育多年，繼父把黨視為自己的生命。

正和母親聊著，臥室那邊傳來敲打床欄杆的響聲，繼父在呼叫母親。他癱瘓在床，已經說不出話來，但他聽出了孫毅的聲音，他不高興孫毅來。

4

母親告訴孫毅，李梅也相信算命，李梅給孫毅算過命，算命的只說了一句：「天快亮了。」這是母親聽李梅說的。

李梅自己從來不說這些事兒，李梅只是說：

「我對你都陌生了，好像不認識一樣。」

現在妻子不敢和他一塊出門，一起下樓經過樓門，總是一前一後分開走，她認為居委會有人盯著孫毅，覺著和他在一起不安全。她總是習慣性地警覺著，社區附近攝像頭的位置，她都知道。

妻子在家，除了看電視、做面膜，沒事兒就燒香、禱告，也不知道她禱告些什麼。

「五一節」的時候，孫毅的表哥曉光來了，他們就一起去了潭柘寺。妻子逢廟必進，見神就拜。回來後在飯館吃飯，付帳的時候，妻子要了張發票，發票上有獎號，刮開一看，中了五十元，妻子高興起來：「燒香真靈呀！」她弟弟的孩子入託兒所，她妹妹的孩子升重點高中，她自己的工作加薪，她都認為是燒香的靈驗。

看到妻子的變化，孫毅心裡有種說不出的滋味。

5

孫毅和李梅帶著聰聰一起去看關叔，李梅還帶著單位過節

發的福利。

關叔看見孫毅就說，孫毅瘦了，這是關叔的第一句話，其實孫毅頭髮都白了。

李梅已經把關叔當成親人了，每年回老家過年，大年三十晚上都從外地給關叔電話拜年。上次李梅回去給母親過七十大壽，關叔還送了兩個大壽桃，後來李梅給關叔帶回兩瓶茅台。這種酒關叔一般都留著送人，他自己只喝二鍋頭。

關叔早上五點就去爬山了，有時能爬一千多米，山裡鳥多，他抓鳥，然後去賣。

晚上關叔喜歡喝二兩，別人請他吃飯，他也會揣個小瓶二鍋頭，吃火鍋也要個涼拌豆腐絲下酒，喝完了也不多說什麼。

關叔這個人對很多事都不直接回答。

「孫毅這人好不好呢？」

「這人呢，是好人。」

「嗨，要不是煉這個功，現在得掙多少錢呀。」

「法輪功嘛，九九年以前廣場哪哪都是。」

「那到底法輪功好不好呢？」

「這可說不好，國家有政策，咱老百姓可說不好。」

但關叔願意說說狗，談談鳥，還願意聊聊八九年的「六四」。

那時候他住新街口豁口，各大院校遊行，就從他家門口過。他每天都到馬路邊上坐著，看學生們一隊隊走過，聽他們喊口號。餓了回家吃點剩飯就趕緊去馬路上。夜裡兩三點，實在太睏了才回家躺會兒。他還代表北京工人隊，到天安門遊行

了呢。馬路邊老頭老太太小孩兒都給他們遞汽水。「嗨，那時候公車不要錢，一截就過來，直接給拉到公主墳……」

「嗨，那時候真好。」二兩酒下肚，關叔就有非常明確的感慨了。

「北京治安最好的就是那年，沒有偷盜沒有搶劫的，挺有意思的。」

6月3號那天吧，他騎車到新街口，看見小當兵的戴著鋼盔，鋼盔裡面有一根小鋸條，特別細，關叔問那是幹什麼的，小當兵的就說：「勒你脖子用的。」

後來呢，「後來，從我們家往那邊看天，一直都特別亮，後來突然就黑了，後來就聽見了槍聲，特別響。」

第二天早上看到學生哭著回來了，「政府開槍了」，他們說「坦克開進了天安門」，「死了很多人」。

大喇叭廣播說請市民離開廣場，聽說木樨地翻了一輛軍車……

關叔說：「我們廠還給胡耀邦送過花圈呢，我們廠送的是最大的，金屬的，用吊車攔在紀念碑上面。」有一次他在舊書攤看到一本書，還記錄了這件事：北京重型電機廠送的花圈直徑五米，用粗鐵管焊的大圓圈，花兒是用薄銅片薄鐵片做的，重有幾噸。

孫毅請關叔喝酒的那天，馬路邊上坐著的老太太都戴上了紅袖標，關叔說：「又要開會了，『兩會』。」

6

過年孫毅和李梅一起回老家看岳父岳母，確定沒有被跟

蹤，岳父才讓孫毅進了家門。

全家開會，圍著孫毅質問：「我們把李梅託付給你，你卻沒有盡到做丈夫的責任，沒有照顧好她。」

他們支持李梅和孫毅離婚。

孫毅說，這些年我確實沒有好好照顧家，但你們也應該問問我幹什麼去了，我沒有吃喝嫖賭，沒有坑蒙拐騙，更沒有做對不起妻子的事兒。我是去做正義的事兒去了，我們那麼多同修，因為修煉真善忍被迫害死了，我能看著不管、過自己的小日子嗎？

孫毅還說，如果您二老天天去社區鍛煉，突然有一天不許你去了，說你們違法，還把你們一起鍛煉的夥伴抓了，你們是不是也要去爭取爭取自己的合法權益呢？

岳父母一聽，覺得孫毅說的也都在理，互相看了看，就不再提離婚的事兒了，「那你倆自己解決吧」。

岳母甚至想重新煉功了，九九年以前她也學過法輪功，政府不讓煉，她就放棄了。她身體不好，有胃病，煉法輪功時，確實感覺胃病好轉了。

一聽母親要重新煉功，李梅就怕了，「那不行，現在還不是時候。」

「再說，也不是那麼簡單的事兒呀，你看他吃多少苦呢，不提高心性也不行啊。」

李梅明白一點兒修煉的道理，她看過書。

7

孫毅去看望表哥曉光和姑姑。

幾年前，曉光因為用自己的帳戶給孫毅匯過一次錢，被國家安全局抓捕過，拘留一個月。

　　安全局特工把他帶到北京的一個住宅社區，門口沒牌子，看起來非常普通的社區。老百姓絕對不會想到，裡面居然有個祕密審訊室。

　　「交代吧，這是通天大案。」第一句話就把曉光嚇著了。

　　他和孫毅的每一次通話都有記錄，「案子的卷宗就有好幾尺高」。

　　直到現在，曉光也不知道孫毅犯了什麼案子。但那一次，包括曉光妻子在內的所有親屬，都被安全局審了個遍。

　　曉光的妻子嚇壞了，找姑姑哭鬧。姑姑害怕，讓孫毅不要再聯繫曉光了，惹麻煩。在親戚們看來，孫毅太偏執，在北京的國有單位，工作也不錯，怎麼就不好好和媳婦過日子呢？在家偷偷煉唄，為什麼一定要說實話呢？

　　讓孫毅完全沒想到的是，姑姑現在居然也學法輪功了，「因為發現法輪功說的對」。她以前學過好幾種氣功，還信過天主教。

　　曉光和孫毅是從小一起長大的。他說孫毅小時候「不愛玩，喜歡思考問題」。

　　過去曉光不理解孫毅，現在他有點理解了，「那可是神的狀態，不是正常人能忍受的」。

　　曉光認為，「他的付出和承受對大環境的改變是有意義的。」

8

瀋陽勞教局真的受理李萬年和趙俊生的控告了。

得到通知，李萬年興沖沖去了勞教局。

勞教局的人熱情接待了李萬年。他們感嘆說：「你們應該早點舉報啊，早點舉報就好了，因為前一陣子剛好趕上整風查腐敗的運動，你們提供的情況非常重要，正是我們需要的。」

他們鼓勵李萬年：「大膽說，說出掌握的情況，關於馬三家勞教所一所三大隊，還有什麼違法亂紀的事實？全部都可以說出來。」

等到李萬年說完，簽了字，其中一個幹部突然就拿出了一個錄音機。他播放了一段錄音，那是海外電臺記者採訪李萬年的錄音。電話裡，李萬年講了自己和其它人在馬三家一所三人隊遭受欺壓虐待的情況。

播完之後，這個幹部看著李萬年：

「這是你的聲音吧？」

李萬年蒙了，馬上矢口否認，思路大亂，不知道該說什麼。

「你與海外反華勢力有勾結，涉及國家安全問題。」他鄭重告誡李萬年：「有關部門還在追查這件事情。」

「性質很嚴重」，他盯著李萬年的眼睛，「這件事情最好不要再聲張了，你聽明白了嗎？」

李萬年聽明白了。

2012年新年過後，回家不到一年的李萬年就被當地安全部門抓走了，家人花了兩三萬，才把他撈出來。沒法在當地待，李萬年流離失所了。

9

遼寧省勞教局很重視李萬年、趙俊生的控告，再一次到勞教所做調查：到底打沒打過趙俊生？到底有沒有虐待過孫毅？那時孫毅已經回家了。

這次連三大隊的啞巴都被要求簽字做口供啦，筒道長吳貴和「四防」楊大智是主要證人。

沒人看見趙俊生被打，也沒看見孫毅被虐待，吳貴和楊大智都簽字給勞教局做了證明。

自己在勞教所居然會作偽證！這是楊大智實在沒想到的，但又能怎麼辦呢，身不由己，在勞教所說真話太不現實了，說了真話怎麼可能早回家呢？楊大智啥也不敢說，于江和李勇一直在門口聽著呢。

外面的消息也傳進來，妻子重新請律師調查後，公安局拘留了所有的證人，警告他們翻供的後果。後來，又開著警車去了證人的家鄉，挨個威脅他們：不許給楊大智作證。農村人都想過安生日子，誰再敢站出來給楊大智作證呢？

命運都是相似的，妻子作了偽證，自己的證人作了偽證，最後他自己也不得不作偽證！楊大智苦笑了。

回家前一個月，楊大智在三大隊又看見了魯大慶，魯大慶又進來了，魯大慶又上了押床，又躺在「死人床」上了，胥大夫又天天過來給他檢查身體了。楊大智也幫不上什麼，只能找機會送了他一些衣物，有時偷偷給他送些吃的。

他對魯大慶說：「我佩服你，你是好人，而且有剛兒！」

10

兩扇五米高的大門，在楊大智的身後終於關上了。

坐在回家的車裡，勞教所的高牆逐漸向後退去，越來越遠，越來越矮。走了一段郊外的路，進入市區，鱗次櫛比的樓宇就在車窗前唰唰壓過來。

路上在肯德基吃飯。剛下車，就看見幾個城管在打一個賣水果的小販兒，小販兒的三輪車被抬上執法車，拉走了，水果滾落一地。楊大智站在馬路邊上，他看著小販兒跪在地上，一個一個地撿起水果，抱在懷裡哭。

林茹很擔心，要在以前，楊大智可能會衝上去找城管理論。曾經有過一次，有個騎電動車的把一個學生撞了，下來還要打學生，楊大智上去就揪住了開車的，最後被行人勸開了。

這次楊大智沒有上去，在路邊瞅著，直到林茹叫他進去吃飯。

吃炸雞時，兒子非常高興，楊大智卻心不在焉。

突然楊大智說：「我不想回家。」他看著林茹，「我現在不安全，回家會被監控。」

三個月前，警察用大石頭砸開了他的家門，鎖都砸壞了。林茹將此事上了網。

後來警察再次闖進家裡，搜出照相機，刪除了裡面所有的照片，包括警察砸毀家門的照片。

臨走時，他們拿走了電腦主機，對林茹的父母說：

「你女兒在網上罵共產黨，現在攤上事兒了。下次我們來，你們最好識點兒相！」

林茹的父親，當場就氣得昏死過去。

楊大智不想回家，不想家人再受騷擾。他們找了個旅店，不能入住，楊大智的身份證不合格，還沒有換成二代身份證呢。

「回家吧」，林茹勸他，「該有事兒在哪兒都有事兒。」

雖然這樣說，她心裡也想：回家會不會被監控啊？

11

在中關村四通辦公大樓裡，魯大慶送外賣。他剛剛從一個房間走出準備上電梯。

「站住！別跑！站住！」一個瘦小的身影追上來。

魯大慶以為要抓他呢，因為他剛才順便挨個房間發了「神韻」光碟（註：「神韻」，是以復興中華五千年文化為宗旨的大型歌舞演出）。北京的便衣特別多。前幾天他就差點被便衣抓了，也是因為發「神韻」光碟。

電梯也不坐了，趕緊跑，他順著樓梯蹬蹬蹬往下跑，那個小瘦子也順著樓梯追，一邊追一邊喊：

「別跑！別跑！好不容易找到你們！」

原來不是抓他的，魯大慶這才停下來。

「可找到你們了！我哥哥就是法輪功！」

小瘦子高興地拉住他的手，魯大慶聽出他是瀋陽口音，老鄉啊，再一問，原來還是同修呢。

那次解教之後，媳婦抱著孩子改嫁了，魯大慶就開始在當地打零工。不久因為發「神韻」再次被抓進馬三家勞教所。

一年之後，魯大慶出來了，把家裡的房子給了哥哥。什麼

都沒有了，連身份證都沒有了，黑戶。後來就流落到了北京，在中關村送外賣。一天幹五個小時，一個月掙不到一千塊錢，有時一個饅頭就是晚餐了。剩下的時間魯大慶還是滿大街發「神韻」，沒想到這次碰上了這個瀋陽老鄉，開始還真把他嚇著了。

這老鄉也是個流落他鄉的人。因為煉法輪功，哥哥被判了大刑，最後死在瀋陽監獄。

那是2004年，在他的哀求下，警察允許他見哥哥最後一面。

監獄醫院的病房裡，全是警察。哥哥瘦得完全走了樣兒，「像非洲難民一樣，臉上沒有一點肉。」已經三年沒見過哥哥了，還能認出來的是哥哥的鼻子，「只有鼻子沒有塌。」

哥哥的右耳變形，缺了一塊，他悄悄趴在哥哥的耳朵邊上問：「你對大法還有信心嗎？」

哥哥虛弱地說：「你要好好看書（指《轉法輪》），要相信法。」

瀋陽老鄉現在沒有書了，不敢修煉了。他說，自己的父母都是本分的老農民，一個兒子已經死了，不想再失去另一個，父母讓他離開家鄉到北京做生意，謀生活吧。

12

余曉航小心翼翼挽著妻子，繞過瀋陽市區的各種井蓋兒。

「一定不能踩井蓋兒，犯小人啊！」余曉航在陪妻子散步，妻子懷孕七個月了。

余曉航經常給妻子買高級點心。看著那些點心，他想起了

馬三家的餅乾，他忘不了那種大鐵片圓餅乾，他曾經覺得那是非常好吃的東西。

解教回家後，余曉航去見過那位法輪功學員，他曾從被窩裡掏餅乾給他吃。關於餅乾的事情，他從來沒有告訴過妻子。原來的女朋友吹了，妻子是他解教後認識的，對他的過去一無所知。

余曉航和妻子一起看電視。瀋陽臺正在播放一個節目：一個小夥子因為生活困難而自殺，沒死成，給送到醫院搶救。余曉航想起了自己在馬三家老想自殺的事兒，「想自殺也得有膽兒啊。」他覺得這小子有勇氣，就和妻子商量，想給那小夥子捐一千塊錢，妻子同意了。他沒有告訴妻子捐錢的真正原因。

余曉航提醒去他家的每一位朋友：「樓門前剛剛安裝了攝像頭，有監控，我們走後門吧。」

和朋友走在街上，他不時看著腳下，還是那句話：
「一定不要踩井蓋兒，犯小人啊！」

對於大牆外的人來說，十九個月一晃而過。而對於余曉航，馬三家勞教所的十九個月，從來就沒有結束過，而且如影隨形般覆蓋了他以後的生活。

他盡力抹去身上帶回來的勞教所的影子，可是他知道，在他的身體裡有一道很深的傷口，難以癒合，隨著時間流逝，它越埋越深。他不敢回憶，又無法忘記。

從十七歲那年上訪到現在，他三十一歲了。他明白了很多同齡人不會去深想的問題，他懂得什麼是真男人。

他常想起孫毅，想起魯大慶，想起勞教所的法輪功學員，

想起他們那沒有怨恨的眼神。

他不恨李勇了。據說李勇的兒子得了腦瘤，老天的報應啊，還用人去懲罰嗎？

他知道，「大環境不改變，就是幹死李勇，還會有第二個、第三個李勇，社會體制不變，每一個人都沒有安全。」

13

「等我有能耐的時候，我要送我老婆孩子去美國。」這是楊大智在勞教所裡最大的願望。

但出來不久，他就和林茹離婚了。

即使離婚後，看見穿紅馬甲的環衛工人，林茹都揪心地閉上眼睛：和楊大智在馬三家穿的一樣。她說，雖然離婚了，如果將來楊大智出什麼事兒，她還會幫他。

說到離婚，林茹還是有些傷心。最早她腆著大肚子陪楊大智上訪，後來又與娘家人一起陪楊大智上訪，楊大智被勞教後，林茹又在外面為他的案子申訴、覆議、繼續上訪，沒想到案子無果而終，他們卻離婚了。

「我爸說，有錢了楊大智就忘恩負義，其實不是。」他倆都知道離婚的真正原因。

有些事兒可能一直沒有顯現，但有些東西已經有了裂痕。筆錄的事兒對楊大智是個傷害，雖然他自己在勞教所也作過偽證，但他對妻子做筆錄的事兒耿耿於懷：「不是所有的女人都這樣。」

在馬三家後來受孫隊長的影響，楊大智會唱很多佛歌，他說自己信佛。

「我覺得他只相信他自己。」林茹說，「他說他相信法律，如果這國家有法律，是可以相信法律。如果這國家沒有法律，相信法律又有什麼用呢？」

法律幫不了他，官司不了了之。很長一段時間，楊大智被仇恨充斥著，他經常一個人坐著發呆，想復仇，只想復仇。

後來楊大智開始瘋狂賺錢。做金融，搞大額借貸，一年他就換了車，幾萬塊錢就輾轉成幾百萬。如今，一提楊大智，圈裡誰都知道：一個腦袋頂別人三個腦袋，能做大生意。在外人看來，他到哪兒都吃得開，開一輛豪華寬大的越野車，夠風光。

雖然對社會上的不公他已不再關心，但聽到高俊峰被判處死刑的時候，楊大智還是很難受，他還答應過，要幫助高俊峰的妻兒呢。

林茹帶著兒子一起生活。一天早上，四歲的兒子醒來，說自己做了一個夢，夢見爸爸了。

「爸爸開著很大的車，可累可累了，找不到家。」

14

聰聰的癲癇病越來越重了，一有大的響動牠就抽風、吐白沫。

關叔給李梅介紹了一個天壇附近的狗醫生，李梅去開了一大堆中藥，還特意給聰聰買了熬藥的砂鍋。

每天給狗餵藥成了妻子的大事兒。其實妻子自己一個人就可以給聰聰餵，但只要在家，孫毅總是扶著聰聰的腿，幫妻子

餵藥。

聰聰知道藥苦，不配合，一般先習慣性地反抗一下，但只要稍微用點勁兒，牠就不再蹬腿，牠也沒多大力氣反抗了。孫毅一手抓牠前腿，一手抓牠後腿，然後李梅捏開牠的嘴，麻利地用針管把藥打進去。

「乖，一會兒就好。」一邊打藥李梅一邊哄牠：「一會兒就喝甜的了，乖啊。」

餵完糖水，孫毅趕緊把聰聰放地上，「多可憐呀，天天圈在家裡。」他想起自己關小號的日子了。

妻子說：「那是你想的，牠可不一定覺得外面好。」

想想也是，現在聰聰顫顫巍巍，站不住，一走路就摔跤，上下臺階都得要人抱，牠是越來越老了。

餵完藥，妻子回到房間看電視，《非誠勿擾》。

隨後傳來妻了的笑聲：「老說優越，有多少錢呀，見了女人話都不會說！」原來說的是《非誠勿擾》裡的一個宅男，自己總有優越感，結果事實證明他是一個妄想狂。

孫毅也回到書房，他正研究電腦win8的加密系統呢。

七、求救信出現了

1

2009年，從馬三家解教回來的時候，老朴的一頭黑髮全白了，因為扛麻包，腰也損傷了。他精神恍惚，別人和他說話，過一會兒他才能反應過來說的是什麼，很久之後，他才恢復正常。

2012年12月，學會用翻牆軟體不久，老朴在網上看到，馬三家求救信在美國被發現了！淚流滿面，他激動啊，差一點兒喊出聲來：「成功了，終於成功了！」

四年前在八大隊，孫毅給了他求救信的底稿，他一個字母一個字母照抄了兩封，後來藏進了包裝箱。當時，他不懂英文信的具體內容，只知道信的大概，現在看到被翻譯過來的中文，老朴才搞明白自己當年抄的是什麼。這麼大的反響，這麼重要的意義，老朴為自己能參與其中感到自豪。

抑制不住激動的情緒，老朴想跟帖，想把他的激動表達出來。

他在大紀元網友評論中寫道：

「那都是真的，我就是當事人之一。

「那是2008年上半年做的那些萬聖節飾品，其中有一款是小鬼抱著十字架。小鬼穿的，是用把做蚊帳的紗料，剪成一條一縷的並染成黑灰色的所謂衣服。因為我就是當時受迫害的，並參與寫信的。當時我們冒著被加期，被酷刑折謝磨（網路原文如此）的危險寫過多封信，想叫世界知道。我們在那裡生不

如死，因為我們只要不轉化幹活再好也沒有減期，幹不好要體罰、電棍電甚至還面臨加期。我們吃的是發黴的、玉米麵窩頭；喝的是腥臭味特大的涼水；因為水井挨著廁所。與世隔絕一樣，那個時候都不知道能否活著出來。

「我知道那裡所發生的一切，因為我就是參與者之一，如果需要我會揭漏（網路原文如此）一切。我們還向SOS寫過多封求救信，都在飾品的夾心層。因為我們知道做的這些產品都是給國外做的，只有這一個辦法叫國外有良知的正義之士知道這裡發生什麼⋯⋯

「回憶這一切它對我的身心傷害太大了。

「寫到這裡，我不知道擦了幾次眼淚。」

老朴手寫輸入不熟練，又碰錯了鍵盤上的按鍵，跟帖還沒寫完，文字就發過去了。他太激動了。

2

時間太久了，對孫毅來說，這事真的是有點久遠了。經歷了近乎絕望的等待，在他幾乎遺忘的時候，求救信突然在地球的那一端出現了！

而且，這封信在世界上引起了巨大的反響。

「今天和大家討論一下從馬三家勞教所寄出的一封信，在美國和國際社會引起的巨大反響。這件事情可能大家都已經知道了，就是在耶誕節之前，正是美國民眾忙於採購聖誕用品和禮物的時候，有一條令人震驚的消息，在美國的社交網路上快速流傳，很快地就變成了最熱門的話題之一。」

「⋯⋯國際主流媒體密集報導這一套墓地套件是在美國

的超市Kmart購買的，Kmart的母公司就是西爾斯（Sears），這個公司也表示要進行調查，其它的主流媒體現在也正在跟進報導。可以說這是我在美國二十多年，所看到的對中國勞教產品、奴工產品最密集的報導。據《俄勒岡人報》的一篇跟進的文章說，週五那一天，《俄勒岡人報》的第一篇報導的閱讀量就超過了五十萬次，是近年來所有單個報導當中最高的，據說昨天一天全美國各地的媒體，一直遠到挪威的媒體，都在爭相採訪朱莉‧凱斯女士。」

這是希望之聲國際廣播電臺的一個訪談，翻牆收聽到的。

聽完這個節目，妻子更加擔憂起來：「這件事會不會出危險？咱們會不會惹麻煩？」

會不會遭遇不測？孫毅也不知道，他一邊興奮著，一邊又忐忑不安。

然後，妻子就因為這封信而一直煩惱了。

不久表哥曉光也知道了這件事，打電話給他：

「安全局如果想查你，那可太容易了。你要不要到我這躲一躲？」

3

有人敲門。

李梅警覺起來，踮著腳走進孫毅的書房。

「怎麼回事兒？」李梅問孫毅。

孫毅從電腦上回過頭，怎麼了？

「你聽」，李梅一臉驚恐，「有人敲門。」

除非約好，家裡幾乎不來人，李梅怕是警察敲門。

「哦，剛才我打電話要了一桶水，送水的吧。」

但孫毅還是謹慎地卸下了加密盤，然後去開門。

送水的。

李梅鬆了一口氣。

4

正在書房裡的孫毅隱約聽到「喔喔」的叫聲，是聰聰。憑經驗，孫毅知道它可能又卡在馬桶後面了，牠總認為鑽進那裡才安全。

果然，聰聰的頭扎進那個狹窄的地方出不來，疼得太厲害，所以才叫起來。

費很大勁兒把牠拉出來的時候，孫毅看到牠的腮幫子都蹭爛了。

可下次牠還會往裡鑽。

為什麼呢？孫毅問關叔，關叔說，怕是活不長了。

2013年初，李梅打電話給關叔：「關叔呀，狗死了，我下班一回家就看見狗死了，剛死，還沒涼呢。」

「關叔，怎麼辦呢？」李梅哭得非常傷心，「孫毅也不在，他回老家了。」

「你放哪兒了？」關叔問。

「放陽臺上了，擱在一個速食麵箱裡。」

過了幾天，李梅請了假，抱著速食麵箱子與關叔一起去找地方埋狗，關叔還借了一把鐵鍬。

好不容易找到離家不遠的一片松樹林。

剛下完雪才幾天，地都凍了，鐵鍬不好使，鑊也鑊不動。沒辦法，最後只好找了一個挖走樹根的樹坑，把狗從箱子裡抱出來，裹上了兩層舊衣服，放進坑裡。周圍土不多，撮一點旁邊鬆動的浮土，勉強蓋上了。

　　李梅的眼睛紅腫了好幾天，這隻狗陪了她十四年。

　　聰聰是在過年前死的，這回，節日的鞭炮再也嚇不著牠了。

馬三家來信

尾聲

1

2013年秋天，孫毅再一次來到馬三家。

此時，存在半個多世紀的勞教制度，據說很快就要廢止了。

如果沒有教養院，馬三家鎮看起來和東北其它的小鎮並沒有什麼不同。

靠近汽車總站的樹叢蒙了一層土，上面長滿了灰白的蟲包，塑膠袋在樹枝間胡亂纏繞。載著巨幅飲料廣告的大貨車，花花綠綠，在狹窄髒汙的街道裡穿來穿去。馬路坑窪不平，沿街都是低矮的商鋪：圓夢彩票、馬三白酒、殺豬菜、棋牌室。大都市美食城和洗浴中心，算是商鋪街上最高的建築了，有二層樓高。頭上，是一大塊特別乾淨的天空，瓦藍瓦藍。

農貿市場裡就非常昏暗了，紅色的燈罩下，各種熟食、鮮肉及攤主的臉龐顯得油潤鮮亮，人頭攢動，生意興隆。

風很大，土也大，但不影響人們在市場外面的小攤上，不緊不慢地吃下一大碗餛飩，然後心滿意足點上一根菸。頭頂上，「呼啦呼啦」吹起的是遮棚塑膠布。一陣風過，一個紅色塑膠袋上了天，飄飄搖搖，上下翻飛，最後終於纏到了旁邊的一根電線杆上。

離農貿市場不到二十米，就是教養院大門的牌樓了。鎏金的「馬三家勞教所」幾個字，有的已經脫落，警徽下，「遼寧省思想教育學校」的招牌還是很醒目，下面密密麻麻張貼的各種小廣告，一層覆著一層。

孫毅走進教養院，一個穿西裝的農民坐在拖拉機上，從他旁邊「哧哧」開了過去。

2

像往常一樣，八十一歲的老吳，拿了一把帆布小折椅，慢慢從家屬樓的月亮門踱出來。背著手，他看著一個婦女蹲在路邊編筐。秋天的陽光非常溫暖。

老吳穿著非常整潔，藏藍色的夾克和帽子乾乾淨淨，裡面的一件淡藍色襯衫能看出是警察制服。孫毅和他聊起來。

退休警察老吳，1961年轉業後一直在馬三家勞教所工作，住在院裡的家屬樓。年輕警察現在都住到了城裡，城裡人多，夏天熱，他還是願意住教養院裡面。

「解放前這地方業障大，不安寧，經常鬧鬍子，水災、旱災、地震，還有鼠疫、霍亂、綁票的撕票的，死了不少人。」

老吳習慣於把馬三家鎮的變化分成解放前和解放後。

「解放後，在政府的治理下，這個地區越來越安定了。」

用老吳自己的話講，他一直管「勞教」、「管生產」，退休前擔任馬三家勞教所一大隊生產大隊長。

「解放前這裡就是一片大荒甸子，那時教養院裡面都得騎馬。」想起過去創業的艱辛，老吳感慨起來：「現在好啊！」

孫毅突然問了一句：

「裡面打『勞教』嗎？」

老吳耳背，孫毅湊上去又問，「裡面打『勞教』嗎？」

老吳聽清了，馬上大聲說：「沒有打人的，不讓打人，打人犯法，都是說服教育，沒有打人的！」

「現在馬三家出名了，國外都知道中國有個馬三家。」

「是嗎，那可不知道。」

「勞教是不合法的，您知道嗎？」

「勞教不合法？沒有這事兒！那都是有法律程序的！」

「勞教制度快解體了，您知道嗎？」

「那不可能！」

背著手，老吳慢慢走了，他要到教養院裡的蒲河公園曬太陽。一邊走他一邊自言自語：「那兒的荷花池很好。」

蒲河公園不僅有漂亮的荷花池，還有假山。

曹老四的三蹦子「突突」停在身邊，孫毅坐上了他的車。

3

又在這條柏油路上了。

跑出這條路，就可以在鎮上叫一輛去瀋陽城裡的車，就可

以逃離這個地方了。這條被許多勞教人員在頭腦中不斷假想、反復盤算的逃亡之路，從南到北有十公里長。

「解散了，二所沒人了。」曹老四告訴孫毅。

「那您生意不好做了吧？」

「哪能呢，這裡要變成輕刑監獄了，黃不了。」

曹老四啥都知道：「過去勞教拿鐵鍬叮咣的，挖地溝，鋪路，穿著紅馬甲，一群一群的。要不就是下大地，起早貪黑幹，哎，改造唄。」

「後來好了，後來看不見他們出來了。住得也好了，都在裡面幹活兒，享福了！」

「法輪功？」曹老四聽說過，「是有『法輪兒』，不過他們來了可不遭罪。不像其它勞教，他們也就是上上課，學習學習。」

4

二所門口，孫毅下了車。

兩座舊樓已經完全變樣了。不止一次抹過灰泥，粉刷過、油漆過，舊樓煥然一新，往日的痕跡都結結實實被覆蓋了。

有那麼一瞬間，孫毅感到對這裡的記憶也模糊了，就好像磁片被消了磁，恍如隔世。難道這裡就是四年前他幹「鬼活兒」做墓碑的地方嗎？

圍牆大約有七八米高，上面纏繞著閃亮的鐵刺藜。圍牆角新建了高高的崗樓，還沒竣工呢，腳手架上有幾個工人，爬上爬下忙乎著。

變成監獄就要配備崗樓，由武警把守了。據說，「裡面管犯人的還是勞教所那幫警察，仍舊歸司法廳管轄。」「現在他們正在輪流接受培訓，要不了多久就要上崗了。」

起風了。

風從教養院上空滾過，飛奔過來，搖動了一切能搖動的。還沒發黃的樹葉被強行從大樹上撕扯下來，那些細小的野草，被秋風捎得葉尖發黃，卻很堅韌地把抓著下面的泥土，抖動著。

稻浪翻滾，像大海的波濤，一波一波層層湧動。但它不會像海浪那樣升騰爆發，只是平地翻滾。一陣風過，葉子翻著個兒，又一陣攢動地聚集，然後散開，隨風翻滾，醞釀著，集聚著，又散開……

風停的時候，那些細小的野草，仍舊發出沙沙的聲響，瑟瑟顫慄。

5

曹老四帶孫毅去尋找教養院早期的舊址。

當年孫毅曾經從窗戶遙望過的那些頹垣殘壁，走近了其實是荒野中的幾處平房。從殘留的一些痕跡中，隱約能看出是一個勞教大隊的舊址，「現在都是加工雞翅的黑工廠」，曹老四說，「已經承包給當地農民了，有的在裡面養鴨子養鵝。」

有一處蘇式的尖頂紅磚瓦房，門頭上有一顆五角星和「一大隊」三個紅字，這是早期教養院舊址中保留最完好的一座。門廊的黑板上，遺留有幾十年前粉刷的報頭：「做有理想有道德有文化有紀律的……」，後面幾個字已模糊不清，黑板中

間，粉筆寫著工廠宣傳口號：「品質是企業的靈魂。」

舊址的崗樓上，掛著很大的蜂窩，還有幾個鳥巢，一叢叢野草一直長上房頂。監舍的窗子釘著稀疏的鐵柵欄，殘破的封條隨風抖動。

透過鐵柵欄向筒道裡望去，地上全是灰，陳年的厚厚的灰。

6

到一所三大隊的時候，天已經暗下來，灰色的監舍大樓顯得非常寂靜。孫毅望著它，人生中最漫長的兩個冬天，他就是在這裡度過的。

很快天就黑了。曹老四說：「走吧，裡面沒人了，人都放了。」

黑暗中「撲啦撲啦」，一群黑翅膀掠過，「呀呀」幾聲怪叫，是烏鴉。

坐在曹老四的車上，回去的這條路，孫毅還是感到很漫長⋯⋯

全文完

馬三家來信

附錄 ❶

馬三家教養院圖例

以下圖片由雲昭、孫毅提供

馬三家教養院位置

馬三家教養院總圖（孫毅／繪）

男二所勞教人員監舍大樓（共四層）
一层为办公区，二层为五大队，
三层为六大队，四层为八大队。

通往男一所

男二所
办公楼

劳教人员食堂

男二所
大门

5米高的院墙

乡间公路

女所（即女二所）
旧址四层楼

2008年后新建的工房

男二所六大队旧址

通往女所（新）

男二所教養院八大隊（孫毅／繪）

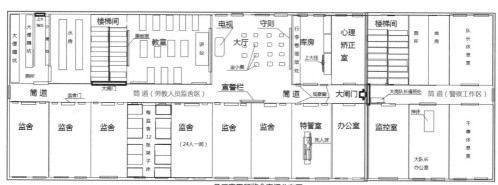

大便蹲坑

上大挂处

分水房

水房

楼梯间

黑板报

教室

讲台

电视

大厅

守则

坐小凳

行季卷堆放处

库房

上大挂

心理
矫正室

楼梯间

厕所

库房

队长
休息室

厕所

简道

监舍门

大闸门

简道（劳教人员监舍区）

宣誓栏

简道

观察室

大闸门

大岗队长值班处

简道（警察工作区）

监舍

监舍

监舍

每监舍12张架子床

监舍
（24人一间）

监舍

监舍

特管室
死人床

办公室

监控室

钟床

干事休息室

大队长办公室

马三家男所监舍空间分布图

馬三家教養院男一所監舍空間分佈圖（孫毅／繪）

馬三家教養院二所八大隊

馬三家教養院二所八大隊（雲昭攝於2014年）

馬三家教養院大門口（網路圖片）

馬三家教養院女所遠景（雲昭攝於2014年）

馬三家教養院女所近景（雲昭攝於2014年）

馬三家教養院院部遠景（雲昭攝於2014年）

馬三家教養院院部近景（雲昭攝於2014年）

馬三家一所三大隊遠景（雲昭攝於2014年）

馬三家來信

馬三家教養院一所三大隊近景（雲昭攝於2014年）

馬三家教養院舊址（雲昭攝於2014年）

馬三家教養院一大隊舊址（雲昭攝於2014年）

馬三家教養院舊址（雲昭攝於2014年）

孫毅同馬三家教養院退休老警察聊天（雲昭攝於2014年）

正在施工準備轉成監獄的二所八大隊（雲昭攝於2014年）

左圖：孫毅在二所八大隊後面的稻田（雲昭攝於2016年）
右圖：孫毅在馬三家勞教院舊址（雲昭攝於2016年）

孫毅在一所三大隊外（雲昭攝於2016年）

馬三家來信

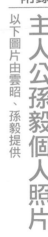

孫毅百日照

幼年孫毅與母親

上左圖：少年孫毅與父母及妹妹們全家照
上中圖：十六歲上大學的孫毅
上右圖：剛剛參加工作的孫毅
下圖：大學時期的孫毅

孫毅與母親合影

孫毅與母親、大妹妹小妹妹合影（左一小妹妹 ，右二母親，右一大妹妹）

馬三家來信

孫毅在瀋陽（雲昭攝於2016年）

孫毅與江天勇律師合影（雲昭攝於2016年6月）

準備離境的孫毅在北京機場（雲昭攝於2016年12月6日）

獲得自由的孫毅與朱莉・凱斯女士在雅加達見面（孫毅提供）

馬三家來信